Jerome Charyn
Secret Isaac

Im vierten Band der Isaac-Sidel-Serie steht zum ersten Mal Isaac Sidel selbst im Mittelpunkt des Geschehens. »Secret Isaac« fällt in Ungnade. Je länger der Tod Manfred Coens zurückliegt, desto erfolgreicher wird Isaac. Zu Beginn des Romans ist er Polizeichef von New York, aber trotz seiner Erfolge kann er Coen nicht vergessen und fängt an, gegen sich selbst aggressiv zu werden. So wandert er, der James-Joyce-Fan, wie dessen Held Leopold Bloom durch Dublin, nur ist Sidel natürlich auf der Suche nach einem Mörder. Es entsteht ein faszinierendes Porträt der beiden Metropolen Dublin und New York. Dieser Band hat lange gefehlt in der Chronologie um den erfolgreichen Super-Cop Isaac Sidel. Nun liegt er endlich vor. Für alle Fans und viele Neulinge.

Jerome Charyn, geboren 1937 in der New Yorker Bronx, ist Autor von über zwanzig Romanen, darunter elf Krimis um den New Yorker Super-Cop Isaac Sidel. Im Rotbuch Verlag sind davon seit 1989 mittlerweile sieben erschienen, *Secret Isaac* ist in der Reihe der vierte und der achte insgesamt. Die Reihe wird fortgesetzt. Jerome Charyn ist im Vorstand der International Association of Crime Writers, seine Krimis wurden mit zahlreichen Preisen ausgezeichnet, 1996 erhielt er die Würde des »Chevalier de l'Ordre des Arts et des Lettres« in Paris. Er lebt in Paris und New York.

Pressestimmen:
»Charyn lesen ist Rausch.«
Tobias Gohlis, Die Zeit

»Charyn hat seine Sprache dressiert und ihr beigebracht, Tricks zu vollführen. Es ist eine New-York-Prosa, street-smart, listig und voller Taumel, wie eine Subway auf dem Weg zur Hölle.«
New York Times

Jerome Charyn

Secret Isaac

Roman

Aus dem Amerikanischen
von Jürgen Bürger
und Peter Torberg

Rotbuch Verlag

Die Deutsche Bibliothek – CIP-Einheitsaufnahme

Ein Titeldatensatz für diese Publikation ist bei
Der Deutschen Bibliothek erhältlich

Titel der Originalausgabe: »Secret Isaac«

Umschlaggestaltung: projekt ®, Hamburg
Herstellung: Das Herstellungsbüro, Hamburg
Satz: Greiner & Reichel, Köln
Druck und Bindung: Druckerei Himmer, Augsburg
Printed in Germany

ISBN 3-434-54000-8

Informationen zu unserem Verlagsprogramm
finden Sie im Internet unter www.rotbuch.de

Teil Eins

1

Wer ist der Kerl, wer bellt uns an und beißt uns in die Wangen? Tiger John, Tiger John. Die Iren aus dem Büro des Commissioners sangen das auf den Gängen, wenn der Chef nicht in der Nähe war. Sie machten sich über ihn lustig und fürchteten ihn zugleich. Man konnte nie wissen, wo seine Wut zuschlug. Er war ein drahtiger kleiner Mann mit grauen Haaren, die ihren Glanz verloren hatten und bittergelb geworden waren. Sie erinnerte an Stroh, diese Mähne aus toten gelben Haaren, aber das tat seinem Aussehen keinen Abbruch. Er war einundsechzig Jahre alt, besaß aber die Energie und die eifrigen Gesichtszüge eines dummen Jungen.

Die Iren konnten sich nicht mehr erinnern, ob Tiger John vorher Captain in der Bronx oder eine Schmeißfliege des Chief Inspectors gewesen war. Über seine Vergangenheit sprach man nicht. John hatte für lange, lange Zeit in tiefstem Winter gelebt. Er war ständig in einem kleinen irischen Club für altersschwache und alkoholkranke Cops auf der First Avenue zu finden gewesen, bis ihn der ehrenwerte Sammy Dunne aus dem Ruhestand zurückgeholt hatte. Die beiden waren so etwas wie Brüder, der Bürgermeister und sein Police Commissioner.

Der PC schloß sich für eine Stunde ein und kämmte sich das tote gelbe Haar. Im alten Präsidium hatte John einen Kamin, einen eigenen Balkon und seinen eigenen Fahrstuhl gehabt. Damit konnte er so oft rauf und runter fahren, wie er wollte. Niemand außer seinem First Deputy durfte diesen Fahrstuhl benutzen. Jetzt hatte er noch nicht mal einen First Deputy, der ihn hätte trösten können. Sein First Dep war verschwunden. Hatte sich in Luft aufgelöst. Der berühmte Isaac Sidel. Dieser Isaac befand sich ständig auf irgendeiner bescheuerten Mission.

John hatte plötzlich Durst auf Tee. Er mußte gar nicht erst nach seinem Chauffeur brüllen. Chinatown war auf der anderen Straßenseite. Er suchte sich ein kleines dreckiges Café, den *China Pot*, wo man ihn nicht als den Commish erkennen würde. Hierher kam nie ein Polizist. Es war nur ein Loch in der Wand auf der Baxter Street.

Vom Fenster aus konnte man Tiger John nicht sehen. Er hockte an einem Tisch, der von der Theke, einem windschiefen Regal und der Kaffeemaschine verdeckt war, und trank grünen Tee. Er bestellte Brötchen mit Huhn und einen Keks aus Mandelpaste. Plötzlich spürte John einen Luftzug im Café. Er sah von seiner Tasse und den Brötchen auf. »Himmel, bist du das, Jamey O'Toole?« fragte er den Mann am Nachbartisch. Die Beine des Zwei-Meter-Mannes nahmen den halben *China Pot* ein. Es war nicht diese unmögliche Größe, die Tiger John irritierte. Mit solch ungeheuren Dimensionen konnte er leben. Aber *zwei* Iren im selben Café, das war keine gute Idee.

Jamey warf dem Commissioner ein Sparbuch auf den Schoß. »Ein Präsent für dich ... vom König.« John nahm das kleine Buch in die Hände und schlug es unterm Tisch auf. Sechstausend Dollar und dreiundzwanzig Cents. Das Konto lautete auf den Namen *Nosey Flynn.*

»Jungchen«, flüsterte John, »wie soll ich denn die Unterschrift von Mister Nosey Flynn nachmachen?«

Jamey schlug vor, er solle die linke Hand nehmen.

John hatte einen ganzen Stapel solcher Bücher. Er hielt sie

mit einem Gummiband zusammen. Sie kamen von O'Toole und lauteten auf verschiedene Namen. Stets irische. *Simon Dedalus*, *Paddy Dignam*, *Gertrude MacDowell*, *Molly und/oder Leopold Bloom* ...

Wer zum Teufel war dieser König, von dem Jamey sprach? Ein irischer Schläger mit hervorragender Hochschulbildung. Er hatte sich nach Dublin verabsentiert, denn es herrschten gerade frostige Zeiten. Sonderstaatsanwalt Dennis Mangen hatte begonnen, alles mit Argusaugen zu verfolgen, was in der Stadt passierte. Mangen war es auch, der Tiger John das Leben so schwer machte. Mangen verspeiste Police Commissioners zum Frühstück.

»Jamey, komm nicht wieder her.«

»Warum nicht?«

»Weil ich nicht möchte, daß Mangen deinen Arsch in Chinatown entdeckt. Er würde sich nur fragen, warum du den weiten Weg gemacht hast.«

Jamey lächelte. »Was gibt's sonst noch Neues vom großen Gott Dennis?«

»Halt den Mund«, fauchte John. Mangen verfügte über eine ganze Schwadron von Schmeißfliegen, und die zwängten sich in jede Ritze. Womöglich versteckten sie sich sogar im *China Pot*. »Du gehörst nach Uptown ... verschwinde.«

O'Toole erhob sich. Er mußte seitwärts gehen. Das Café war nicht breit genug für seine Schultern. An der Tür blieb er stehen und rief dem Commissioner noch zu: »Was macht dein First Dep?«

»Hab ihn länger nicht gesehen.«

»Ich schon«, sagte Jamey. »Er treibt sich in dreckigen Klamotten in der Gegend um die Forty-seventh Street herum.«

»So ist er nun mal, Itzig Isaac ... das Hirn des NYPD. Wenn du mich fragst, hat er was von einem Psychopathen. Schmachtet einem toten Kerl hinterher. Du erinnerst dich an Manfred Coen?«

»Blue Eyes«, meinte Jamey verächtlich.

»Genau der. Isaacs Tochter hat Coen verhext.«

Marilyn the Wild war ein hungriges Mädchen. Die Tochter griff sich alles, was Hosen hatte. Sie war heiratswütig. Sie nahm sich einen Mann und stieß ihn nach einer Woche wieder ab. Das arme Mädchen hatte ganz klar eine Meise. Sie verknallte sich in Isaacs »Engel« Blue Eyes Coen. Aber Isaac gab Coen nicht frei. Statt dessen warf er ihn einer Familie von Zuhältern in der Bronx vor, und Blue Eyes wurde ermordet. Und nun streift Isaac in alten Lumpen durch die Gegend, jagt Zuhälter und trauert um Coen.

»Grüß ihn von mir, Jamey, falls du dem verstunkenen Kerl begegnest.«

Sie beide haßten Itzig Isaac. Isaac der Tapfere hatte O'Toole aus dem NYPD geschmissen und seiner Pension beraubt. Heute mußte er für den König im Dreck kriechen. In einem schmierigen Café brachte er John Sparbücher.

Nachdem O'Toole zur Tür hinaus war, rief John vom *China Pot* aus seinen Chauffeur an. »Christie, ich bin auf der Baxter Street ...« Er wollte sich nicht von einem irischen Chauffeur kutschieren lassen. Ein Ire würde ihm nur was vorsingen. So viel Vertraulichkeit wollte John nicht in seinem Wagen haben. Christianson war Schwede, und Schweden waren still.

»Cheerio«, sagte er zu dem Chinesen hinter der Theke. »Bis die Tage, Jungs.« Sein schwarzer Mercury wartete vor dem *China Pot*. Er machte einen Schritt auf die Straße und war aus der Baxter Street, Chinatown und dem Polizeipräsidium verschwunden. Die Polster in dem Mercury waren sein größter Trost. Solange er auf diesen fetten Polstern saß, konnte niemand John nerven oder als PC angreifen.

Ein blinkendes Lämpchen auf der Ablageschale des Mobiltelefons machte seine gute Laune zunichte. Es war der Bürgermeister. John hob ab. Er mußte sichergehen, daß Sammy in der Leitung war und nicht einer dieser Dummköpfe aus dem Büro des Bürgermeisters.

»Euer Ehren ... sind Sie das?«

»Höchstpersönlich«, erwiderte der Bürgermeister.

Sammy war ihm gegenüber unnahbar geworden. Die Wiederwahl stand an, und auf Tiger an seinen Rockzipfeln konnte er gut verzichten. *Isaac* war der Held des Bürgermeisters. *Isaac* war der Prachtjunge. Die Zeitungen machten Tiger John fertig. Sie nannten ihn den »Ahnungslosen Commish«. Isaac konnte in seiner eigenen Scheiße tanzen, und die Polizeireporter würden nach Gold schnüffeln. Sie liebten jede noch so dahingeschluderte Musik, die ihnen der First Dep vorträllerte. Es war ihnen egal, daß sich Itzig Isaac absentiert hatte und in der Wildnis Manhattans verschwunden war. Er war ihr Liebling.

»Ich nehme heute abend mein Bad ... Sag den Jungs, sie sollen die Sauna gut schrubben. Wie geht's dir, Johnny?«

»Prächtig, einfach nur prächtig.«

Er war der Hanswurst von Bürgermeister Sam geworden, ein Commissioner, den man im Schrank verschwinden lassen und wieder herausholen konnte, je nachdem, wie der politische Wind gerade stand. Momentan waren Johns Schranktage. Man begegnete ihm nie auf den kleinen Partys, die Sam so gern gab. John war der Hüter des Bades. Sein Club hatte eine Sauna für den Bürgermeister eingebaut, damit »Hizzoner« sich irgendwo verkriechen konnte. Johns Aufgabe war es, die heißen Saunasteine mit Tassen Wasser abzulöschen. *Das* waren die Pflichten eines Police Commissioners.

Das Lämpchen des Bürgermeisters verlosch. John legte den Hörer auf und murmelte vor sich hin. *Jetzt, wo er in Schwierigkeiten steckt, will er sein Bad.*

»Fahr mich ins *Dingle*«, bellte John.

Tiger John Rathgar war ein Son of Dingle Bay. Das *Din-*

gle war *sein* Club. Angefangen hatte der Club als eine Art Temperenzlervereinigung für trunksüchtige irische Cops. Die *Sons of Dingle* hatten das richtige Mittel dagegen. Sie prügelten jedem die fürchterliche Liebe zum Whiskey aus dem Leib. John hatte noch eine weitere moralische Verpflichtung. Er suchte die Gattinnen dieser Männer auf und versuchte, sie zu verführen. Die Dingles hatten mehr als nur Abstinenz im Sinn. Sie waren die Schlägertruppe in der irischen Grafschaft Manhattan. Sie trieben offene Rechnungen für die örtlichen Händler ein und verschafften Demokraten die nötigen Stimmen, sofern die sich das leisten konnten. Heute waren sie ein wenig überholt. Sie konnten Männer wie Frauen nicht mehr einfach so vor der Wahlkabine verprügeln, nicht einmal mit Tiger John als Commish.

Er traf vor einem heruntergekommenen Ladenlokal an der First Avenue ein, dem *Dingle Bay*. Der Laden tat gar nicht erst so, als sei er ein Herrenclub. Der hier war für die behaarten Iren. Gekreuzte Knochen waren auf die Scheiben gemalt, gekreuzte Knochen und eine Harfe. Die Fensterbretter zerbröckelten, die Blechmarkise war rostzerfressen. Aber keine andere Vereinigung irischer Cops hatte eine Sauna vorzuweisen.

John schickte den Mercury zurück nach Chinatown und klopfte an die Eisentür des Clubs, dreimal lang. Das war das Signal für seine Kumpel.

Er mußte noch einmal klopfen. »Ich bin's ... John.«

Die Tür ging gerade weit genug auf, um ihn hereinzulassen. Himmel, es war dunkel da drin. Die Jungs hielten nicht viel von Sonnenlicht. Sie betrieben geradezu einen Kult damit, ihre sommersprossigen Glatzen zu bedecken. Sommers wie winters, drinnen wie draußen trugen sie ihre Eight-Piece Tweed Caps aus reiner Donegal-Wolle. Die Mützen hinterließen eine tiefe Furche auf ihrer Stirn, und auf dieses »Donegal«-Mal waren sie stolz. Andere trugen schwarze

Melonen. Das waren Ruheständler von der Retired Sergeants Association, die ab und zu im *Dingle* reinschneiten.

John legte sein Jackett ab. Im *Dingle* mußte er nicht den Commissioner spielen. Er konnte in Hemdsärmeln herumlaufen, ohne sich bloßzustellen.

»Jungs, der Bürgermeister kommt heute abend.«

Die alten Männer kicherten sich eins. Sie hatten zwar eine Sauna für Bürgermeister Sammy Dunne gebaut, aber besonders leiden mochten sie Sam nicht.

»Herrje, wir haben den Scheiß von seinem letzten Besuch noch nicht weggeräumt ... Wir werden den ehrenwerten Bürgermeister nicht enttäuschen. Wir werden die Ekelbude aufwischen ... Wie läuft's denn so im Präsidium, John?«

»Der übliche Scheiß«, sagte er. »Kann nicht klagen.«

McNeill, sein Chief Inspector, ging in ein paar Monaten in den Ruhestand. McNeill besaß eine Burg in der alten Heimat. Dort würde er wie ein Fürst leben und in seinen eigenen Gewässern nach Lachsen angeln. Und was wurde aus John? Ein First Dep ging ihm jetzt schon ab. Er würde nach Isaac pfeifen müssen.

Die alten Herren waren in Sangeslaune. Sie hatten ihre Flaschen mit Rootbeer und Tiger John. Es handelte sich um eine Abstinenzlervereinigung, und im ganzen Haus gab es keinen Tropfen Alkohol. Also flitzten sie kurz nach nebenan und spritzten heimlich ihr Rootbeer mit irischem Whiskey.

We're the sons of Dingle Bay
The wild geese who left our home
Who left our home
Who left our home
For Americky ...

Wie wahr, wie wahr, meinte Johnny. *Wildgänse. Fern von daheim*. Die Dingles hatten es gut. Sie mußten nicht den Polizeipräsidenten mimen. Sie konnten die alte Heimat besuchen, so wie Coote McNeill und der alte Tim Snell und all die anderen Jungs von der Retired Sergeants Association. Konnten das halbe Jahr in Wexford oder Dublin leben. Konnten Halstücher, Melonen und eine frische Ladung Donegal-Käppis mitbringen.

We're the sons of Dingle Bay ...

Das Lied befreite ihn von Itzig Isaac. John mußte weder an Isaac noch an Chief Inspector McNeill oder das Bad des Bürgermeisters denken. Er fuhr mit der Zunge über den Flaschenhals und sang mit:

Who left our home
Who left our home
For Americky ...

2

Es war einmal ein alter Mann, der hatte einen Wurm im Gedärm. Der Wurm liebte es, sich zu winden. Dann umklammerte der alte Mann seinen Bauch, als wolle er sein Innerstes herausreißen. Er lebte in einem heruntergekommenen Hotel auf der Forty-seventh Street. Das Hotel hatte noch nicht mal einen Namen. Es lag gleich an der Nuttenmeile. Die Luden hielten sich von dem Mann fern. Sie hatten in diesem Hotel Zimmer für all die »Bräute«, die ihnen gehörten oder die sie managten. Die »Bräute« waren schwarze Mädchen unter neunzehn. Mindestens eine von ihnen war schwanger.

Sie mochten den alten Mann. Er knurrte sie nicht an, linste ihnen nicht unter die Sommerröcke. Die schwitzigen Brustwarzen einer Hure konnten ihn nicht verwirren.

Also unterhielten sie sich mit dem alten Penner, teilten ihre Orangenlimonade mit ihm, vertrauten ihm Geheimnisse an. Die »Bräute« hatten ihre eigenen Ecken. Niemand konnte ihnen ihre Rechte streitig machen. Wenn es regnete, arbeiteten sie in kleinen Schaufensterwohnzimmern. Es war ein lausiges Jahr. Für fünf Dollar gehörte einem die halbe Welt. Es gab nichts, absolut nichts, was sie für einen Mann nicht tun würden. Die »Bräute« waren zwanzig Stunden am Tag auf der Straße. Der alte Mann konnte die Unerfahrenheit in ihrer Anmache sehen, die Hysterie, wenn sie sich einen Freier krallten und sagten: »Schätzchen, wie wär's?« Ihre Verführungskünste waren bestenfalls dürftig. Die schwarzen Mädchen waren ihren Luden treu. Die meisten weißen Nutten, die dieselben Straßen abgrasten, haßten jeden Mann, der sie anrührte. Sie waren Lesben und religiöse Fanatikerinnen. Der alte Penner war ihnen suspekt. Sie küßten ihre Freundinnen nicht in seiner Gegenwart. Sie versuchten ihre Stenze zu überreden, ihn zum Teufel zu jagen.

Der alte Mann aber war auf merkwürdige Weise immun. Das hatte etwas mit dem Wurm zu tun. Er hatte mit einer Familie geistig verkümmerter südamerikanischer Taschendiebe und Gauner im Krieg gelegen. Diese Familie hatte ihm den Wurm verpaßt. Der alte Mann hatte einen von ihnen getötet, einen anderen zum Krüppel gemacht und den Rest der Sippe in eine ausländische Hölle verbannt. Nun krochen sie in Barcelona im Dreck und verkauften Papageien mit kaputten Schnäbeln. Und dieser alte Mann hatte ihren Wurm im Bauch, einen Hakenwurm, der ihn Zentimeter um Zentimeter auffraß.

Gewisse Männer stiegen aus glänzenden Buicks und tuschelten mit dem alten Penner. Sie waren viel zu gepflegt, um von der Sitte zu sein, und sie trugen auch nicht die weiten Hosen der Jungs vom Morddezernat. Die Luden fragten sich: Wer ist dieser Saftarsch? Ihre Freunde auf dem nächsten Revier verstummten, wenn man den alten Mann mit dem Wurm auch nur erwähnte.

Er entwickelte einen ausgemacht üblen Gestank. Er dachte nur selten daran, die Hose zu wechseln. Er rasierte sich nicht mehr als einmal die Woche. Er fütterte seinen Wurm in einer griechischen Fettbude auf der Eighth Avenue, Ecke Forty-fifth. Er aß Salate und Weizenvollkornbrot. Dann gab er seinen Gelüsten nach und kroch auf einen Cappuccino zur Ninth Avenue. Das war seine große Schwäche. Starker Kaffee mit aufgeschäumter Milch.

Der Kaffee war schlecht für seinen Wurm. Seine tausend kleinen Häkchen krallten sich dann ins Gedärm des alten Mannes, und er stolperte durch die Straße, schimpfte »Fuck, Himmel, Scheiße« oder welcher Irrsinn ihm sonst noch in den Kopf kam. Für fünf oder sechs Tage mied er Kaffee. Dann konnte er sich nicht mehr beherrschen.

Nach einem dieser Cappuccino-Anfälle, als der Wurm ihn halb zu Tode ringelte, sah er sie auf der Forty-third Street. Keine gute Ecke für eine Prostituierte. Hier liefen immer ziemlich viele Cops herum, die die Lastwagenzufahrten rund ums *New-York-Times*-Gebäude bewachten. Der Bürgermeister hatte Angst vor der *New York Times*. Deshalb ließ er seinen PC, Tiger John, die Forty-third Street mit Cops in Uniform und Zivil überschwemmen. Wer hatte also dieses Mädchen dort postiert? Irgendein verzweifelter Stenz, ein Anfänger vielleicht, der die Wahrheiten vom Times Square noch nicht gelernt hatte? Eine Mulattenqueen war sie auch nicht. Der alte Penner betrachtete ihr Profil. Eine weiße Nutte ohne diesen harten Glanz der Männerhasserin in den Augen. Sie war schön. Sie hätte die Begleiterin eines reichen Mannes sein sollen und keine Bordsteinschwalbe.

Der alte Penner war kein Lüstling. Er hätte diese Schönheit nicht in sein Hotel mitgenommen. Er hatte eine Tochter mit den gleichen schlanken Fesseln. Die Tochter war wild nach Männern. Sie konnte nicht anders, sie mußte immer wieder heiraten und sich scheiden lassen. Sie war erst neunundzwanzig und hatte schon ihren siebten Ehemann. Der Alte beschloß, für diese Schönheit den Vater zu spielen und sie von der Forty-third Street zu verjagen, bevor sie von den Männern des Chief Inspectors gekrallt wurde. Doch die Eleganz ihrer Nase ließ ihn erzittern. Warum entführte sie nicht irgendein Cadillac nach White Plains? Das war eine Frau zum Heiraten, nicht zum Rumpimpern. Dann sah der alte Mann die andere Gesichtshälfte.

Sie war vernarbt, böse vernarbt. Anscheinend hatte sich dort ein Knöchel verewigt, so, als sei die Frau mit einer metallenen Faust zusammengestoßen. Er sah genauer hin. Man hatte ihr ein D ins Gesicht geritzt. Mein Gott. Ein scharlachroter Buchstabe auf der Forty-third Street.

»Miss, Sie können hier nicht bleiben. Die Cops lieben diese Ecke. Sie sollten besser zur Forty-fifth rauf.«

»Geht nicht.« Sie lächelte, und der schauerliche Buchstabe schlängelte sich auf ihrer Wange. »Ich habe keine Gewerkschaftskarte. Die anderen Mädchen würden mir den Arsch aufreißen.«

»Wer paßt denn auf dich auf?«

»Martin McBride.« Das Lächeln verebbte, und das D beruhigte sich wieder.

»Jedenfalls ist dieser Martin ein Idiot. Schickt der dich auf die Straße?«

Die vernarbte Schönheit brauste auf.

»Mister, nehmen Sie mich irgendwohin mit, oder verschwinden Sie. Martin mag es nicht, wenn ich mit Fremden quatsche.«

Sie hatte nicht die Stimme einer Bordsteinschwalbe, und

das verwirrte den alten Penner. Er hatte nicht die Absicht, sie auszuziehen. »Wie heißt du?«

»Annie.«

»Annie und wie weiter?«

»Reicht Annie nicht?« entgegnete sie. »Annie Powell.«

Er schmuggelte sie ins *Au Tunnel*, ein französisches Restaurant auf der Forty-eighth Street. Der Oberkellner hatte Schiß, ihn rauszuschmeißen. Der alte Penner hatte Zwanzig-Dollar-Scheine und eine Diners-Club-Karte in der Tasche.

Annie Powell lachte. »Mein Gott, Sie sind verrückt.«

»Wer ist Martin McBride?«

»Der Onkel von irgendwem«, sagte sie. »Nichts weiter.«

Der alte Mann zeigte auf die Narbe. »War er das?«

»Nein.«

Sie tranken Muskateller, bestellten Muscheln, grüne Bohnen, Forelle und Mousse au chocolat.

»Mister, was muß ich für dieses Essen tun? Gut möglich, daß ich Ihnen nicht schräg genug bin.« Er hatte ihr seinen Namen nicht genannt.

Der Penner gab ihr vierzig Dollar. »Tu mir einen Gefallen, Annie Powell. Bleib für den Rest der Nacht von der Straße.«

Der alte Mann war aufgebracht. Er war auf sein Hotelzimmer gegangen, konnte aber nicht schlafen. Er hatte Visionen, wie Annie in einer Arrestzelle von kessen Vätern abgegrabscht wurde. »Scheiße«, sagte er. Er zog sich an und ging zu Fuß zur Centre Street im Süden von Manhattan. Dort lag das alte, vernachlässigte Polizeipräsidium. Die Räume standen jetzt leer. Die Polizei war in einen riesigen roten Monolith in Chinatown umgezogen. Nur ein paar abkommandierte Polizisten bewachten die Flure in der Centre Street vor Ratten und anderem Geschmeiß. Die meisten Akten waren umgelagert worden. Selbst die Fotoabteilung im Keller war ausgezogen. Am Empfang saß ein Wachmann, aber der Alte hatte keine Schwierigkeiten, ins Gebäude zu kommen. Er mußte keinen Ausweis vorzeigen. Er stieg in den zweiten Stock, durchquerte eine Zimmerflucht und betrat durch eine Eichentür ein Büro. In diesem Büro gab es ein Telefon, der einzige Apparat im ganzen Gebäude, der noch funktionierte. Er rief im neuen Präsidium an und brüllte in den Hörer. »Ich hab's euch schon mal gesagt. Eine Schnalle namens Annie Powell. Holt ihr sie von der Straße, belästigt ihr sie, rührt ihr sie an, fliegt die komplette Muschipatrouille. Und findet raus, wer dieser Martin McBride ist. Hat er einen Neffen, dessen Name mit einem großen D anfängt? ... Ja, *D* ... wie doof ... oder dumm ... oder debil.«

Er legte auf und konnte endlich einschlafen. Viel Zeit zum Verschnaufen bekam er allerdings nicht. Ein Bursche aus dem Büro des Bürgermeisters rief an. Der Ehrenwerte war wieder mal ausgeflattert, im Schlafanzug zu einem Mitternachtsbummel aus Gracie Mansion marschiert.

Der alte Penner nahm ein Taxi nach Uptown. Er ließ den Fahrer die Straßen rund um den Carl Schurz Park abklappern. Dann stieg er aus. Der ehrenwerte Bürgermeister Sam war zum Cherokee Place gelaufen. In dem gestreiften Schlafanzug und dem Bademantel aus roter Seide wirkte er durchaus nicht fehl am Platz. Als er den alten Penner sah, fing er an zu weinen. Er war neunundsechzig, und in den letzten beiden Jahren war er an der Demokratischen Partei schier senil geworden.

»Jungchen, was ist denn mit dir passiert?«

»Nichts, Euer Ehren«, antwortete der alte Penner. »Sind nur die Klamotten, die ich trage.«

»Du hast mir aber einen Schrecken eingejagt«, sagte der Bürgermeister. »Wir müssen dich aufpäppeln.«

Seine eigenen Berater schimpften ihn einen altersschwachen Trottel. Der gehört doch in ein Heim, sagten sie. Der uralte Sam. Aber er hatte keinerlei Schwierigkeiten, den alten Penner zu erkennen. Der Bürgermeister war so klar im Kopf, wie ein Mann im Schlafanzug nur sein kann. Es lag nicht an schwindendem Verstand, der ihn aus seinem Amtssitz getrieben hatte. Es war ein Angstschub. Die politische Welt rings um ihn her wurde immer kleiner. Die meisten seiner Stellvertreter hatten Sammy Dunne im Stich gelassen. Er war ein Bürgermeister ohne Partei im Rücken. Er war in der City of New York zu einem Geist geworden. Man sprach nicht mehr vom Bürgermeister Sam.

Er weinte immer noch um den alten Penner.

»Isaac, ich kenne deine Feinde. Wenn ich weg bin, werden sie dich bei lebendigem Leibe fressen.«

»Sollen sie, Euer Ehren. Da gibt's noch ne Menge zu holen.«

»Ach Jungchen, was redest du da? Du bist doch nur noch Haut und Knochen.«

Der alte Penner war in Gedanken bei Annie Powell. Diese Narbe ließ ihn nicht mehr los. Annies *D*. Er brachte den Bürgermeister zurück zur Gracie Mansion und verschwand selbst wieder in seinem namenlosen Hotel.

3

Warum sollte ihm ausgerechnet eine Nutte den Kopf verdreht haben, eine Bordsteinschwalbe mit verdorbener Ware? Bei dieser Narbe im Gesicht konnte es ihr kaum besonders gut ergangen sein. Der Wurm fraß an ihm. »Arschloch«, sagte er zu dem Wurm, »hast du dich etwa auch in sie verliebt?« Er schlenderte immer wieder zur Forty-third hinüber, um sich zu vergewissern, daß niemand sie belästigte. Sein Herumgeschlurfe mit den Händen in den Taschen gefiel Annie Powell überhaupt nicht. Viele Freier fand sie bestimmt nicht, solange sich in der Nähe ein alter Penner herumdrückte. »Wir essen jetzt zu Mittag«, sagte er. »Komm.« Es klang wie eine Drohung, fand sie, nicht wie eine Einladung. Und sie mußte ihre Straßenecke verlassen.

Diesmal führte er sie ins *Café des Sports*. Ein Penner und ein Mädchen im Nuttenoutfit, die Leberpastete aßen. »Annie«, sagte er, »um zwei wird es eine Razzia geben. Der Commissioner hat beschlossen, alleinstehende Frauen von der Straße zu holen. Am besten machst du eine ganz, ganz lange Mittagspause.«

Sie teilten sich drei Flaschen Wein. »Wie heißt du eigentlich?« knurrte sie angetrunken. »Und was zum Teufel willst du von mir?«

»Nenn mich einfach Father Isaac.«

»Ein Priester«, sagte sie und äffte ihn nach, »ein Priester ohne Bäffchen ... In dein Hotel oder in meins, Father Isaac? ... In fremden Hotels bin ich besser.«

»Du bluffst mich nicht, Annie Powell. Du hast noch nicht allzu viele Kunden gehabt ... Ich will wissen, wer dich auf den Strich geschickt hat.«

»Mister«, sagte sie, »das geht dich überhaupt nichts an.«

Der alte Penner mußte sie gehen lassen. Der Wurm grub sich in seine Gedärme, als er daran dachte, wie sie mit anderen Männern in Hauseingängen verschwand und sich vor sie kniete. Er mußte diesen Martin McBride finden und ihm auf seine irischen Zehen steigen. Aber Father Isaac hatte heute eine Verabredung. Er wusch sich den Dreck vom Hals. Er rasierte sich die Haare unter der Nase, die man schon für einen schiefgewachsenen Schnurrbart hätte halten können. Er kaufte sich eine halbe Stunde in der einzigen Badewanne des Hotels. Er war nicht wiederzuerkennen, als er aus der Wanne stieg. Der alte Penner hatte zwanzig Jahre abgeschüttelt. Er hatte ein Paar Argyle-Socken auf seinem Zimmer. Er packte den einzigen Anzug aus, den er im Schrank hängen hatte. Aus der Kommode tauchte ein Seidenhemd auf. Eine Krawatte von Bloomingdale's. Unterwäsche, die selbst für Frauenhaut weich genug war. Alles aufeinander abgestimmt. Ein jüngerer Mann, fünfzig, einundfünfzig Jahre, trat aus dem Hotel. Er hatte das gewisse Etwas. Der Wurm hatte dazu beigetragen, seine Gesichtszüge neu zu definieren. Er verlieh ihm Charakter und kleine Wangengrübchen.

Ein Taxi brachte ihn zu einem Vortragssaal in der New School for Social Research. Leute schüttelten ihm die Hand. Hier wurde er eher verachtet als verehrt, doch alle kannten ihn. Isaac Sidel, First Deputy Police Commissioner of New York, der mysteriöse Cop. Er neigte dazu unterzutauchen, eine Verkleidung nach der anderen zu wählen. Er hockte nicht in seinem Büro im zwölften Stock des Polizeipräsidiums. Isaac nannte den neuen Ziegelsteinmonolithen »Sarghaus«. Er erledigte seinen Papierkram im alten, aufgegebenen Präsidium. Man mußte ihn in der Centre Street suchen oder in irgendeiner dunklen Seitengasse. Die meiste Zeit war Isaac nicht zu erreichen. Aber seine Stellvertreter waren loyal. Sie führten sein Büro ohne jede Zwistigkeit. Isaac kriegte seine Nachrichten immer rein.

Johnny Rathgar, der PC, konnte ihn nicht rügen. Isaac war bei allen Nachrichtenagenturen der Held. Er konnte in eine Höhle durchgeknallter Rastafari gehen und mit einem ganzen Lager an Maschinengewehren wieder rausspazieren. Er legte Streitigkeiten rivalisierender Jugendbanden in der Bronx bei, wies den einen Territorien zu, knapste den anderen Stücke ab. Brandstifter und Kinderschänder ergaben sich nur dem First Deputy Sidel. Isaac kannte keine Furcht.

Er tanzte mit jedem Irren, der ihm nahe genug kam. Man konnte mit Ziegelsteinen von Dächern nach ihm schmeißen. Isaac zog nicht mal den Kopf ein. Der First Dep war sehr gefragt. Die meisten Organisationen in der Stadt wollten ihn reden hören. Synagogen, Kirchen, politische Vereinigungen. Entweder, um ihn zu piesacken, oder, um ihm zu applaudieren. Die Demokraten mußten vorläufig mit ihm leben, schließlich stand er Sammy Dunne nahe, und es war noch ein wenig zu früh, »Hizzoner« aus der Gracie Mansion zu verjagen. Aber der Bürgermeister wurde bald siebzig und konnte die sich kabbelnde Partei nicht zusammenhalten. Wenn Sammy die City Hall räumte, würden die Demokraten auf Isaac eindreschen. Die Republikaner fürchteten sich vor Isaacs Popularität, und die Liberalen konnten ihn nicht ausstehen. Für sie war er nur ein Bulle. Isaac verachtete sie alle, die Schreiberlinge und Polittrickser, die sich jedem Gewinner an den Hals schmissen und sich über den Machtverlust eines Bürgermeisters lustig machten. Er mochte den alten Bürgermeister, der von seiner eigenen Partei fallengelassen wurde. Er hatte bei den Vorwahlen keine Chancen. Er war zu dumm, zu schwach, zu alt. Die *Daily News* hatte bereits gesprochen. New York würde seine erste Bürgermeisterin bekommen, die ehrenwerte Rebecca Karp, die über das Schönheitsticket zur Politik gekommen war. Sie war die Miss Far Rockaway von 1947. Mit ihrem Busen, ihren festen Umarmungen und ihrem Lächeln ging sie auf Stimmenfang für die Demokraten. Sie war Bezirksvorsitzende in Greenwich Village gewesen. Nun war sie Parteichefin von Manhattan und der Bronx. Rebecca brauchte *zwei* Boroughs, um die Polittrickser von Brooklyn zu bekämpfen und New York aus der stotternden Maschine eines Samuel Dunne zu befreien.

Isaac war hier in der New School auf dem Territorium der Liberalen, um in einer Debatte mit Melvin Pears, dem

Oberhäuptling der Civil Liberties Union und Fürsprecher von Rebecca Karp, den Kettenhund des Bürgermeisters zu mimen. Isaac hätte zu Rebecca sagen können, sie solle doch in ihren Hut scheißen, aber Bürgermeister Sam steckte in Schwierigkeiten. Er ging kaum noch in die City Hall. Seine Prozente bei den Umfragen bröckelten weg. Isaac war die einzige Stimme der Stärke, die er noch hatte.

Pears saß zusammen mit dem First Dep an einem Tisch am Ende des Saals. Der Bürgermeister schwor, Melvin versuche Becky Karp rumzukriegen, aber Isaac nahm Sam nicht alles ab. Melvin stammte aus einer aristokratischen Familie, und er hatte eine hübsche Frau. Er war fünfunddreißig und mochte rustikale Kleidung: In der New School trug er Arbeitsstiefel und ein Cowboyhemd, an dem über dem Bauch ein Knopf offenstand. Der Bursche ißt gern, bemerkte Isaac und dachte an den Wurm, den er zu füttern hatte. Neben Melvin saß seine Frau. Sie hatte unglaubliche graugrüne Augen, die Isaac mit großer Verachtung aussaugten. Sie trug keine Cowboyklamotten. Isaac fühlte sich unwohl neben Mels Stiefeln. Er hätte nicht in Argyle-Socken erscheinen sollen. Seine Pennerhose hätte ihm hier besser zu Gesicht gestanden.

Pears nannte Isaac einen Lakaien des Bürgermeisters, ein Instrument repressiver Gesetzgebung. Isaac, meinte er, vertreibe auf Wunsch des Bürgermeisters die Prostituierten von den Straßen, ohne auch nur an die Not oder die Geschichte dieser Mädchen zu denken. »Ich werde jede einzelne Prostituierte verteidigen, die Sie aus dem Verkehr ziehen«, sagte Pears. »Der ehrenwerte Bürgermeister fegt vor den Vorwahlen immer erst durch. Und Sie sind Sammys Besen.«

Isaac knurrte innerlich. Sammy hatte schon genug Probleme, seinen Schlafanzug an- und auszuziehen. Isaac begriff nicht, was auf der Straße los war. Er hatte seine Spione. Und es war nicht die Civil Liberties Union, die die

Mädchen so schwer arbeiten ließ. Man konnte sie keine halbe Stunde in einen Käfig sperren. Sie verfügten über eine Armee von Kautionsstellern, die mit ihren Luden Händchen hielten. Die Nutten vervielfältigten sich, ob nun mit oder ohne Polizei. In Isaacs Büro gab es Kommissare, die behaupteten, jeden Macker der Stadt zu kennen. Sie redeten von einer mysteriösen Niggergang, die die Luden zu einer Art Gewerkschaft zusammenschweißten. Eine schwarze Mafia, meinten sie. Die »Blues« von Sugar Hill. Man konnte nur keinen von denen aufstöbern. Wo waren die »Blues« von Sugar Hill? Das Ganze ergab keinen Sinn. Isaacs Spitzel hatten nichts zu verkaufen. Sie zuckten mit den Schultern und schworen, irgendeine »schwere Scheiße« würde demnächst im Gully landen. Deshalb hatte Isaac abtauchen und sich in den Alten der Forty-seventh Street verwandeln müssen. Isaac traute nur dem, was er selbst riechen konnte. Und dieser Melvin Pears schwadronierte von Nuttenrechten. Jede Bordsteinschwalbe in Manhattan hatte mehr Rechte und Privilegien als Rebecca Karp oder Pears' grünäugige Gattin.

Pears hatte eine kahle Stelle, größer als die Isaacs. Er hackte noch immer auf dem First Dep herum. »Aller Ruhm fliegt Ihnen zu«, sagte Pears. »Sie lösen den großen Mordfall, das große Verbrechen, aber die namenlosen alten Männer und Frauen haben Angst, nachts auf die Straße zu gehen.«

Isaac unterbrach ihn. »Wäre es Ihnen lieber, wir würden alle vierzehnjährigen Burschen nach achtzehn Uhr in Arrest nehmen?«

Pears stürzte sich auf Isaac. »Das ist genau die selbstgefällige Antwort, die man von einem Bullen erwarten kann. Verhaften wir einfach *alle*, und schon verschwindet auch das Verbrechen.«

Isaac verfügte nicht über Pears' Schlagfertigkeit. Er hielt den Mund und ließ den Burschen reden. Seine Gedanken wanderten zu Annie Powell. Ihr *D* konnte einem Mann ins Auge stechen. Das Mädchen ist doch keine Nutte, verdammt. Sie war für etwas bestraft worden, das sie getan hatte. Annies Sünde.

Pears hatte aufgehört zu sprechen. Und was wurde nun von Isaac erwartet? Sollte er Bürgermeister Sam verteidigen? Die Leistungen der Polizei auflisten? Über das neue Präsidium und diesen Idioten Tiger John reden? Versprechen, daß man perversen Sexualpraktiken im Frauengefängnis einen Riegel vorschieben würde? Isaac redete über Oswald Spengler. Pears kratzte sich am Kopf. Rebecca Karps Bewunderer mußten Isaac wohl für ein wenig durchgeknallt gehalten haben. »Dieses Terrain ist«, sagte Isaac, »unregierbar. Überall stoßen wir auf Psychosen ... In den Achselhöhlen ... Unterm Schuh. Man kann sie im Schweiß dieses Raumes riechen ... Wir sind alle Babykiller, mehr oder weniger unterdrückt ... Wie mißt man denn die Wut eines Menschen? Entweder verhalten wir uns wie Roboter, oder wir töten. Wie können Sie eigentlich allen Ernstes von Ihrer Polizei erwarten, daß sie weniger verrückt ist als Sie selbst?«

Es gab Gelächter im Raum, einige zischten.

Pears brüllte ihn an. »Sidel, Sie sind einfach nicht auf den Punkt gekommen. Was interessieren mich Ihre Philosophien? Blödsinnige Erfindungen. Aalglatte Bemerkungen. Wir haben hier eine Stadt, und die muß regiert werden. Aber der Bürgermeister, *Ihr Freund*, macht einen unsichtbaren Job.«

Die Debatte war vorüber. Die Leute beglückwünschten Melvin Pears. Er hatte es diesem Tölpel von halbgebildetem Cop gezeigt. Isaac hatte nur ein Semester am Columbia College absolviert. Er hätte einem nichts über die Theorien eines John Locke erzählen können. Er verfügte über Brocken von Nietzsche, Spengler, Hegel und Marx. Seine Leseerfahrung war äußerst eingeschränkt.

Eine Menschentraube bildete sich um Pears. Eine alte Dame kam auf Isaac zu. Sie murmelte etwas, das er nicht verstehen konnte. Alles, was Isaac mitbekam, war das Grün in Mrs. Pears' Augen.

Marvin Winch, einer seiner Kommissare, wartete am Straßenrand auf ihn. Isaac gelobte bei sich, ein paar kleine Reden zu fabrizieren, bevor er wieder einen Saal betrat. Pears hatte ihm die Kehle rausgerissen. Der First Dep verfügte nur über ein dürftiges Gespür für Logik. Seine Ideen stammten von dem Wurm in seinem Gedärm. Er war kein zivilisierter Mensch.

»Und?« meinte Isaac zu Inspector Winch. »Wer ist Martin McBride?«

»Ein Krimineller. Er hat sich mit den Niggerluden zusammengetan.«

»Hat er einen Neffen?«

»Eine ganze Wagenladung voll. Unser Martin hat seine Neffen überall.«

»Wie viele von denen haben dieses große *D*, von dem ich dir erzählt habe?«

»Nur einer. Dermott.«

»Dermott McBride?«

»Nein. Den Iren hat er aus seinem Namen gestrichen. Er hat ihn auf Bride verkürzt.«

»Bring mir diesen Schwanzlutscher. Ich möchte gern mal mit Dermott Bride plaudern. Wir haben eine gemeinsame Freundin.«

»Isaac, das kann ich nicht. Niemand weiß, wo Dermott ist.«

»Dann zapf mal deinen Computer an und finde ihn für mich.«

Oh, sollten sie doch lachen und ihn Sammys Trottel nennen, aber Tiger John Rathgar besaß Augen und Ohren wie jeder andere und einen Mund, um zu schnauzen und Zigarettenpapier zu fressen, wenn ihm danach war. Noch vor einem Jahre hatte »Hizzoner« gesagt: »Johnny, die Luden müssen schließlich auch leben, genau wie wir. Was hat es denn für einen Sinn, die schwarzen Püppchen von der Straße zu jagen? Nach vierundzwanzig Stunden schlendern sie doch sowieso wieder herum.« Also würgte John seine Muschipatrouille ab, zog ihr fast alle Zähne, und dann fing das mit den Sparbüchern an. Die mit den irischen Namen. Simon Dedalus, Molly Bloom und so weiter. John tat nichts Ungesetzliches, womit er sich diese *Molly Blooms* verdient hätte. Er versprach den Luden von der Nuttenmeile nichts. Konnte er was dafür, wenn Jamey O'Toole ihm Sparbücher in den Schoß warf?

Jetzt war Wahljahr, und »Hizzoner« wollte, daß die grünen Minnas wieder rollten, um schwarze Nutten einzusammeln. John mußte die Muschipatrouille reaktivieren. Aber der Bürgermeister warnte ihn: »Keine weißen Mädchen. Wir können uns keinen Fehler erlauben. Wenn deine Jungs eine Hausfrau aufgabeln, werden uns die Zeitungen kreuzigen. Ich verlaß mich auf dich, Johnnyboy.«

John begleitete die Muschipatrouille. Christianson, sein Chauffeur, hielt sich vorneweg, dahinter dann die Sammeltaxis, uralte grüne Minnas mit verbeulten Dächern. John entschied, welche Nutten in die Minnas wanderten. Er kassierte die fettesten Mädchen ein, die mit den kurzen Hemdchen und den Pockennarben auf dem Oberschenkel. Die Wagen waren in weniger als einer Stunde voll. Die Mädchen hockten drin und zickten rum. Sie konnten der Hitze ihrer eigenen Leiber nicht entkommen. Sie zerrten an ihren Hemdchen, um sich Kühlung zu verschaffen, und bissen große Stücke Luft ab. John gab seinem Fahrer ein Zeichen. »Christie, ich hab genug. Auf geht's.«

»Wohin, Boß?«

»Zum Haus des Bürgermeisters.«

Christianson warf die Sirene an und schoß quer durch die Stadt, überholte Krankenwagen und Feuerwehrwagen und brachte den Commish zum Carl Schurz Park. Ein Polizist trat aus seinem Wachhäuschen, salutierte vor Tiger John und öffnete ihm das Tor. John ging unter der blauen Markise an der Seite des Hauses. Er stattete Gracie Mansion gern einen Besuch ab. Es war ein schönes altes Haus mit weißen Verandabrüstungen und schwarzen Läden vor den Fenstern. Sam hatte drei Zimmer für sich. Er war der erste Junggeselle im Amt, der hier wohnte.

Johnny nahm den Haupteingang, trat unter der Deckenbeleuchtung mit Luftquirl ein, und Sammys Hausmädchen, das ebenfalls hier wohnte, lächelte ihn an und erkundigte sich nach seiner Gesundheit.

»Danke, Sarah, tipptopp.«

»Das ist gut, Commissioner John.«

»Und wie geht es dem Chef heute?«

»Er tobt«, sagte sie. »Wegen der ›Sonntagsfrage‹. Alle setzen darauf, daß Rebecca gewinnt.«

»Das hat nichts zu besagen«, entgegnete John. »Er wird's schon packen.«

Er ging über den grünen Teppich des Bürgermeisters die geschwungene Treppe hinauf. Es war fast drei Uhr nachmittags, aber der Bürgermeister war noch nicht aufgestanden. John stand vor dem Schlafzimmer und klopfte an.

»Komm rein, um Himmels willen.«

Sam stand in Unterwäsche da. Seinem Police Commissioner zuliebe zog er einen Schlafanzug an und ging wieder ins Bett. Dort lag er unter der Decke, bis Sarah mit einer Kanne Kaffee und süßen Brötchen für die beiden Junggesellen kam. Als Sarah verschwand, zwinkerte er John zu. Ein riesiges schwarzes Geschäftsbuch lugte unter der Decke hervor. Es handelte sich um den Etat des Bürgermeisters für das kommende Steuerjahr. Sam trat mit beiden Beinen nach dem Buch. »Becky Karp meint, ich könne weder addieren noch subtrahieren. Dabei braucht man nicht mehr als zehn Finger, um zu wissen, daß die City in der Scheiße versinkt. Irgendein Zauberer im Rechnungsprüfungsamt findet andauernd hier ne Million und da ne Million ... Und am nächsten Tag sind sie wieder futsch ... Hast du die Mäuschen aufs Revier verfrachtet, John?«

»Ja, hab ich.«

Sam verstummte und mampfte auf einem süßen Brötchen herum.

Himmel, wie redete man mit einem Bürgermeister? John trank seinen Kaffee aus und gab sich große Mühe, die Tasse nicht zu zerbrechen. »Ääh«, fing er an, »Sie werden Rebecca bei den Wahlen sicher niedermachen.«

Aber der Bürgermeister hörte ihm nicht zu. Seine Kiefer mahlten, und er starrte in den großen Spiegel neben dem Bett. Armer alter Mann. *Hizzoner kann noch nicht mal eine Unterhaltung führen. Sein Verstand ist kurz vorm Durchschmoren.*

So leise es ging, verließ John das Schlafzimmer. Er verabschiedete sich von Sarah und bedankte sich für Kaffee und Brötchen. Christie hatte den Wagen in der Nähe des Tores geparkt. Er hatte einen Umschlag für Tiger John.

»Wer hat dir das gegeben?«

Christianson streckte die Hände hoch, um die überragende Größe des Riesen anzudeuten. »Dieser ausgestoßene Cop, O'Toole.«

»O'Toole? Woher wußte der, daß ich zum Haus des Bürgermeisters wollte?«

Christianson zuckte mit den Schultern und schürzte die Lippen.

Der PC fixierte ihn wütend. »Der Sonderstaatsanwalt ist uns auf den Fersen, und du alberst mit diesem Nuttenfreund vor Gracie Mansion herum? ... Also los. Fahr mich zum *Dingle.*«

John öffnete den Umschlag, und ein Sparbuch fiel heraus. John interessierte sich nicht für die Summen in dem Buch. Fünftausend, sechstausend, ihm war's egal. Diese Botenjungen wurden dem Commish langsam ein bißchen zu keß. Der Riese war ihm bis vor Sammys Tor gefolgt! Er verbarg das Buch hinter der Hand, damit er den bescheuerten Namen lesen konnte. *Anna Livia Plurabelle.* Werd einer schlau aus diesem O'Toole und seinem König in Dublin. John erhielt seine Sparbücher, ob er nun Jagd auf Nutten machte oder nicht. Wofür zum Teufel bezahlten sie ihn? Würde es Sparbücher nur so regnen, je mehr grüne Minnas er losschickte? *Anna Livia* und *Molly Bloom.*

»Das *Dingle«*, sagte John, »wann sind wir endlich da?« Dann erst registrierte er, daß der Wagen stand.

»Boss, wir stehen schon fünf Minuten hier.«

»Oh«, machte John. Er stieg aus, klopfte dreimal, murmelte seinen Namen und kroch hinein zu den Dingle Bay Boys.

4

Er war wieder dieser Penner, hatte aber keinen dreckigen Hals mehr und auch nicht so viele Stoppeln im Gesicht. Sein Gesicht war hager und trug die Leidensmiene eines Freiers. Annie Powell gefiel das überhaupt nicht. Der Penner hatte Eau de Cologne aufgelegt, ein After-shave. Mit diesen dunklen Augenhöhlen verscheuchte er nur alle. »Herrje«, sagte sie und lachte ihn an. »Wie soll ich denn meinen Unterhalt verdienen? Kauf mich für ne halbe Stunde, aber fütter mich nicht schon wieder. Mit vollem Magen kann ich nicht arbeiten.«

Isaac holte sie von der Forty-third Street runter, bevor sie sich beschweren konnte. Er hatte den festen Griff eines großen Affen. Sie konnte ihre Hand nicht befreien. Die Luden und die jungen schwarzen Nutten lachten, als sie Annie und Isaac vorbeizockeln sahen. Man hätte glauben können, der Penner hätte sich eine Frau genommen. Sie gingen ins *Vinaigrette.* Isaac spendierte ihr Champagner in Demi-Flaschen. Er schien heute aggressiver vorzugehen. Annie mochte lieber Weißwein und grüne Bohnen. Aber diese Fläschchen besänftigten den Penner nicht. »Ich kann dich von der Ecke wegholen«, sagte er. »Ich kann dafür sorgen, daß du keinen Fußbreit Platz hast, um noch anzuschaffen.«

»Herrje, du bist ja wirklich ein Priester ... Wenn du einen Anteil von mir haben willst, mußt du Martin McBride fragen.«

»Ich scheiß auf McBride«, erwiderte Isaac. »Ich will, daß du mit mir lebst.«

Sie lachte nicht über diesen Antrag. Ihre Augen versanken im Schädel.

»Ich habe Downtown eine Wohnung. In der Rivington Street. Mach dir keine Sorgen. Du kannst ruhig deine Männer haben. Ich misch mich nicht ein. Ich werde ihnen Drinks mixen. Hole Wein. Aber ich will nicht, daß du auf den verdammten Straßen anschaffen gehst.«

»Mister«, sagte sie. »Ich brauche keinen Onkel, danke. Ich hab schon einen Luden.«

Konnte er Annie Powell anvertrauen, daß sie ihn und seinen verdammten Wurm quälte? Daß er jeden Luden abknallen würde, der sich ihrer Ecke näherte? Er war eifersüchtig, blödsinnig eifersüchtig auf ein Mädchen, mit dem er noch nicht mal geschlafen hatte. Die Narbe hatte ihn verrückt gemacht.

»Wer ist McDermott?« fragte er.

Sie nahm eine Gabel voll Fisch.

»Ich habe dich nach Dermott Bride gefragt.«

Sie stand auf, legte ihre Serviette hin und verließ das Restaurant. Isaac saß mit drei Korken und seinen kleinen Champagnerflaschen da. Er rief sein Büro an. Sieben Minuten später stand eine Limousine vor dem *Vinaigrette*. Die Kellner des Restaurants sahen, wie der Penner in den Wagen stieg. Sie waren kluge Männer. Sie wußten, daß es merkwürdige Dinge auf der Welt gab. Die Superreichen zogen es oft vor, sich wie Clochards zu kleiden. Sie würden diesen Penner mit der narbigen Schönheit, der Limousine und den kleinen Champagnerflaschen nicht vergessen.

Isaacs Kommissare hatten Martin McBride gefunden, der mit einer fetten Frau in einer Acht-Zimmer-Wohnung in der Nähe von Marble Hill lebte. Martin hatte ein Emphysem. Aber er mußte den August über in New York aushalten. Er kassierte von den Luden in Manhattan und hörte sich ihre Klagen an. In Midtown kannte man ihn als »Geldeintreiber Martin«. Er war über ein halbes Leben lang Kleinganove gewesen. Der arme Martin hatte keine allzu große Akte: zwei, drei Festnahmen wegen Landstreicherei. Kurze Haftstrafen im »Tombs«. Doch das war zwanzig Jahre her. Erst im Alter war er wirklich zu Geld gekommen.

Er trug einen Dreihundert-Dollar-Anzug, als Isaacs Männer ihn aus seiner Wohnung entführten. Der alte Geldeintreiber war verwirrt. Die Centre Street war vollkommen dunkel. Warum schubste man ihn durch die Flure? Er konnte nicht glauben, daß Isaacs Leute wirklich Cops waren. Aber dies hier war wirklich das alte Polizeipräsidium. Sie lieferten ihn in einem Hinterzimmer im zweiten Stock ab. Das Zimmer war dunkel, bis auf die Lampe, die ihn blendete. Wer zum Henker war der Kerl hinter dem Schreibtisch?

»Du Dreckskerl, gehört dir Annie Powell oder nicht?«

»Sir«, sagte der alte Geldeintreiber, »ich habe keine Ahnung, wer dieses Schätzchen sein soll.«

»Zufälligerweise weiß sie eine Menge über dich ... Wie geht's Dermott denn so?«

»Wer, Sir?«

Isaac streckte die Hände über den Tisch und drehte McBride die Ohren um.

»Ach, der Neffe. Dem geht's gut.«

»Könnte es sein, daß du für ihn arbeitest, Martin McBride? ... Daß das Kleingeld, das du den Nutten aus der Tasche ziehst, an den kleinen Dermott geht?«

»Bestimmt nicht, Sir. Dermott hat in Yale studiert, ich schwöre. Ich hab ihm durchs College geholfen. Er wollte Anwalt werden ... Hat's aber nie geschafft, Sir. Der Neffe war das Studieren leid.«

»Wo ist er jetzt?«

»Ich habe nicht die geringste Ahnung.«

Isaac war es leid, anderen die Ohren langzuziehen. Er überlegte, Martins Schädel gegen die Wand zu donnern. Doch unvermittelt bekam Martin einen Hustenanfall. Das war nicht gespielt. Isaac konnte die widerlichen blauen und gelben Flecken des Emphysems erkennen. Er ließ Martin von seinen Leuten heimbringen. Von dem alten Geldeintreiber hatte er nichts erfahren. Er war Dermott Bride kein Stück nähergekommen.

5

Die Luden redeten nicht mit ihm. Die schwarzen Nutten konnten Dermotts Namen noch nicht mal aussprechen. Annie rannte vor Isaac weg, sobald er auftauchte. Sie aß mit dem alten Penner nicht mehr zu Mittag oder zu Abend. Isaac betrat einen Pornoladen, der von einem freundlichen russischen Juden geführt wurde. Der Jude war clever genug, Isaacs Verkleidung zu durchschauen. Er wußte von dem legendären First Deputy von New York.

»Sidel, mir müssen Sie diesen Quatsch nicht vorspielen. Stellen Sie mir eine Frage, und wenn ich kann, werde ich antworten.«

Der Mann hieß Lazar. Und er hatte eine Pistole unter der Theke, in ein Taschentuch gewickelt.

»Wer ist das Mädchen mit der Narbe im Gesicht? Vor einem Monat war sie noch nicht hier.«

»Der Schuß?« sagte Lazar und formte mit den Händen makellose Brüste. »Die Wahnsinnsalte? Sidel, lassen Sie von der die Finger. Sie ist Dermotts Braut.«

Und er kicherte. Isaac lächelte nicht.

»Wer ist Dermott?«

»Dermott? Dermott ist der König.«

Danach sagte Lazar kein Wort mehr. Er mußte sich um sein Geschäft kümmern. Isaac war schlau genug, ihn nicht zu löchern. Lazar hatte so viel gesagt, wie Lazar sagen wollte. Dermott ist der König. Langsam begriff Isaac, warum auf der Nuttenmeile Frieden herrschte. Dieser Dermott mußte so was wie der Oberlude sein. Onkel Martin war sein Geldeintreiber, der alte Knabe, der seine Bücher führte. Aber warum schnitt nicht irgendeine Bande Wildgewordener Martin die Kehle durch? War Dermott tatsächlich ein so großer König? Und wie hielt er sein kleines Imperium zusammen, wenn man ihn noch nicht mal zu Gesicht bekam? Das alles paßte nicht zusammen. Isaac Sidel müßte doch den Herrscher des Times Square kennen.

Er hatte keine Zeit, um in einem Pornoladen herumzustöbern. Er wurde an der John Jay School of Criminal Justice erwartet. Dort hielt er zweimal die Woche eine Vorlesung. Er ging in sein Hotel, rasierte sich, zog eine frische Latzhose an. Das war Isaacs Dozentenkluft.

Der Wurm juckte, als Isaac in der John Jay School eintraf. Für Isaac war das ein schlechtes Zeichen. Der Wurm irrte sich nur selten. Er hatte eine neue Schülerin in der Klasse. Melvin Pears' grünäugige Frau. Sie saß ganz hinten und hielt ein Notizbuch in Händen. Das Notizbuch hemmte Isaac. Er vergaß, durch den Klassenraum zu stolzieren. Er stand am Fenster und sprach über die Vergeblichkeit des Strafrechts. »Die Bronx stirbt«, sagte er den jungen Feuerwehrleuten und Cops seines Seminars. »Straße um Straße. Wir können ja schlecht die Artillerie hinschicken. Die Kids würden nur unsere Panzer abfackeln. Schon bald sind die Außenbezirke Manhattans dran ... Dann wird es an der East Side Wohntürme geben, in denen Maschinengewehrschützen in der Eingangshalle hocken ... Man wird bewaffneten Begleitschutz brauchen, nur um im Supermarkt einkaufen zu gehen.«

Einer der Feuerwehrmänner hob die Hand. »First Deputy Sidel, was können wir dagegen tun?«

»Geht in die Bronx«, entgegnete Isaac. »Überbaut den ganzen Schutt. Warum sollte es in Crotona Park keine Einkaufszentren geben?«

Die Cops kicherten leise. Die Gegend rund um Crotona Park sah aus wie nach einem Napalmangriff. In der Bronx gab es mehr Brandstifter als Gemüsehändler. Wäre er nicht der First Dep gewesen, die Cops hätten Isaac für einen Bolschewisten gehalten. Sie genossen diese Jeremiaden eines

Deputy Police Commissioners. Man durfte im Unterricht rauchen. Isaac war es vollkommen egal, welchen Mist man qualmte. Aber diese grünäugige Lady störte ihn. Würde sie in Becky Karps Wahlkampf um das Amt des Bürgermeisters Isaacs Worte gegen den alten Sam verwenden? Er sah, daß sie zwischen ihren Beinen munter mitschrieb. Das war nicht der rechte Ort, um Notizen festzuhalten.

In der nächsten Stunde war sie wieder da, auf demselben Platz. Der Wurm brachte ihn fast ins Wanken. Er mußte sich an die Wand lehnen. »Na klar«, murmelte er bei sich. »Nicht besonders schwer, eine Verräterin zu erkennen. Vor allem, wenn sie grüne Augen hat.« Aber er dachte ja gar nicht daran, sie zu verhätscheln oder sich mit seinen Worten zurückzuhalten. Er kam auf stalinistische Lösungsansätze zu sprechen. »Mobilisiert die Leute. Allein schaffen es die Cops nicht. Gründet eine verdammte Volksarmee. Bekämpft die Scheißer, die nicht kooperieren. Holt Joe DiMaggio zurück. Sorgt dafür, daß Willie Mays ein neues Polo Grounds baut ... direkt hinter dem Grand Concourse. Wo ist Durocher heute? Zieht jedem zehn Prozent vom Gehalt ab ... Einen Zehnten für die Bronx ... Nein, machen wir zwanzig Prozent draus.«

Die Cops lachten, aber die grünäugige Gattin von Pears krallte sich an ihrem Notizbuch fest. Isaac wurde traurig. Ich schaufle Sams Grab. Er beendete die Stunde zwanzig Minuten zu früh. Er versuchte, Mrs. Pears zu entgehen. Am Ausgang hatte sie ihn in der Falle. Er hätte schon unter ihren Möpsen herkriechen müssen, um an ihr vorbeizukommen. Sie stopfte ihm einen Zettel in die Hand. Die Flecken in ihren Augen waren unglaublich. Sie blitzten glänzend grauen Staub, wie kleine Planeten, die kurz vorm Explodieren waren. Er war eifersüchtig auf Melvin Pears. Isaac war selbst verheiratet. Mit Kathleen. Eine taffe irische Lady, die ihn geheiratet hatte, als er noch keine zwanzig war. Sie machte in Immobilien. Sie betonierte Sümpfe in Florida zu, hatte zehn Verehrer und eine Million auf der Bank, und sie brauchte keinen Cop, der gern in Pennerhosen rumlief. Ein-, zweimal im Jahr sah er sie. Sie liebten sich, sofern Kathleen in Stimmung war. Das Ganze war eher eine freundschaftliche Umarmung als sonst was. Nun mußte er sich mit Mrs. Pears auseinandersetzen.

»Ich wollte nicht einfach so in Ihren Unterricht platzen ... Tut mir leid ... Aber mich hat interessiert, was Sie zu sagen haben ... Können Sie morgen abend zu uns zum Dinner kommen?«

»Ihr Gatte ist zu taff für mich, Mrs. Pears.«

»Jennifer«, entgegnete sie. »Jenny ... Mel mag Sie ... achten Sie nicht auf sein Geknurre ... Er muß üben, damit er die Geschworenen glücklich machen kann ... Zu Hause ist er viel umgänglicher.«

6

Isaac rechnete damit, daß Rebecca Karp aus dem Schrank sprang und ihm als Hors d'œuvre die Kehle durchbiß. Aber sie waren nur zu dritt: Pears, seine Frau und Isaac Sidel. Jennifer hatte nicht geflunkert. Melvin war zu Hause nicht der Anwalt. Er bot Isaac ein paar Züge aus seiner Haschpfeife an. Der First Dep rauchte mit Mr. und Mrs. Pears. Warum auch nicht? Er war einundfünfzig. Vor seinem Tod sollte er zumindest mal probiert haben, wie Hasch schmeckte. Der Wurm fühlte sich nicht angegriffen, und das Kraut wärmte Isaacs Kopf. Den Cop in sich konnte er allerdings nicht ganz kaltstellen. »Mel, haben Sie jemals von einem ehemaligen Jurastudenten namens Dermott Bride gehört? War in Yale.«

»Ich glaub nicht«, meinte Pears, und sie alle zogen an der Pfeife. »Ich könnte keinen Schriftsatz aufsetzen ohne Hasch«, sagte er. »Wenn ich stoned bin, arbeite ich besser.«

Isaac entdeckte nicht die leiseste Zuneigung zwischen den Eheleuten. Ihre Körper schienen in einer Art neutraler Sphäre zu existieren. Das liegt am Stoff, dachte Isaac. Wahrscheinlich vögeln sie dreimal am Tag. Mel besaß so viel Anstand, Rebecca Karp nicht zu erwähnen. Und Isaac redete nicht über den Bürgermeister. Ein kleiner verschlafener Junge kam aus einem der Zimmer. Er trug einen Feuerwehrschlafanzug. Er rannte zu seinem Vater. »Alex, sag hallo zu Isaac.«

Isaac gab Alexander Pears, der den Mund seines Vaters und die grünen Augen seiner Mutter geerbt hatte, die Hand.

»Isaac ist ein Polizist ... smarter als Dick Tracy.«

Alexander war viereinhalb. Er gab seinem Vater einen Schmatz und ging wieder ins Bett. Er ließ Isaac nicht aus den Augen. Jennifer war in der Küche und strich Schlagsahne auf einen Kuchen. Gott sei Dank hatten sie nicht über Politik geredet. Pears verlor kein Wort darüber, warum der PC die Prostituierten von der Straße holte. Isaac war es, der von den Nutten anfing. Er träumte von Annie Powell. »Es gibt gewisse Luden. Die kriegen ein Mädchen in die Finger. Und sie gehört ihnen ein Leben lang ... oder bis sie häßlich ist und nach Nova Scotia verschifft werden muß, wo alles, was laufen kann, als Frau durchgeht.«

Er bemerkte Jennifer, die hinter ihm stand. »Tut mir leid, das klingt grausam. Ist aber Tatsache. Wissen Sie, manchmal, wenn ein Mädchen zu schön ist und ihr Lude Angst hat, sie zu verlieren, dann verpaßt er ihr eine Narbe im Gesicht. Das ist so eine Phantasievorstellung von ihm ... er glaubt, die Narbe mindert ihren Wert in den Augen anderer

Männer. Allerdings ist das nicht immer der Fall. Die Narbe kann sie nur noch begehrenswerter machen. Und der Lude verliert sie, so oder so.«

Sie aßen große Stücke Pekannußkuchen und tranken Cognac. Melvin ließ sich in seinen Sessel sinken und schlief ein. Isaac tuschelte peinlich berührt mit Mrs. Pears. Melvin schnarchte laut. Jennifer entschuldigte sich nicht für ihren Mann. Sie brachte Isaac zur Tür. Der Wurm in seinem Gedärm rührte sich. Vom Cognac mußte er sich winden. Das Hasch wirkte auf Isaac wie ein Liebestrank. Er drückte Mrs. Pears gegen die Tür. So fand er sich wieder. Ein strauchelnder Mann. Seine Zunge steckte tief in ihrem Mund, und er verschluckte ihr halbes Gesicht. Er hörte Melvin immer noch schnarchen. Dieser verdammte Kuß wollte kein Ende nehmen. Der Wurm hatte eine andere Uhrzeit als Isaac. Er hätte eine Stunde an ihr knabbern können. Was, wenn der Hausherr aufwacht? Oder wenn der kleine Junge in dem roten Schlafanzug aus seinem Zimmer spaziert und Mama mit Dick Tracys Zunge im Mund sieht? Isaacs Nervosität trennte sie. Er erzählte ihr von seinem Hotel. »Es ist zu abgewrackt, um einen Namen zu haben. Du mußt dich dort nicht mit mir treffen ...«

Er stand vor Melvins Haus auf der Madison Avenue, Ecke Seventy-ninth. Was zum Teufel sollte das alles? War das irgend so ein Spielzug, den sich Melvin ausgedacht hatte, um ihn in Rebecca Karps Lager hinüber zu locken? Fütter dem Burschen etwas Hasch, soll die Frau ihn küssen, und schon kommt er von Bürgermeister Sam herübergeflattert? Seine Zunge war ganz wund. Unterhielt Jennifer alle Gäste auf diese Weise? Er war mit der Knutscherei so beschäftigt gewesen, daß er nicht mal ihre Titten abgegrabscht hatte. Himmel, bei Frauen stellte er sich so dumm an. Eine kluge Entscheidung von seiner Frau Kathleen, nach Florida zu ziehen. In Richtung Partnerschaft war von einem Cop, der mit seiner Leidenschaft für Rätsel und Technik verheiratet war, nicht viel zu erwarten. Er hatte vielleicht mit hundert Frauen geschlafen, Nutten und Gattinnen von Geschäftsleuten, und während er bohrte, streichelte und sog, kreisten seine Gedanken um irgendein großes Ding, das ihn beschäftigte. Der First Dep knackte ein Viertel seiner Rätsel im Bett. Das Vögeln schien ihn von dem unnützen Ballast zu befreien, seine Konzentration fürs Detail zu schärfen. Aber das war, bevor die Guzmanns ihm seinen Wurm verpaßt hatten. Der Wurm hatte seinen sexuellen Drang gelähmt. Deshalb kam ihm dieses Züngeln mit Jennifer auch so verrückt vor. Muß wohl am Hasch gelegen haben, sinnierte Isaac. Der Stoff hatte etwas in ihm geweckt, was der Wurm eingeschläfert hatte. Er war überzeugt, Mrs. Pears nie wieder zu sehen. Sie mied seine gesellschaftliche Schicht. Sie würde niemals eine versiffte Absteige betreten.

Isaac humpelte zur West Forty-seventh Street. Er stieg in seine Pennerklamotten. Er hatte Lust herumzustreifen. Annie stand nicht an ihrer Ecke. Na und? Blies sie einem Schlipsfabrikanten aus Hoboken gerade einen? Isaac würde den Mistkerl umbringen. Er würde jede einzelne Nutte einbuchten, egal, ob weiß oder schwarz, um Annie das Geschäft zu verhageln. Niemand durfte diese Narbe befingern. Der First Dep verlor den Verstand. Er wollte dieses *D* küssen, das Dermott Bride ihr verpaßt hatte. Wollte die Narbenränder mit seinen Lippen abtasten. Die Zunge würde er bei sich behalten. Die Zunge war für Mrs. Pears reserviert.

Sie schien ihm Glück gebracht zu haben, Melvins grünäugige Frau. Vor Lazars Pornoladen entdeckte er Martin McBride. Der Eintreiber war nicht allein. Jamey O'Toole war bei ihm. Der kleine Jim. O'Toole war ein abtrünniger Cop. Isaacs eigene Ermittler, »die Ratten« des First Dep, hatten die Beweise gegen Tiny Jim geliefert. Er hatte gnadenlos Bestechungsgelder kassiert, »schwarze Mieten«, hatte den örtlichen Geschäftsleuten die Schädel eingeschlagen, um die Schutzgeldfirmen in Brooklyn und der Bronx weiter in Lohn und Brot zu halten. Isaac hatte ihn rausgeschmissen. O'Toole verlor seine Pensionsansprüche, aber einem Zwei-Meter-Mann mit zwei Fäusten, die kleineren Männern lebenslange Kopfschmerzen verpassen konnten, war praktisch nicht beizukommen. O'Toole war immer noch im Geschäft. Er hatte sich an Dermott und Martin McBride verdingt. Er war die wandelnde Schrotflinte des Geldeintreibers. In New York gab es nicht allzu viele Gangs, die sich mit Jamey O'Toole angelegt hätten. Man brauchte schon ein Beil, um an ihn heranzukommen. Eine Kugel hätte bestenfalls eine kleine Delle in seiner Brust hinterlassen.

Aber Isaac hatte ja seinen Wurm, der ihm Mut machte. Er wollte diesen O'Toole zum Teufel jagen. »Jamey«, sagte er, »ich hab gehört, dein altes Abzeichen liegt in der Requisitenkammer.«

O'Toole hatte ein warmherziges Lächeln für Isaac übrig. »Wie geht's denn so, Chief? Schwer, sich all Ihre Verkleidungen zu merken. Isaac, ich bin wirklich nicht nachtragend, ich schwör's ... Aber halten Sie sich von den Seitengassen fern, verstanden? Sie könnten leicht stürzen und sich auf dem Boden ein Auge ausstechen. Kennen Sie übrigens meinen Arbeitgeber, Martin McBride ... Martin, lassen Sie sich nicht von dem Gestank dieses Kerls täuschen. Das ist Isaac persönlich, der First Deputy von New York.«

McBrides Flosse in Isaacs Hand war weich und klamm.

»Wir sind schon gute alte Freunde«, meinte Isaac. »Martin hat mich besucht ... in der Centre Street.«

McBrides Flosse schoß aus Isaacs Hand.

»O'Toole, überbringst du bitte Dermott eine Nachricht? Sag ihm, ich mag seine Annie ... und ich möchte ihm gern meine eigenen Initialen in seine königliche irische Fresse schnitzen.«

Martin huschte blitzschnell hinter O'Toole.

Jamey behielt seine sanfte Stimme dem First Dep gegenüber. »Tut mir leid, Chief. Ich glaube nicht, daß ich diese Nachricht überbringen kann. Das wäre eine Kriegserklärung, verstehen Sie? Und ich könnte leicht zwischen die Fronten geraten. Das werden Sie Dermott schon selbst vorträllern müssen.«

»Gerne, wenn du mir sagst, wo er steckt.«

»Das ist dann wohl Ihr Problem, Chief. Dermott treibt sich nicht gern in der Öffentlichkeit herum. Er hat sich zur Zeit ein bißchen zurückgezogen. Aber Sie könnten ihm ja eine Postkarte schicken. Falls Sie die richtige Briefmarke finden.«

O'Toole nahm Martin bei der Hand und ging davon.

7

Isaac ging in sein Hotel und brütete. Man brauchte schon eine keltische Harfe, um die Worte eines Iren zu entschlüsseln. Dieser beschissene O'Toole. Die richtige Briefmarke? Zurückgezogen? Dermott mußte wohl außer Landes sein. Martin führte die Geschäfte für ihn, und O'Toole diente ihm als Muskelmann. Die Italiener machten sich mit schwarzen Nutten auf der Straße nicht die Finger schmutzig. Aber selbst O'Toole konnte sich nicht mit allen Niggergangs anlegen, es gab jede Menge *brothers*, die für ein paar Kröten bereit waren, Luden abzumurksen. Sie alle bekamen ihren Anteil vom Pot. Darin bestand Dermotts Zauber. Aber warum machte er so ein Geheimnis um sich?

Der Penner verließ sein Zimmer nicht. Selbst Klopfen an

der Tür holte ihn nicht aus seinem ungemachten Bett. Der Wurm juckte und zwang ihn, ein Gesicht wahrzunehmen. Er hatte Besuch. Jenny Pears. Sie war nicht sicher, daß er wirklich Isaac war, bis er ein anderes Hemd anzog. Er schüttelte die Kissen auf. Sie lachte über seinen jämmerlichen Drang, vier Wochen Dreck aufzuräumen. Sie mochte Isaacs Zimmer.

Er versuchte zu erklären. »Muß so leben ... Arbeite an einem schwierigen Fall.«

»Warum bist du so mager?« fragte sie.

»Jennifer, bis vor einem Jahr war ich ein Fettsack. Hatte den feistesten Stiernacken von ganz Manhattan. Dann hab ich versucht, eine Bande von Dieben aus dem Verkehr zu ziehen. Die Guzmanns. Hab sechs Monate bei ihnen gelebt. Mußte sie glauben machen, ich hätte mit den Cops gebrochen. Aber die Guzmanns waren gewitzt. Ich hab die Drecksarbeit für sie erledigt, und sie haben mir einen Wurm verpaßt. Und seitdem nagt der Wurm an mir.«

»Isaac, es gibt so was wie Krankenhäuser, weißt du das? Labors, die deinen Wurm schrumpeln lassen können, ihn auflösen, töten, ihn daran hindern, wieder zu wachsen.«

»Ich hab genug von Krankenhäusern. Ich bin zum Presbyterianischen Krankenhaus gepilgert wie ein Gläubiger. Die haben mich fluoroskopiert, ich mußte Pillen schlucken. Nichts ist passiert. Und mit der Zeit ist mir mein Wurm ans Herz gewachsen.«

Isaac flehte sie an, ihn den Abwasch machen zu lassen. Jennifer lehnte ab. Ihr Körper ließ ihn schaudern. Ihr Rükken war makellos. Ihre Oberschenkel hatten in Isaacs Zimmer einen merkwürdigen Glanz. Er liebte die Kreise ihrer Brustwarzen, rosige Hügelchen. Was machte Melvins Frau in seinem Zimmer? Warum war Pears nicht bei ihr, warum ruhte nicht sein Kopf zwischen ihren Beinen? Ihre leicht schlaffen Mutterbrüste störten ihn überhaupt nicht. Das

Ganze war sehr erstaunlich für Isaac. Er bewegte sich mit einer Sanftheit in ihr, mit einem langsamen, weichen Rhythmus, über den er bisher noch nie verfügt hatte. Hielt der Wurm ihn im Zaum, bremste ihn? War es dieses Geschöpf, das Jennifer Pears nahm, und nicht er? Mit den ihm eigenen weichen Bewegungen, mit den wiegenden Gliedern eines Wurms? Haben Würmer Schwänze und Zungen? Isaac wollte, daß sie aus seinem Zimmer verschwand.

»Bin spät dran«, nuschelte er. »Eine Verabredung mit dem Bürgermeister. Himmel, wir müssen um sechs in dieser Synagoge sein.« Das war nicht gelogen. Der kleine irische Bürgermeister mußte die Hebräer auf Knien um Stimmen anbetteln, mußte in den entlegensten Vierteln obskure *Schuls* aufsuchen. Die irischen Stimmen hatte er schon verloren. Die Iren liebten Rebecca. Sie war eine ehemalige Schönheitskönigin, und sie hatte eine laute Stimme, Witz, Humor und konnte hexen. Sie war einsdreiundsiebzig groß und hatte gute Geschichten auf Lager. Der Ehrenwerte hingegen ging fast als Zwerg durch. Einsfünfundfünfzig ohne Schuhe. Er war treuer Parteisoldat, ein Bürokrat, der kaum zwei gerade Sätze hintereinander herausbrachte. Sein Stern war vor dreieinhalb Jahren aufgegangen. Damals war er Vorsitzender des Beschwerdeausschusses gewesen, der sich ausschließlich mit dem Straßenzustand befaßte, außerdem Mitglied des Denkmalschutzausschusses sowie ehrenamtlicher Vorsitzender des Frauenobdachs Manhattan. Sam hatte die High-School nicht zu Ende besucht. Er schien genau der Richtige für den Job des Bürgermeisters. Die Polittrickser liebten seine Verschwiegenheit und seinen bedingungslosen Einsatz für ihre Sache. Die anderen Kandidaten, sechs knurrende Männer, gingen sich gegenseitig an die Kehle. Die Demokraten wandten sich Sam zu. Sie belohnten ihn für fünfzig Jahre Arbeit. Er hatte Milchkisten für Parteibosse geschleppt, die Kaminfeuer in den Clubzimmern der Demokraten angefacht, im Rathaus auf den Knien geschlafen. Allerdings zog er im falschen Jahr ins Gracie Mansion ein. »Hizzoner« hielt eine Leiche in den Armen. Die City starb Sammy Dunne unter den Fingern weg. Sie kämpfte gegen die drohende Pleite des städtischen Haushalts und eine dramatische Zunahme der Arbeitslosenzahlen.

»Hizzoner« lehnte es ab, in seinem eigenen Wagen in die Stadt zu fahren. Er hatte Angst, die Leute würden ihn ausbuhen. Also schickte Isaac eine Limousine, um ihn im Gracie Mansion aufzugabeln. Jennifer schaute zu, wie der First Dep in seine Synagogenkleidung stieg. Ihre Zuneigung für Isaac den Penner war größer. Sie gab ihm einen Abschiedskuß und ließ ihn mit seinen Manschetten allein. Die Limousine für Isaac wartete vor dem Hotel. Bürgermeister Sam verbarg sich auf dem Rücksitz. Er stellte Isaacs Hotelwahl nicht in Frage. Den gutaussehenden John Rathgar, den Police Commissioner, scheuchte er herum, aber in Itzig Isaac hatte er absolutes Vertrauen.

Der Wagen brachte sie nach Hollis, Queens. Sam und Isaac mußten sich mit einer *Schul* voller Rentner, Pensionäre und deren Frauen auseinandersetzen, die sich Sorgen um ihre sinkenden Einkünfte machten, über die Verbrechensrate in den Sozialsiedlungen und über den Wert eines Bürgermeisters, der seinen Amtssitz nie verließ. Sie waren für Rebecca aus den Rockaways. Sie ließen Isaac und Sam aus Langeweile, Wut und Enttäuschung gewähren. Der Bürgermeister hatte nichts zu sagen. Die Zunge rollte ihm im Maul herum, als er Isaac auf dem Podium etwas zuflüsterte. »Himmelherrgott, rette uns endlich.« Isaac sah, in welch großem Dilemma sie steckten. Ein irischer Bürgermeister und ein vom Glauben Abgefallener in einem Haus voller Juden. Isaac hatte noch nie in einer Synagoge gebetet. Aber Sam und er mußten die kleinen Käppis auf dem Kopf tragen. Isaac machte den guten Bullen für Bürgermeister Sam, aber jede neue Frage ging ihm mehr an die Nieren. Er hatte Mitleid mit diesen alten Männern und Frauen. Vor den Wahlen wurden sie gehätschelt und danach wieder vergessen. Aber so waren die Gesetze der Politik. Funktionäre leiteten die City, Männer und Frauen in Grau, die nicht mal wußten, daß es in Hollis eine Synagoge gab und denen das vollkommen egal war. Rebecca kreischte irgendwas von mehr Seniorenclubs, aber ob sie nun ins Amt kam oder nicht, es machten doch genau dieselben Funktionäre weiter. Trotzdem mußte Isaac sich auf belanglose Lügen verlegen. Er schmiedete große Pläne für Bürgermeister Sam Dunne: mehr Cops, die alte Frauen zur Bank begleiteten, Streifen, um jugendliche Nachwuchsdiebe abzuschrecken, Sergeants, die Vorträge über bessere Einbruchsicherungen halten konnten. Der Wurm biß ihn gewaltig. Er hatte wenig Verständnis für Isaacs Gewäsch.

Dann wurde das Publikum umgänglicher. Sie hatten keine Ahnung davon, daß Isaac vom Glauben abgefallen war. Die Synagogengemeinde dachte, sie würden von Jude zu Jude reden. Eine alte Frau erwähnte *ihren* Nobelpreisträger. Was hielt Isaac von Moses Herzog und Saul Bellow? Zu dem Hahnrei Moses fiel Isaac nur so viel ein, daß er gern Bauch zu Bauch Unzucht trieb, von Angesicht zu Angesicht. Gedanken an Jennifer Pears schlichen sich ein. Er hegte den plötzlichen Wunsch, jeden Zentimeter von ihr zu nehmen, diese Sanftheit abzuschütteln, die der Wurm ihm aufgedrängt hatte, und sie aufzufressen wie ein durchgeknallter Chinamann. Der Ehrenwerte, der kein Buch lesen konnte, stupste Isaac an. »Wir haben sie. Erzähl ihnen von Herzogs Bello.«

Isaac laberte irgendwas über Herzog und das moderne Judentum, danach durften Sam und er gehen. Der Wurm bohrte sich geradezu grausam fest in Isaac hinein. Er mußte sich anstrengen, sich nicht in der Limousine hin und her zu werfen. Aber Sam war glücklich. »Du hast sie rumgekriegt«, sagte er, »mit Herzogs Bello hast du sie rumgekriegt.«

Etwas bohrte in Isaacs Schädel. »Euer Ehren, Sie kennen doch bestimmt jede irische Gesellschaft in New York ... Gibt es irgendwo ein Mitglied namens Dermott Bride? Ein reicher Mann, ein Mann, der hier und da Spenden verteilt?«

Sam hörte nicht zu. Er sang immer wieder »Herzogs Bello, Herzogs Bello«, und Isaac dachte, mit diesem Liedchen auf den Lippen wird er die Vorwahlen verlieren. Und Molly kriegte wahrscheinlich einen Kuß von Mr. Bellow und warf Isaac den Hunden vor.

8

Er hatte recht, was Jenny betraf. Sie tauchte nicht wieder in seinem Hotel auf. Ach, sie hat einen anderen Primitiven gefunden. Herrje, mit so einem Körper? Und diesen grünen Augen. Er suchte im John Jay College nach ihr. Da war keine grünäugige Lady, die seine Worte mitschrieb. Seine Vorlesungen waren beschissen. Es war ihm egal, ob der Bürgermeister die Wahl gewann oder nicht. Er kümmerte sich nur noch um Dermott Bride. Seine Deputies riefen ihn im Hotel an. Sie hatten nichts Neues von Dermott, aber Melvin Pears hatte ihn zu einer Party eingeladen, einer Party für Rebecca, in ihrem Wahlkampfhauptquartier im leerstehenden Ausstellungsraum einer früheren Dodge-Vertretung auf der West Fifty-third. Isaac dachte, scheiß doch auf Becky Karp. Er wollte sich nicht als Prügelknabe für ihre Kampagne hergeben und als der schräge Cop auftreten, damit Rebecca und ihre Leute über ihn an Bürgermeister Sam herankamen. Aber vielleicht war ja Jennifer auf der Party. Jenny mit dem makellosen Rücken. Isaac erschien in Latzhose in dem Dodge-Center.

Der Ausstellungsraum war brechend voll. Alle möglichen Filmstars waren für Ms. Rebecca erschienen. Die Streisand, Dustin Hoffman nebst Gattin. Der First Dep blieb unerkannt, bis Rebecca ihn an den Schultern packte und an sich drückte. »Isaac«, sagte sie, »Isaac.« Sogar der Wurm spürte Beckys Schultergriff. Isaac wurde an sie gepreßt wie ein Plüschhäschen. Das war von Rebecca durchaus gewollt. Sie wollte ihn nah genug haben, um ihm ins Ohr flüstern zu können. »Du Wichser«, raunte sie. Diese Rebecca machte ihm Spaß. »Ich steck deine Eier in ein Glas Honig und laß die Ratten mal dran lecken ... Du Arschloch, warum hast du dich an einen ertrinkenden Mann gekettet? So blöd kannst du doch gar nicht sein.«

Isaac entwand sich aus Rebeccas Clinch und küßte sie auf den Mund. »Er mag ja senil sein. Es gibt Tage, an denen kennt er nicht mal seinen eigenen Namen ...«

»Dann komm doch zu uns«, sagte sie.

Isaac lächelte, aber seine Lippen waren schmal, und Rebecca ging auf, daß sie gerade einen Judaskuß erhalten hatte.

»Du Schlampe, er ist ein besserer Bürgermeister, als du je sein kannst.«

Er wollte gerade verschwinden, tunnelte auf dem Weg zum Ausgang unter Streisands wirrem Haar hindurch, doch dann entdeckte er Jennifer, die bei einem von Rebeccas Beratern stand, einem Burschen mit roten Augenbrauen. Sie lächelten und tuschelten. In was für einem Hotel wohnte der wohl? Hatte der Bursche auch rote Brusthaare? Ob er sich vielleicht Isaacs Wurm ausleihen wollte? Würde sie ihn in einem Hauseingang vögeln? Isaac drängte sich durch eine Gruppe von Wahlkampfhelfern und zog Jennifer von dem

Burschen fort. »Mein Retter«, hauchte sie, »mit der eisernen Pranke ... Welche Synagoge steht denn heute auf dem Programm? Isaac, mein Mann steht einen Meter hinter uns. Mel. Du erinnerst dich an ihn?«

»Der kriegt nichts mit«, entgegnete Isaac. Der First Dep war in prächtiger Stimmung. »Er denkt sich Strategien für Rebecca aus.«

Also gingen sie in Isaacs Hotel. Er war in ihr, bevor sie noch ihren Slip ganz ausziehen konnte. Es war so was wie eine freundschaftliche Vergewaltigung. Er leckte ihre Achselhöhlen, füllte ihren Bauchnabel mit Speichel und lutschte mit brutaler Energie zwischen ihren Beinen. Er hinterließ Spuren auf ihren Oberschenkeln, Souvenirs für Melvin.

»Isaac, warum bist du so sauer auf mich?«

»Wer weiß das schon?«

Wollte er dem Wurm eins auswischen, wollte er ihm den wahren Isaac zeigen, der jede Frau ins Bett kriegen konnte? Er begann an ihren Nippeln zu saugen wie ein Scheißbaby. Sie streichelte seinen Kopf, hielt ihn fest, und schon hatte der Wurm ihn wieder aufs Kreuz gelegt. Die Lust war verflogen. »Bleib bei mir«, sagte er. »Heute nacht.«

»Isaac, wie soll das gehen? Ich ... Zu Hause wartet ein Vierjähriger auf mich ... und Mel.«

»Ruf den Jungen an. Sag ihm, Dick Tracy spielt morgen mit ihm, wenn er brav ins Bettchen geht. Mel kann auf sich selbst aufpassen.«

Ihre grünen Augen warfen wieder diesen wunderschönen grauen Staub. Er setzte sie ins Taxi. Sie gab ihm einen feuchten Kuß und steckte ihm die Finger in die Ohren. Das war kein Witz: Er verlor seinen Mumm an Jennifer Pears. Besser, er suchte sich ganz schnell irgendein Pippimädchen, damit er sich auf Dermott konzentrieren konnte, während er sie auf den Bauch drehte und von hinten fickte. Er schwärzte sich das Gesicht mit Holzkohle und stieg in seine Pennerkluft. Es gierte den First Dep nach einer Schlägerei. Er würde in den Straßen herumstreunen wie ein tollwütiges Tier und Luden, Cops oder Touristen verprügeln. Es würde schwer sein, Isaac zu verhaften, ganz gleich, was für Klamotten er trug. Der Wurm sollte ruhig an ihm reißen. Isaac würde sich von einer kleinen Schlange im Bauch nicht beherrschen lassen.

Er hatte den Kunden gefunden, den er brauchte. Ein Mann unterhielt sich mit Annie Powell, ein schüchterner Freier, wie es aussah. Einigten sie sich gerade auf einen Preis? Isaac konnte ihm den Skalp von den Ohren reißen und eine Schönheitsbehandlung verpassen, die er nie vergessen würde. Aber Annie ging nicht mit dem Freier. Irgend etwas hatte ihn verscheucht. Allerdings nicht Isaac. Seine Wut konnte aus einem Block Entfernung nicht so offenkundig gewesen sein. Es war jemand anders. Ein Pferd von einem Mann. Der kleine Jim O'Toole. Jamey beugte sich über sie. Isaac kam näher. Das Pferd brachte sie nicht zum Lächeln. Er hatte seine riesigen Griffel unter den Bund ihres nuttigen Röckchens geschoben.

»O'Toole«, meinte Isaac. »Jamey. Du solltest netter sein zu König Dermotts Braut. Wenn du deine Pfoten nicht sofort wegnimmst, muß ich sie dir abkauen.«

Ein lächerlicher Bluff. O'Toole hätte Isaac auf einen Laternenmast setzen und ihn dort hocken lassen können, bis die Feuerwehr ihn mit einem Leiterwagen runterholte. Aber er nahm seine Griffel aus Annies Rock.

»Isaac, sei nett zu einem Iren. Misch dich nicht ein. Annie gehört einem anderen. Frag sie selber.«

Jamey, die Hände in den Hosentaschen, pfiff, zwinkerte Annie zu und trat auf die Straße. Die Autos bremsten seinetwegen. Niemand konnte sicher sein, ob die Stoßstangen es mit einem Zwei-Meter-Kerl aufnehmen konnten.

Annie knurrte Isaac an. »Wer bist du? ... Verdammt,

kannst du nicht einen Block weiter spielen? Und was soll dieser schwarze Scheiß auf deiner Fresse? Du bist eine Witzfigur, weißt du das ... Mit all deinen Fragen und kleinen Champagnerfläschchen.«

Sie schluchzte jetzt. »Habe ich nicht schon genug Ärger am Hals ohne eine Zecke wie dich? ... Du machst mir nur Ärger ...«

»Annie, ich kann dir helfen ... wenn du mir sagst, was O'Toole von dir wollte.«

»Was er von mir will? Er hat mir von einem Bekannten Grüße ausgerichtet.«

»Dermott?«

Aber sie wollte nicht mit ihm reden. Und Isaac mußte seine Pennerhose hochziehen (er wurde von Stunde zu Stunde immer dürrer) und in sein Hotel abstinken.

9

War das vielleicht ein Codename? *Dermott Bride.* War Dermott der geheime Held von Londonderry? Nutzte er seine Nuttenprofite, um Geld für die »Rebellen« in Nordirland zu sammeln, war Annie die entthronte Königin der Provisional IRA? Isaac ließ seine Männer in die taffen irischen Bars rund um Marble Hill einsickern. Es gab keinen Dermott Bride, keine Annie Powell, die mit der Irish Republican Army zu tun hatten. Aber Isaac war hartnäckig. Er ließ seine Leute überall buddeln. Sie vergruben sich in die Akten des First Dep. Und sie tauchten mit einem Memorandum von Ned O'Roarke persönlich auf, dem alten First Deputy Commissioner, dessen Tod Isaac ins Amt gehievt hatte. Sie brauchten eine Woche, um den rosafarbenen Zettel mit dem einen, vor achtzehn Jahren geschriebenen Satz zu entziffern. *Isaac soll dem kleinen Dermott helfen.* Isaac war entsetzt. Die kritzelige Handschrift von Ned O'Roarke war unverkennbar. O'Roarke war Isaacs Rabbi gewesen. Er hatte ihn gefördert, ihn aufs Territorium des First Dep gebracht, ihn aufgebaut. Was hatte Ned mit dem »kleinen Dermott« zu schaffen? Der Wurm fraß Isaacs Gedächtnis weg, das war's.

Er rief Kathleen in Florida an. Es war vier Uhr früh. Die Frau mußte wohl mit einem ihrer Verehrer im Bett sein. »Kate«, murmelte Isaac, »haben *wir* jemals einen Burschen namens Dermott gekannt?«

Er mußte sie zweimal fragen. Kathleen gähnte in den Hörer. »Isaac, fick dich doch ins Knie.«

Also saß er da mit einem Dermott, den er vielleicht mal gekannt hatte, aber nun nicht mehr. Ned O'Roarke hätte Dermott niemals als Luden gefördert. Es konnte nicht Ned gewesen sein, der aus Dermott Bride einen »König« gemacht hatte.

Isaac hatte Jennifer, die ihn dreimal die Woche tröstete. Sie war die einzige, die ihm Dermott austreiben konnte. Der Wurm kniff ihn nie, wenn er mit Jennifer Pears zusammen war.

Aber er hatte noch andere Verpflichtungen. »Hizzoner« wurde langsam verzweifelt. Die *Daily News* prophezeite, daß nur einer von zehn Sam wählen würde. Man riet ihm, sich selbst von der Wahlliste zu streichen. »Hizzoner« weigerte sich. Er machte noch weitere Exkursionen mit Isaac. Doch dann bekam er im Gracie Mansion einen Herzanfall. Man trug ihn über die Straße ins Krankenhaus. Rebecca schickte der *New York Times* eine ganze Seite voller Beileidsbekundungen. Die Leute nannten sie schon Bürgermeisterin Karp.

Der alte Sam tat Isaac leid, aber er war froh, daß er in den

Kirchen, *Schuls* und Gesellschaftsvereinen keine Lügen mehr verbreiten mußte. Er bummelte wieder häufiger als Penner umher. Annie schien ihre Ecke verlassen zu haben. Lazar kam aus seinem Pornoladen und hielt ein Schwätzchen mit Isaac. »Sidel, hör auf, von dieser Frau zu träumen ... Ich kann dir eine Schönheit besorgen mit Gedichten auf der Brust.«

»Lazar, du hast doch nicht deinen Laden verlassen, um mir den Luden zu machen ... Was ist mit Annie Powell?«

»Sie ist im Krankenhaus ... Im Roosevelt. Man hat sie letzte Nacht bewußtlos gefunden ... Jemand ist ihr aufs Gesicht gestiegen.«

Isaac hielt einen Streifenwagen an. »Fahren Sie mich ins Roosevelt Hospital, schnell.« Die Cops wollten schon den Penner auslachen, der ihnen Befehle erteilte. »Funken Sie mein Büro an, ich bin First Deputy Sidel.«

Sie rasten unter Sirenengeheul zum Roosevelt Hospital. Isaac fand Annie auf einer Armenstation in einem entlegenen Winkel. Die Schwestern konnten nicht begreifen, was dieser Penner mit den beiden Cops wollte. Die Polizisten wendeten den Blick von Annie Powell. Ihr Gesicht war eine einzige riesige unförmige Schwellung. Ihre Lippen waren aufgeplatzt. Das *D* auf ihrer Wange hatte seine Form verloren. Sein Kern war durchbrochen und eingesunken. Dermott hatte sich von Annie wegradiert. »Hol sie aus diesem verdammten Loch raus«, brüllte Isaac den diensthabenden Stationsarzt an. »Leg sie auf ein Privatzimmer.«

»Aber«, stotterte der Arzt und versuchte, nicht auf Isaacs ausgebeulte Hose zu starren.

»Arschloch, das ist Sache der Polizei ... und hör endlich auf, mich anzublinzeln. Ich bezahle das Zimmer.«

Die Streife brachte ihn nach Marble Hill. Isaac platzte in Martin McBrides Acht-Zimmer-Wohnung. Der alte Geldeintreiber aß gerade mit einer Corona von Neffen, Nichten und seiner Frau zu Abend. Isaac lupfte ihn vor aller Augen vom Boden. Die Neffen waren zu nichts gut. Sie wichen vor dem irren Penner zurück, der ihren Onkel durchschüttelte.

»Martin, du sagst mir sofort, wo Dermott ist, oder ich schlag dich zu Brei.«

»Dublin«, keuchte Martin, der vor Isaacs Hemdbrust baumelte. »Der Neffe ist in Dublin.«

»Adresse?«

»Das *Shelbourne*. St. Stephen's Green.«

»War eine Narbe nicht genug für ihn? Hat er O'Toole befohlen, ihr beide Gesichtshälften zu ruinieren?«

»Ich weiß nicht, Sir. Ich schwöre bei Gott. Dermott redet nie mit mir ...«

Isaac kehrte nicht ins Hotel zurück. Er ging in seine Mönchszelle in der Centre Street. Dort saß er im Dunkeln und rieb sich mit den Fingern unter der Nase. Der König ist also in Dublin. Isaac mußte ihn erledigen. Es war egal, daß keine Logik dahintersteckte. Das Ding in seinem Bauch schnurrte. Mehr Ermunterung brauchte ein Mann nicht. Doch Isaac hatte immer noch den Verstand eines Cops. Was bedeutete ihm Annie Powell? Es gab doch noch andere narbige Nutten auf der Welt, jede Menge. Er hatte mit dieser Annie nicht geschlafen, sie nicht angerührt. Und sie hatte sich über seine Champagnergeschenke lustig gemacht. Aber er war ganz hingerissen von dem Buchstaben auf ihrem Gesicht, von Dermotts Mal. Er hätte seine eigenen Leute losschicken und O'Toole von der Straße fegen können. Fünf oder zehn von Isaacs Männern an jedem von Jameys Armen. Sie hätten ihn schon zum Reden gebracht. Aber Isaac würde sich selbst um Jamey kümmern, wenn er aus Dublin zurück war. Jamey war doch nur ein Vasall dieses Königs. Dermott Bride war Annie aufs Gesicht gestiegen. Das war der Kerl, den Isaac haben wollte. Er hatte schon einen Flug mit Aer Lingus gebucht, so verrückt das auch war. Isaac reiste am nächsten Tag ab.

Er ging nicht als der große Isaac Sidel nach Dublin. Ein vertrauenswürdiger Kollege hätte ihm schon einen Paß zurechtgeflickt. Isaac hätte unter jedem Namen fliegen können. Aber er wollte sein Büro nicht mit hineinziehen. Also nahm er die Dienste von Duckworth in Anspruch, einem unehrlichen Graveur, den Isaac vor dem Knast bewahrt hatte. Er ließ ihn mitsamt seiner Werkzeugtasche heimlich in die Centre Street bringen. Der Graveur war nervös. Er hätte gern sechsunddreißig Stunden gehabt, um einen Paß zu »machen«. Und er arbeitete lieber in seiner eigenen Dunkelkammer in der Canal Street, wo er seine Kunstfertigkeit ohne Druck des First Dep unter Beweis stellen konnte.

»Isaac, bist du sicher, daß es da unten eine Kamera gibt?«

»Duckie, warum muß ich mich wiederholen? Du bist doch schon mal hiergewesen. Die Fotoabteilung war immer im Keller.«

»Aber woher wissen wir, was die Mistkerle hiergelassen haben?«

»Genau das werden wir jetzt herausfinden.«

Isaac schnappte sich eine Taschenlampe, und die beiden marschierten drei Stockwerke hinab. Ratten huschten ihnen um die Beine. Es stank derart nach Rattenscheiße, daß es einen Mann umhauen konnte. Isaac stützte den Graveur. Aber Duckworth bekam seine Kamera. Die Fotoabteilung war immer noch komplett ausgerüstet.

Der Graveur zog ein halbes Dutzend Pässe aus der Tasche. Sie waren Kostproben seiner Arbeit und enthielten fiktive Namen. Er brauchte nur noch ein Foto von Isaac, um es in einen davon einzufügen. Er würde das Foto dann beglaubigen und es mit dem Stempel des State Department in den Paß einfügen, den er in seiner Tasche bei sich trug. Duckworth blätterte in den Pässen.

»Ich kann Ihnen den Namen Larry Fagin O'Neill anbieten ... oder Marvin Worth, Ira Goldberg ... Isaac, das sind praktisch echte Menschen. Einem davon verpassen wir einfach Ihr Gesicht.«

»Behalte die für deine anderen Kunden, Duckie. Ich habe einen Namen. Moses Herzog.«

Der Graveur war schwer getroffen. »Warum denn Moses Herzog? So hab ich die dreifache Arbeit. Ich muß bei Null anfangen. Fagin O'Neill ist wohl nicht gut genug?«

Aber Isaac war gnadenlos. Moses Herzog. Es mußte sein.

Teil Zwei

10

Die irischen Stewardessen waren freundlich zu dem Geschäftsmann, Philosophen, Dichter aus New York City. Sie versorgten ihn mit Kaffee und Pfefferminzplättchen. Der Wurm liebte Pfefferminze. Moses schlief, als sie in Shannon landeten. Ein paar Passagiere stiegen aus. Dann hob der Flieger wieder ab und flog nach Dublin.

Er reiste mit leichtem Gepäck. Er glaubte, daß zwei oder drei Tage genügten, um die Angelegenheit mit Dermott Bride zu erledigen. Sie würden ihn im Büro nicht vermissen. Isaac war schon für erheblich längere Zeiträume verschwunden gewesen.

Die Taxifahrt zum *Shelbourne* kostete ihn fast drei irische Pfund. Das *Shelbourne* war ein Hotel mit weißen Säulen, einer blauen Markise, es gab Statuen, die Laternen über ihre Köpfe hielten, hohe Fenster und ein weißes Dach. Es lag gegenüber von St. Stephen's Green, einem langgezogenen, ansehnlichen Park. Isaac konnte den Park von seinem Fenster aus nicht sehen. Trotzdem kostete das Zimmer zwanzig Pfund die Nacht. Er mußte Dermott umlegen und schnellstens wieder verschwinden oder seine Pension beleihen, um zu überleben.

Er hatte keine Ahnung, wie Dermott aussah. Würde der König wie ein bescheuerter Druide auf der Treppe erscheinen und sich vorstellen? Keine Ahnung, über welchen Zauber Dermott in Dublin verfügte. Aber Moses hatte ein ausgesprochenes Pech. In der Lobby hakte sich ein Mann bei ihm unter. Es handelte sich um Marshall Berkowitz, den Erstsemester-Dekan an der Columbia University und Vizepräsidenten der James-Joyce-Gesellschaft. Marshall war während seines einzigen Semesters auf dem College Isaacs Englischprofessor gewesen. Er pilgerte einmal jährlich nach Dublin, um durch die Straßen Leopold Blooms zu streifen. Woher sollte Isaac denn wissen, daß Marshall stets im *Shelbourne* abstieg? Er hatte eine neue, junge Frau. Sie hatte Locken vor den Augen, diese Sylvia Berkowitz, kräftige Waden und ein dünnes Hasenlächeln. Irgendwas stimmte nicht an ihr. Hatte sie einen Kurs bei Marshall belegt und sich in ihn verliebt, als sie *Finnegans Wake* durchackerten? Es muß eine verheerende Werbung gewesen sein. Marshall konnte jeden, Mann oder Frau, mit seiner reinen Liebe zu Joyce in Bann schlagen. Isaac hatte er schon am ersten Unterrichtstag überzeugt. Das war vor dreißig Jahren gewesen. Isaac hatte über die Eingangssequenz von *Ein Porträt des Künstlers als junger Mann* Rotz und Wasser geheult. Muhkühe trotteten die Straßen hinunter. Molly Byrnes und ihre Zitronenzöpfe. Isaac war ein Barbar aus Manhattan und der Bronx. Er hatte keine Ahnung, daß es eine solche Sprachmusik überhaupt gab. Er folgte Marshall überallhin, bettelte ihn an, ihm diese Seite zu erklären oder jene. Isaac lief mit Fieberaugen über den Campus. Das konnte nicht gutgehen. Isaacs Vater verließ die Familie zur Weihnachtszeit, verschwand im besten Mannesalter nach Paris, um sich das Malen beizubringen, ein Pelzhändler mit der fixen Idee, der neue Matisse zu werden. Isaac mußte die Uni schmeißen und die Familie ernähren.

Danach las er keinen Joyce mehr. Er heiratete eine Irin, die mit Immobilien handelte und vier Jahre älter war als er. Er wurde Cop. Kathleen war es, die ihn mit dem First Deputy Commissioner O'Roarke bekannt machte, Kathleen, die ihn mit all den irischen Rabbis zusammenbrachte, die die New Yorker Polizei leiteten. Ihr Irentum machte ihn zu einem großen Polizisten. Und nun standen Marshall und seine Frau vor ihm, und beide hatten ihn an seinem ersten Tag in Dublin enttarnt.

»Isaac«, meinte der Dekan. »Um Himmels willen. Was macht denn ein Commissioner wie Sie hier?«

Isaac hatte eine »Übereinkunft« mit Marshall Berkowitz. Von Zeit zu Zeit schlug er junge Burschen fürs Columbia College vor, die Söhne oder Neffen von Cops. Isaac führte ein Gespräch mit ihnen und teilte Marshall seinen Eindruck mit. Er hatte ein Gespür dafür, wer es an der Columbia schaffen könnte und wer nicht. Marshall hielt sich stets an Isaacs Rat.

»Isaac, wie zum Teufel geht's Ihnen?«

Der First Dep mußte ihm in der Lounge des *Shelbourne* über den Mund fahren. »Marsh, ich bin im Rahmen einer Ermittlung hier, bitte ... Sie müssen mich Moses nennen.«

Die Frau des Dekans lachte. Sie schüttelte sich die Locken aus dem Gesicht. Sie hatte schwarze Ringe um die Augen. Sylvia Berkowitz schlief wohl nicht allzu viel.

»Verdammich«, meinte Marshall. »Moses, begleiten Sie uns. Ihren Polizeikram erledigen Sie später.«

»Wohin denn?«

Berkowitz lächelte. »In die Eccles Road Nummer sieben.«

Selbst dreißig Jahre konnten *Ulysses* nicht ausradieren. Isaac kannte dieses Buch. 7 Eccles Street, dort hatte Joyce seinen Leopold Bloom zurückgelassen.

»Moses, die Iren sind ein jämmerliches Volk. Eine Sehenswürdigkeit, ein unnachahmlicher literarischer Besitz, und sie lassen es verkommen. Das Haus ist eine Ruine ... aber noch steht es.«

Also lieh sich Isaac vom Dekan einen Pullover, und sie wanderten durch die Stadt. Moses hatte Jetlag. Er konnte sich nicht an Gebäude, Denkmäler und Geschäfte erinnern, außer an einen MacDonald. Trinity College war nur eine alte Steinmauer entlang der Straße. Sie überquerten die Liffey über die O'Connell Bridge. Joyce konnte seinen Fluß und die Kais behalten. Isaac fand, der Fluß stank. Dann waren sie auf der O'Connell Street und vor dem *Gresham Hotel.* »Das Gresham ist vor die Hunde gekommen«, meinte Marshall. »Als wir das letzte Mal zum Tee dort waren, haben sie uns ausgenommen.«

Dieses Gebrabbel ergab für Isaac überhaupt keinen Sinn. Die Ohren froren ihm weg, aber er hatte nicht vor, sich im August einen Hut zu kaufen. Es ging links um die Ecke, eine andere, schmalere Straße hinauf, eine graue Häuserzeile. Dann rechts herum, wieder eine Hauptstraße mit kaputten Firmenschildern und Pubs mit blauen Wänden, von denen die Farbe abblätterte. Noch einmal linksrum, und sie waren in der Eccles Street, in einer geschundenen Ecke der Stadt, viel weniger Dublin als Stephen's Green. Marshall nahm ihn an der Hand und führte ihn zu Blooms Haus. Das Dach war verschwunden. Die Fenster waren zugenagelt. Unkraut wucherte in den Ritzen. Die Haustür war herausgerissen und durch Blechstreifen ersetzt worden. Die Kellerfenster waren mit zähen, krummen Blumen überwachsen, die zu stinken begonnen hatten. Die Stufen waren fast alle zerborsten. Marshall schwankte vor Blooms verwüstetem Haus. Er war ein bulliger Mann mit Stiernacken. Der Dekan brach beinahe in Tränen aus. Isaac vernahm ein trockenes, schluchzendes Geräusch.

»Poldy«, sagte er. »Poldy Bloom ... Gott schütze uns vor den Iren und vor uns selbst. Wir verdienen James Joyce nicht.«

Von ihm aus konnten die Iren Dublin in Schutt und Asche

legen, Isaac war das völlig egal, Hauptsache, sie verschonten Dermott Bride. Die Eccles Street sah aus wie ein Stück Bronx. Ausgebombte Grundstücke und ein paar Pubs. Marshall riß sich zusammen. Er wollte Moses zu einer anderen Sehenswürdigkeit schleifen. Einer Apotheke, die für Bloom wichtig war. Sylvia rettete Isaac. »Marsh, warum gehst du nicht allein? Ich bringe Isaac ins Hotel zurück.«

Marshall zuckte mit den Achseln, gab seiner Frau einen Kuß und verschwand. Sylvia begann ihren Gatten zu verfluchen. »Haben Sie je einen so großen, fetten Wabbelarsch gesehen? ... Er hat Ihnen was vorgespielt.«

»Daß er vor Blooms Haus weinen mußte?«

»Das ist es nicht. Der flennt *ständig.*«

Isaac sah Mrs. Berkowitz an. Allmählich gewöhnte er sich an ihre schlaflosen Augen. Moses Herzog murmelte vor sich hin. Er versprach dem Wurm, Dekan Berkowitz keine Hörner aufzusetzen. Schwor bei Dermotts Leben. Sylvia wählte einen anderen Rückweg. Sie kamen nicht an der O'Connell Street vorbei. Sie landeten in einer verschissenen Seitengasse. Isaac hätte nicht sagen können, ob sie die Liffey überquert hatten oder nicht. Sylvia hob ihren Rock. In einer namenlosen Armengasse preßte er sie an eine rauhe Hauswand und nahm sie. Wegen ihrer Schreie rechnete er damit, jeden Augenblick verhaftet zu werden. Sylvia bewegte sich an die Wand gedrückt mit einer Geschmeidigkeit wie keine andere Frau. Sie war feucht, feucht, feucht, aber Moses hatte kein Gefühl in seinem Schwanz. War der Wurm daran schuld? Er würde sich einer Operation unterziehen, einer Zauberchirurgie, die ihm endlich diesen Mistkerl aus dem Leib schnitt. Isaac hatte vor der Wand eine Offenbarung. Er vögelte nicht Sylvia. Ihre Gier hatte nichts mit ihm zu tun. In Isaac loderte ein fürchterliches, irres, mörderisches Verlangen nach Jennifer Pears. Er hatte sich nicht mal von ihr verabschiedet. War einfach in den Flieger gestiegen. Um eine

Nutte zu rächen, die Dermotts Mal trug. Sein Gerammel mit Sylvia schlug ihn mit Visionen von Jennifers Leib. Sollte es eine Art Bestrafung sein? Moses' persönliche Hölle? Warum konnte er von den Frauen anderer Männer nicht die Finger lassen?

Marsh war bereits zurück im *Shelbourne* und trank Cider mit Zitronenschale, als Sylvia Isaac endlich ablieferte. Der Dekan hätte schlechterer Stimmung sein müssen. Isaac hatte Sylvias Geruch überall an der Hose. Eine ganze Schule von Dubliner Waisenkindern hätte sofort gespürt, daß sie draußen auf der Straße gevögelt hatten. Aber der Dekan war von seiner Sehenswürdigkeit zurück, und er wollte seine Frau nicht schelten. »Moses, raten Sie mal, wer mit uns im *Shelbourne* wohnt?«

»Wer denn?«

»Dermott McBride.«

Isaac hatte eine Mordswut. Ein Erstsemester-Dekan hatte mehr Zugang zu König Dermott als der First Deputy von New York.

»Marsh, woher kennst du den kleinen Dermott?«

»Sind Sie verrückt? Sie haben ihn mir doch vorgestellt.«

»Ich habe dich mit Dermott zusammengebracht?« fragte Isaac.

»Ohne Ihr Votum wäre er nie auf der Columbia untergekommen.«

»Ich dachte, Dermott war in Yale?«

»War er auch. Er hat uns nach einem Semester verlassen ... wie Sie.«

Isaac kratzte sich am Ohr. »Ich habe so viele Burschen für die Columbia interviewt. Ich kann mich nicht an alle erinnern.«

»Dermott hatte miserable Noten ... aber Sie waren wild entschlossen. Und Sie hatten recht ... Hab noch nie einen

Jungen kennengelernt, der sich so auf den *Ulysses* gestürzt hat. Dermott hatte diese Gabe. Aber natürlich ist er Ire. Und jetzt ist er Millionär. Er hat einen ganzen Seitenflügel im Hotel, einen Flügel für sich ganz allein.«

»Und sechs Leibwächter«, meinte Sylvia Berkowitz.

»Und wo ist dieser Seitenflügel?« fragte Isaac.

»Östlich vom Fahrstuhl. Vierter Stock.«

Isaac entschuldigte sich. Er stapfte in den vierten Stock hinauf. Das *Shelbourne* besaß königliche Treppen, Geländer mit goldenen Streben und üppige Teppiche. Scheißegal, was es kostete. Er würde sich in Dublin kein anderes Hotel nehmen. Der vierte Stock war voller kleiner Seitenflügel. Isaac konnte Ost nicht von West unterscheiden. Hinter einer verschlossenen Feuertür stand ein Mann, den er kannte. Timothy Snell, früher mal Sergeant im Büro des Chief Inspectors. Isaac trat zu dem alten Sergeant. Snell machte Isaac die Feuertür nicht auf. Der First Dep mußte durchs Glas murmeln.

»Tim, tu mir einen Gefallen. Sag dem König, daß ich auf ein Wörtchen mit ihm reden möchte.«

Der alte Tim machte auf taub. »Isaac, welcher König soll das sein? Alle Könige, die ich kenne, sind tot.«

Isaac sprach Dermotts Namen in die Tür.

»Dermott erwartet keine Gäste. Aber wenn er was von Ihnen will, klopfen wir an Ihre Tür.«

»Timmy, wer hat ihm denn verraten, daß ich hier wohne?«

»Niemand. Wir haben einen Portier geschmiert. Und wir dachten, Mr. Moses Herzog aus New York City könnte nur Isaac Sidel sein ...«

»Er wußte, daß ich komme, richtig?«

»Überhaupt nicht.«

Isaac trottete brütend auf sein Zimmer. Es klopfte tatsächlich an seiner Tür. Kurz vor Mitternacht. Es war Sylvia Berkowitz. Sie trug einen Regenmantel und nichts darunter.

»Wo ist Marsh?«

»Der schläft.«

»Und was ist, wenn er aufwacht? Er wird nicht denken, daß du bei Dermott bist. Er wird zu mir kommen. Ich weiß nicht, ob es Marsh zu dritt im Bett Spaß macht.«

»Er würde es nicht bemerken. Und er wird nicht wach. Dazu mag er seine Träume viel zu sehr ...«

»Träumt er von 7 Eccles Street?«

»Nein«, entgegnete sie. »Er träumt davon, seine Frau zu vögeln.«

Die Berkowitz-Leute waren ihm zu tiefsinnig. Es war viel einfacher, mit Sylvia auf dem Bett zu liegen. Sie ließ ihren Regenmantel an. Sie knabberte ein wenig an Isaac herum und bestieg ihn dann. Sie wand sich wild, und Isaac kam sich vor wie ein Holzsoldat mit einem großen Spielzeugschwengel, an dem man saugen und sich festhalten konnte. Sie nahm ihn durchaus wahr. Sie liebkoste seine kahle Stelle, küßte ihn hingebungsvoll, aber er konnte es mit dem Hunger in ihr nicht aufnehmen. Er dachte an seine Tochter, an ihre zahllosen Ehen, ihre Wildheit, was Männer anging. Und Jennifer Pears? Legte sich ihr guter Gatte in diesem Augenblick über sie? Oder brachte ihn die Dubliner Zeit durcheinander? Sylvia hörte auf, sich zu winden. Sie schlief an Isaacs Schulter ein. Frauen, verrückte Frauen sickerten ihm in den Kopf, verdrängten alles andere. Er träumte von Annies Narbe. In Isaacs Traum war sie auf ihren Bauch gerutscht. Sie trug jetzt ein *S*, S wie Sidel. Das *S* begann sich zu schlängeln. Isaac wachte auf und strampelte voller Panik mit den Beinen. Sylvia war nicht da.

11

Isaac frühstückte mit den beiden Berkowitz' im Saddle Room des *Shelbourne*. Der Dekan aß Räucherhering, Schinken, Schellfisch, Eier, eins von Isaacs Würstchen, den Großteil von Sylvias Kochschinken. Sylvia stieß Isaac unterm Tisch mit beiden Knien an. Isaac mußte die Kellner um getoastetes Vollkornweizenbrot anbetteln. Sie waren nicht unhöflich. »Tut uns leid, Sir, aber braunes Brot läßt sich nicht so gut toasten.« Isaac begann sich zu fragen, ob der König wohl in seiner Suite aß. Um halb neun, als Marshall Sylvia das Essen vom Teller stibitzte, kam Dermott herunter und aß mit seinen Leibwächtern. Sie nahmen vier Tische ein. Ein Irrtum war nicht möglich. Es handelte sich um Dermott und sechs ehemalige New Yorker Cops. Jetzt verstand Isaac auch, warum es auf der Nuttenmeile so ruhig war. Dermott hatte seine eigenen Rabbis bei der Polizei. Er hätte die Niggergangs niemals davon abhalten können, sich wegen all der Einnahmen zu bekriegen, wenn er nicht ein paar fette Cops im Ärmel gehabt hätte.

Seine Vasallen um ihn herum aßen wie die Schweine. Dermott nahm Kaffee und Toast. Ein dunkler, gutaussehender Mann. Nicht älter als fünfunddreißig. Sein Kinn war markanter als das von Isaac. Und er hatte keine kahle Stelle. Sein Haar war so schwarz wie Isaacs. Es glänzte im Saddle Room. Aber es waren nicht die Zeichen körperlicher Schönheit, die an Isaac nagten. Dermott war ein Denker. Man sah das an den Furchen und Kerben in seiner Stirn. Seine Augen waren klarer als die seiner sechs Vasallen, die mit ihm aßen. Darin also bestand Dermotts Anziehungskraft. Und er hatte keinen Wurm, der ihm eingefallene Wangen zeichnete.

Der First Dep spürte, wie ihm jemand den Arm drückte.

»Moses, kann ich die Wurst haben, wenn du sie nicht ißt?«

»Sicher doch«, meinte Isaac. »Und ich heiße auch nicht mehr Moses. Halb Dublin weiß, daß ich hier bin.«

Dermott stand auf. Seine Vasallen mußten ihren Räucherhering liegenlassen. Er nickte Marshall und seiner Frau kurz zu, hatte aber für seinen alten Gönner Isaac Sidel keinen Gruß übrig. Der First Dep war dankbar, daß die beiden Berkowitz' zumindest für den Vormittag einen Ausflug an den Stadtrand von Dublin planten. Howth Castle und Sandycove. Isaac flehte zu Gott, daß Marsh und seine Frau sich irgendwo verliefen. Der First Dep brauchte Zeit zur Beobachtung, mußte Dermotts Tagesablauf in den Kopf kriegen, den Rhythmus finden, damit er wußte, wann er zuschlagen konnte, und wenn Sylvia ihm an der Hose hing, ging das nicht.

Er hatte allerdings seine liebe Not, Dermotts Schwachstellen herauszufinden. Der König hielt sich in seinen Räumen auf. Die Vasallen ließen ihm das Mittagessen bringen. Um vier Uhr nachmittags kam er zum Tee herunter. Die Gesellschaft des Königs besetzte ein kleines Nest an Stühlen in einer Ecke der Lounge, die am weitesten entfernt von den Fenstern war. War noch jemand hinter dem König her? Um fünf machte er einen Spaziergang in St. Stephen's Green. Kein besonders ausgiebiger Marsch. Er hielt sich in der Nähe des Gartenhäuschens an dieser Seite des Teiches auf. Um Viertel nach fünf war er zurück im Hotel. Um acht ging er wieder aus. Er ging ins *Red Ruby*, ein kleines Chinarestaurant auf der Merrion Row, anderthalb Blocks vom Hotel entfernt. Vor neun war er wieder in seinem Seitenflügel des *Shelbourne*. Ein irisches Aschenputtel. Deckten ihn seine Vasallen auch hübsch zu?

Dann hatte Isaac zum ersten Mal ein wenig Glück. Die beiden Berkowitz' hingen in Sandycove fest. Er konnte Dermott einen zweiten Tag lang ungehindert auf den Fersen bleiben. Der Tagesablauf des Königs veränderte sich nicht sehr. Frühstück im Saddle Room. Mittagessen auf dem Zimmer. Tee. Ein kurzer Spaziergang am Teich. Abendessen im *Red Ruby*. Und gute Nacht.

Wie konnte Isaac an ihn ran, und wo? Er brauchte mindestens eine Woche in Dublin. Die beiden Berkowitz' kehrten zurück. Wenn es den First Dep nicht am dritten Tag auf die Straße getrieben hätte, dann wäre Sylvia wieder ohne Schlüpfer in Isaacs Zimmer geschlendert gekommen. Die Mädchen waren nicht hübsch. Überall hatten sie Sommersprossen, und ihre Taillen saßen nicht hoch genug für seinen Geschmack. Er war verrückt nach langbeinigen Frauen. Die Männer schienen einen dummen Zug um die Augen und eine wilde Entschlossenheit in den Wangen zu haben. Eine Nation voller Schwachköpfe. Isaac war ungerecht. Er hatte zuviel mit amerikanischen Iren zu tun gehabt. Er kam nicht mit ihnen aus. Seine Ehe mit Kathleen waren zwanzig Jahre voller Streit gewesen. Die Iren waren verrückt, in Dublin wie in New York.

Er polterte zurück ins *Shelbourne* und setzte sich in die Lounge, wo er eine irische Schönheit sah. Offenbar ein blaublütiges Flittchen. Ihr irischer Akzent war nicht sehr ausgeprägt. Gehörte sie zu den Anglo-Iren, die Dublin jahrhundertelang regiert hatten? Sie war mit einem makellos maßgeschneiderten Mann in Isaacs Alter zusammen. Sie tranken Kaffee mit Milch und tuschelten über Dinge, die der First Dep nicht aufschnappen konnte. Diese Anglo-Iren konnten sprechen, ohne dabei die Lippen zu bewegen. Die Frau hatte ein schmales Gesicht und heiße grüne Augen. Sie sah Isaac kein einziges Mal an. Der First Dep kam sich in seinen Klamotten schäbig vor. Er hatte keinen Zauberschneider. Es hätte auch nichts geholfen. Der beste Mantel hätte an ihm Falten geworfen. Der Wurm war ruhig. Isaac trottete nach oben.

Er konnte nicht schlafen. Er wollte sich ein paar Stunden vor dem Frühstück durch diese Feuertür schleichen und Dermott Bride zerquetschen. Sechs Vasallen? Isaac würde sich einen nach dem anderen vorknöpfen. Seine einzige Waffe war eine Haarbürste mit kräftigem Stiel und hartem schwarzen Rücken. Wen Isaac damit zwischen den Augen erwischte, der wurde in den Schlaf geschickt. Er versteckte sich vor dem Hotelpersonal, das die Treppen auf und ab flitzte. Er kam an Dermotts Tür. Heute nacht konnte er Ost und West unterscheiden. Er konnte hinter der Feuertür vor Dermotts Flügel keine Vasallen entdecken. Er schlich sich hinein. Sechs Hände gleichzeitig packten ihn aus verschiedenen Zimmern. Isaac saß auf dem Hosenboden. Der alte Tim Snell lachte ihn nicht aus. »Freundchen, komischen Urlaub machst du hier ... Sollst du Grüße von Bürgermeister Sam ausrichten? Wir haben gehört, der Idiot liegt im Krankenhaus. Willst du Geld von Dermott? Wir sind nicht arm, aber sag uns, warum wir dir einen Penny geben sollten?«

»Dermott kann sein Hurengeld behalten. Es stecken schon genug Finger im Kuchen. Ich möchte ihn nach Annie Powell fragen.«

Der alte Tim kauerte sich neben Isaac. »Ach, Isaac, in New York City sind Sie der Größte, aber hier in Dublin, mein Lieber, können Sie noch nicht mal nen Furz an den Mann bringen. Wenn Sie bei Dermott einmal das Wörtchen ›Annie‹ fallenlassen, handeln Sie sich automatisch eine erstklassige irische Beerdigung ein. Wir verpassen Ihnen was, woran Sie sich noch lange erinnern werden.«

»Vielen Dank, Timmy, aber ich bin einfach neugierig, warum Dermott seine Signatur im Gesicht einer Frau hinterläßt und dann einen Ganoven anheuert, um dieselbe wieder fortzuwischen.«

Die sechs Hände packten ihn und warfen ihn durch die Feuertür. »Isaac, es wäre wirklich zu schade, wenn wir Sie aus dem Fenster schmeißen müßten ... Wir sind in diesem Hotel gerngesehene Gäste. Machen Sie Ihren Urlaub, und stören Sie uns nicht.«

Als Isaac in sein Zimmer zurückkehrte, lag Sylvia unter seiner Decke. Er warf sie nicht raus. Die sechs Hände, die ihn gepackt hatten, hatten ihn offenbar aufgerüttelt. Seine Leidenschaft überraschte das Mädchen. Isaac leckte sie überall. Aber es waren Jennifers Nippel, die er im Mund spürte. Der König mußte ihn mit einem Fluch belegt haben, oder vielleicht war der Wurm am Werk. Einundfünfzig Jahre alt, und der Blödmann verknallte sich. Sylvia bemerkte seine Leidenschaft, aber sie war nicht dumm.

»Du bist noch schlimmer als Marsh, weißt du das? Ich komme her, um mich selbst zu bestrafen. Genausogut könnte ich mich auspeitschen lassen. Ich würde den Trottel ja verlassen, aber er würde einen Monat lang dieselbe Unterhose tragen, wenn ich sie ihm nicht vom Hintern reiße. Also muß ich mich mit solchen Typen wie dir abgeben. Isaac, du bist der beschissenste Fick, den ich je hatte. Weißt du, wie sich dein Schwanz in mir anfühlt? ... Wie ein Kleinjungenfinger mit Marmelade dran ... Wozu bist du in Dublin?«

Nach so viel Lob wollte er ihr nichts mehr vorspielen. »Ich bin hier, um Dermott Bride umzulegen.«

»Moses, du bist wirklich völlig verrückt.« Aber sie wurde sanfter. »Warum ist es so wichtig für dich, daß Marshalls kleiner Schüler tot ist?«

»Weil der Wichser zufälligerweise eine Frau gefoltert hat, die ich mag.«

»Mein Gott«, sagte Sylvia, »du bist ja doch ein Mensch.« Sie wirkte nicht mehr so dunkel um die Augen. »Moses, wer war sie ... diese Frau?«

»Eine Nutte von der Forty-third Street. König Dermott hat sie auf den Strich geschickt ...«

Sylvia bestieg Isaac. »Ich werde dir helfen, diesen Mistkerl zu erledigen, ich schwör's ... Wir sagen Marsh kein Wort ... Marsh ist ein Schisser ... Ich werde in meinem Regenmantel zu Dermott gehen ... Ihn dazu bringen, mich in deinem Zimmer zu besuchen ... Wir erschlagen ihn mit zwei Stehlampen ... Verstecken ihn unterm Bett ... Wie beseitigen wir die Leiche?«

Mordgelüste trieben sie Isaac zu. Sie streichelte ihn mit wilden Handbewegungen. Sylvia entdeckte einen Schwanz an ihm. Was dem First Dep da aus der Leistengegend ragte, war kein Kleinjungenfinger. Leicht durchgeknallt fand Isaac sie, aber ihre Kameradschaft, ihre Bereitschaft, es mit Dermott aufzunehmen, rührten ihn, und diesmal war er viel zärtlicher mit Marshalls Frau.

12

Sylvia Berkowitz war die Schlafwandlerin des *Shelbourne* geworden. Sie wanderte umher, betrat und verließ das Zimmer ihres Gatten, wie es ihr gefiel. Das Hotelpersonal hatte sich daran gewöhnt. Sie war eine amerikanische Lady. Die Frau des Professors. Sie nickten ihr zu und sahen die nackten Knie unter dem Regenmantel. *Hast du die Stecken von ihr gesehen? Hübsches Ding, das.* Aber sie blieben ihr gegenüber respektvoll. »Gute Nacht, Madam«, sagten sie, wenn sie ihr auf den Fluren begegneten. Sie wußten, sie kam geradewegs aus Mr. Moses Herzogs Bett und ging zu ihrem Mann. *Ein richtiger Gigolo ist er. Der Mann von 411. Mr. Herzog aus New York.*

Sylvia war eine geborene Mandel, von *den* Mandels aus

Yonkers, Miami und Hurricane Beach, Herrenausstatter seit siebenunddreißig Jahren. Die Mandels hätten Sylvia einen Zahnarzt suchen können, einen jüdischen Herz-Lungen-Spezialisten, einen verwitweten Buchhalter, den Sprößling einer anderen Bekleidungskette. Sie verfügten über genug Einfluß, sich jeden Ehemann einzukaufen, der ihnen gefiel. Aber sie wollten etwas Exotischeres als einen Lungenspezialisten. Sie mußten einen Gelehrten in der Familie haben, einen weltlichen Rabbi, einen Mann des Wortes. Sie krallten sich Marshall Berkowitz. Sein Interessengebiet war ihnen vollkommen gleichgültig. James Joyce? Ein blinder Ire, der schmutzige Bücher schrieb. Bei einem Gelehrten konnten sie solche Irrungen übersehen. Auch zwei frühere Frauen.

Die Familie wollte Marshalls Schulden und Alimente übernehmen, wenn Sylvia ihn nur heiratete. Sie rechneten bei ihr mit Ärger. Sylvia hatte einen ausgeprägten Unabhängigkeitsdrang. Die Mandels lasen Zügellosigkeit aus ihren kräftigen, schamlosen Waden. Sie würde sich einen arabischen Tubaspieler suchen, nur um sie zu ärgern, und dann müßten sie einen Stall voller kleiner Ishmaels durchfüttern. Sie irrten sich. Sylvia mußte nicht überredet werden. Marshall umgarnte sie mit Stadtplänen von Dublin und Zitaten aus einer Kosmologie, die er im Kopf parat hatte. Dublin war eine neblige Stadt, die ganz James Joyce entsprungen war. Dieser Menschgott konnte Flüsse und Straßen erschaffen. Die Liffey und die Fumbally Lane. Sylvia glaubte an ihn.

Sie heirateten unter einem Baldachin in der Kapelle eines Speisesaals in Yonkers. Ein Kantor sang die Vermählungsgebete. Marshall trug den *Kittel*, einen weißen Hochzeitsumhang. Sylvia trank unter ihrem Schleier. Sie mußte den Bräutigam siebenmal umkreisen, um zu zeigen, daß er der Mittelpunkt ihres Universums war. Der Rabbi verlas die Gebote. Sylvia nahm den Schleier ab. Marshall zertrat ein

Weinglas. Sie küßten sich. Die Familie bewarf sie mit Weizenkörnern und Stroh. Dann wurden sie in ein Privatzimmer geführt. Aber Sylvia hatte ihre Periode. Es war ihnen nicht erlaubt, sich zu lieben.

Das war ihre Geschichte mit Marsh. Menstruationsblut und Leopold Bloom. Vier Jahre lang. Reisen nach Dublin, die Pilgerfahrten glichen. Außerhalb seiner Bücher besaß Marshall nur wenig Energie. Er hegte eine Leidenschaft für Molly Bloom. Kopulieren tat er wie ein kleines Baby. Spukbläschen bildeten sich vor seinem Mund. Er grunzte nach einer Minute, zog den Bauch ein und schlief.

Sie konnte sich nicht bei den Mandels beklagen. Hatte sie Marsh denn nicht siebenmal umkreist? Sie würden nichts auf das Gejammer einer Ehefrau geben. Himmel, sollte sie vielleicht sagen, Marshall, Marshall, warum knabberst du nicht an meinen Titten? Sie mußte sich Liebeskrümel holen, wo sie nur konnte. Von Marshalls Kollegen. Von einem einsamen Bildhauer auf einem Beethoven-Festival. Von dem Mann im Schreibwarenladen. Und von Isaac.

Sie war niemandem verpflichtet, dem Bildhauer nicht, dem Schreibwarenhändler nicht, dem Bullen nicht. Aber sie mochte diesen Moses. Etwas hatte alles Fett aus ihm genagt. Moses hatte mehr Charakter als all ihre anderen Männer. Isaac Sidel verfügte über Spuren von Ritterlichkeit. Er linste den Frauen nicht unter die Wäsche wie Leopold Bloom. Er paradierte nicht mit offener Hose durch die nächtliche Stadt an der Liffey. Er war die Art von Mann, der Dermott Bride dafür umbrachte, eine Nutte in New York schlecht behandelt zu haben. Er flennte nicht wegen eines toten Hauses auf der Eccles Street, wackelte auch nicht mit seinem fetten Hintern. Moses hatte eine Aufgabe. Er war nicht besser als Marsh, wenn es darum ging, an ihrem Busen zu knabbern. Seine Orgasmen schienen aus ihm herauszugrollen wie ein Brocken trockener Kotze. Aber sie verzieh ihm, daß er als

Mann auf Freiersfüßen nur ein jämmerliches Bild abgab. Moses holte sich seine nächtliche Stadt aus keinem Buch. Er war in eine Nutte von der Forty-third verliebt.

Also wanderte sie mit einem Regenmantel über den Schultern durchs *Shelbourne*. Der Zimmerservice trug Tabletts mit Milchkaffee und Toast hinauf. Iren standen gern um sechs auf. »Möchte Madame ihr Frühstück ans Bett?«

»Danke, nein.«

Sie hätte sonst den Dekan geweckt, wenn sie sich Marmelade auf den Toast geschmiert hätte. Sie schlich sich in Marshs Zimmer und ließ den Mantel zu Boden gleiten. Marsh umklammerte die Bettdecke mit den Fäusten. Das war der Mann, der zu ihrer Hochzeit einen Umhang getragen, ein Glas zertreten hatte. Sie löste ihm eine Faust, indem sie sanft an seinen Fingern zog, glitt unter die Decke, schloß die Faust wieder und umschlang seine Taille, ihren Poldy, ihren Leopold, ihren Bloohoohoom.

13

Isaac streifte ziellos durch Dublin. Er hatte nichts zu tun. Er konnte Dermott nicht von seinen Vasallen isolieren. Den König zu erledigen, war zur reinen Obsession geworden. Der kleine Dermott war in Dublin sicher. Aber Isaac wollte nicht heimfliegen. Seine Studenten am John Jay College mußten eine Weile ohne seine Vorlesungen auskommen. Er folgte Dermotts engen Routen, um sich selbst in die Gedanken des Königs zu versetzen. Also aß er eine Stunde, bevor Dermott erwartet wurde, im *Red Ruby* auf der Merrion Row. Isaac bestellte Lo Mein, eine Frühlingsrolle und chinesische Hühnersuppe. Er stellte sich Dermott vor, wie er an seinem Tisch saß, Stäbchen und scharfer Senf, und seine Vasallen aßen mit Gabeln. Gab es denn kein anderes Restaurant in Dublin, wohin der Bursche gehen konnte? Brauchte Dermott dieses Lo Mein, einen Block vom Hotel entfernt? Er herrschte über ein merkwürdiges Reich, dieser König.

Isaac ahmte Dermotts Spaziergang in St. Stephen's Green nach, schlüpfte Schritt für Schritt in Dermotts Haut. Was betrachtete der König von seinem Gartenhäuschen aus? Das langsame, sorgfältige Paddeln der Enten? Die Art, wie sie ihre Schnäbel ins Wasser hielten? Bemerkte er den Dreck, die Blätter und Flaschen am nördlichen Ende des Teichs? Die dicken grünen, kugeligen Bäume? Und starrte er vom Park aus zum Dach des *Shelbourne* hinüber? Sah er die eisernen Geländer, die große Fernsehantenne, die nackte Fahnenstange, die Dachfenster, das feine weiße Dach, die vier Wetterfahnen? Ein paar hundert Meter vom *Shelbourne* entfernt. Endete für Dermott Bride hier schon Dublin?

Isaac nahm ein anderes Zimmer. Die Hoteldiener brachten ihn zur Vorderseite des Hotels. *Ich möchte sehen, was Dermott sieht.* Er starrte zum Fenster hinaus auf den Park, auf die Häuser am Rande des Parks mit ihren Dachschrägen, auf den Verkehr, die Hügel außerhalb Dublins. Dann ging er in die Lounge. Komische Leute saßen da. Rowdys mit gebrochenen Nasen. Sie tranken Guinness und trugen Helme, die wie Malerhüte aussahen, nur daß diese hier Kinnriemen hatten. Isaac begriff nicht, warum das Hotel sie nicht hinauskomplimentierte. Die Lounge schien vor Ehrfurcht vor ihnen zu erstarren. Männer und Frauen traten von den anderen Tischen zu ihnen und schüttelten ihnen die Hand. Isaac verstand kein Wort, bis ein Angestellter ihm sagte, daß morgen National Hurling Day sei. Das waren die Champions. Hurler aus Cork. Worum zum Teufel ging es beim Hurling? Ein Spiel mit Schlägern, Hurleys genannt, und einem Lederball mit Hartkern. Irlands Nationalsport. Sechzigtausend Zuschauer eilten zu den Hügeln von Croke Park, um das Endspiel zwischen Wexford und Cork zu sehen. Härter als Football, meinte der Angestellte. Man konnte jemandem die Fresse mit einem dieser Hurlingstöcke einschlagen. Isaac wünschte, er hätte einen Hurley in der Hand, um sich auf Dermotts Vasallen zu stürzen. Er würde für Irland siegen und für die Vereinigten Staaten. Er würde Dermotts Skalp als Ball verwenden. Würde den Schädel durchs Gras kullern lassen. Er wäre der Meisterhurler, der »Mann des Tages«. Alle irischen Bischöfe kamen nach Croke Park. Vielleicht würde Isaac heiliggesprochen. Sie würden ihm den Rock of Cashel mitgeben nach Amerika ...

Der First Dep hatte den Verstand verloren. Diese Männer mit ihren Malerhüten hätten in keinem Team mit ihm zusammen gespielt. Isaac überließ ihnen, den Champions aus Cork, die Lounge. Er beschloß, an der Liffey entlangzugehen. Er brauchte *Ulysses* nicht. Er konnte sein Dublin auch ohne Mr. Joyce haben. Marshall war der Besessene. Nicht er. Er wollte nicht um Anna Livia, die Flußgöttin, buhlen. Das überließ er den Iren. Aber der Fluß wirkte heute bewegter, nicht mehr so stinkig. Die Sonne brannte aufs Wasser und färbte es rot wie einen Königsbart.

Er kam zu einer Reihe von Lagerhäusern an den Kais. Wieder ein ärmeres Dublin. Pferdekarren und kleinere Gemüseläden. Kinder zerrten an seiner Hose. Sie hatten dreckige Gesichter und zerrissene Ärmel. Isaac wußte nicht, was sie von ihm wollten. Es handelte sich um professionelle Bettler aus einem Zigeunerlager nördlich von Dublin. Er gab ihnen all seine irischen Pennies. Doch noch immer zerrten sie an ihm herum. Ein alter Mann mußte sie mit dem Stock verjagen, sonst wären sie Isaac bis in die Hose gestiegen. Er fand sich am Sir-John-Rogerson-Kai wieder. Lime Street und Misery Hill. Eine riesige schwarze Limousine klebte ihm im Schrittempo an den Fersen. Isaac blieb stehen und ging weiter. Er dachte ja gar nicht daran, es dem Wagen auch noch leicht zu machen. Sollten die Mistkerle doch die Kiste am Sir-Johns-Kai abwürgen. Die Pferdekarren würden sie schon wieder in die O'Connell Street bringen. Der Wagen brummte näher. Eine Tür ging auf. Wie einen stinkenden Fisch aus der Liffey zogen sie den First Dep ins Wageninnere. Er hockte auf Timothy Snells Schoß. »Du blöder Hund.« Es gab nur zwei Möglichkeiten, reimte sich Isaac zusammen: Entweder bringen sie mich zu Dermott, oder sie killen mich in einer Seitengasse an den Kais. Der Wagen rollte in eine gottverlassene, dunkle Sackgasse. Moses der Abtrünnige hatte keine Gebete, die er murmeln konnte. Würden sie ihn auf die Knie hinunter drücken? Isaac hätte sich wie der König aufs *Shelbourne* beschränken sollen.

Er kauerte immer noch wie eine Marionette auf Timothys Schoß. Konnten sie einem Mann denn nicht mehr Platz lassen? Der alte Tim verpaßte ihm eine Kopfnuß. »Dermott bietet dir zwanzigtausend ... nicht mehr. Du bist lästig, aber er findet immer einen Weg um dich herum.«

Zwanzigtausend? Wovon redeten die? Timothy verpaßte ihm erneut eine. »Isaac, der Bursche hat dir ein Angebot gemacht.«

Isaac brummte der Schädel. Die Schläge waren ihm egal, aber sie hatten offenbar den Wurm erschreckt. Seine Gedärme verkrampften sich. Er hätte von Tims Schoß fallen können, so sehr packte ihn der Wurm.

»Steck dir deine Zwanzigtausend sonstwo hin«, sagte Isaac und hätte schwören können, daß sein Bauch explodieren und seine Eingeweide auf Timothys Schuhe klatschen würden. »Sag dem König, daß es bei meiner Reise allein um Annie geht.«

Der alte Tim schob ihn vom Schoß. Isaac kauerte sich an die Tür. Er begriff jetzt, daß Dermott keinen gesteigerten

Wert darauf legte, ihn umzubringen. Sie fuhren ihn zurück zum *Shelbourne* und stießen ihn aus dem Wagen. Der Portier lächelte Tim an.

»Der hat einen sitzen«, sagte Timothy. »War wohl ein Gläschen zuviel.«

Der Portier half Isaac ins Hotel.

Teil Drei

14

Tiger John Rathgar wurde in seinem Club zum vergessenen Mann. Merkwürdige Dinge gingen im *Dingle* vor. Iren kamen und gingen, ohne dem PC auch nur etwas zuzuflüstern. Manche von ihnen gehörten zur Retired Sergeants Association, die sich ganz auf Chief Inspector McNeill eingeschworen hatte. Sie trugen Bowler, keine Wollkäppis. McNeill hatte sie verschlungen. Aus diesen Kerlen kriegte John kein Wort heraus. In seiner Gegenwart würden sie nicht singen. Diese Wildgänse, die Ex-Sergeants und *Sons of Dingle Bay*, trugen alte Bordkarten in ihren Westentaschen. Sie pendelten zwischen Irland und den Staaten hin und her, ohne John davon zu erzählen.

Mit seinem ansehnlichen Profil und dem Strohhaar war er nur noch eine Nippesfigur. Er ging auf die Beerdigung eines erschlagenen Cops, umarmte die Witwe, schüttelte dem Pater die Hand. Er dekorierte weibliche Polizisten, die auf irgendeinen schwarzen Dieb geschossen hatten. Wurde ein Revier geschlossen, mahlte er mit den Zähnen und gab düstere Weltuntergangsstatistiken von sich.

Ansonsten hockte er mit Sparbüchern in der Tasche in seinem Club. Er kannte die Namen auswendig. *Gertrude MacDowell. Nosey Flynn. Molly* und/oder *Leopold Bloom* … Wo steckte Jamey O'Toole, der mit einem Sparbuch für John im Amtssitz des Bürgermeisters aufgetaucht war? Sollte er womöglich bei Sonderstaatsanwalt Dennis Mangen singen? *Dennis, finde diesen O'Toole. Ich verzehre mich nach den Namen in einem kleinen Buch.* Warum taten seine Brüder im *Dingle* so geheimnisvoll? Hatten sie Angst vor dem großen Gott Dennis? Konnten sie nicht zu John kommen? Er war ihr Anführer, der Erstgeborene, und Police Commissioner.

15

Moses Herzog traf auf dem JFK ein. Er zerriß seinen Paß in kleine Stücke. Ein König und ein Wurm hatten den First Dep gebrochen. Mit eingezogenem Schwanz war er aus Dublin abgehauen.

Isaac verkroch sich in seinem Hotel. Sein Büro rief mehrmals an. Isaac ging in die Centre Street, wo er im Dunkeln sitzen und den vorbeihuschenden Ratten lauschen konnte. Die diensthabenden Cops im alten Präsidium verbeugten sich vor ihm. Warum? Sie hatten ihn noch nie vermißt. Eine Spur Entsetzen lag in ihren Augen, Ehrfurcht. Ein Wunder war geschehen, während Isaac vergeblich in Dublin gewesen war. Bürgermeister Sam hatte vom Krankenbett aus die Vorwahlen gewonnen, hatte Rebecca einen Schlag zwischen die Augen verpaßt. Die Iren hatten für Becky Karp gestimmt, aber die Schwarzen und die Juden waren zu Sam übergelaufen. Isaac war der Herrscher der Vorwahlen. Mit seinen Reden in den Synagogen, seinen Vorträgen in den Clubs hatte er für Sam die Stimmen gesammelt. Isaac Sidel, der Idiot von Dublin, hielt ganz New York in Händen.

»Hizzoner« erholte sich im Gracie Mansion. Er hatte

nach Isaac gefragt. »Wo ist der Junge?« Der First Dep mußte nach Uptown eilen. Der alte Bürgermeister schien in einem Tollhaus zu leben. Seine Stellvertreter, die Sam vor Monaten verlassen hatten, scharten sich jetzt im Schlafzimmer. Sie wären auch noch zu Sam ins Bett gekrochen, unter den großen Kronleuchter. »Hizzoner« mußte sie davonjagen. Nach den Vorwahlen wirkte er längst nicht mehr so senil. »Isaac, in Chicago lachen sie uns aus. Wir verdienen einen besseren Police Commissioner. Ich ernenne dich zum neuen PC.«

Ein Jahr zuvor hätte man Tiger John und Sam nicht auseinanderbringen können. »Hizzoner« wollte einen PC, den er um den Finger wickeln konnte. Aber John war ein Klotz an seinem Bein geworden. John war ein unbeliebter Commish. Seinetwegen verlor Bürgermeister Sam vielleicht das Rathaus.

»Euer Ehren, ich werde nicht wie ein loyaler Maulwurf im Polizeipräsidium herumlungern. Vielen Dank, aber ich bleibe lieber, wo ich bin.«

»Isaac, du bist kein Baby mehr. Du kannst nicht ständig in alten Anzügen rumschleichen.«

Isaac würde sich bis zum Wintereinbruch vom Gracie Mansion fernhalten. »Hizzoner« war vergeßlich geworden. Nach ein, zwei Tagen dachte er bestimmt nicht mehr an den First Dep. Sollten sich doch die Rebellen, die zu Becky übergelaufen waren, um einen neuen Commissioner für Bürgermeister Sam kümmern.

Isaac schüttelte langsam seine Dubliner Trägheit ab. Er ging ins Roosevelt Hospital, um Annie Powell zu besuchen. Die stand nicht auf den Patientenlisten. »Was zum Teufel soll das heißen?« knurrte Isaac. »Sie war vor zwei Wochen mit eingeschlagenem Gesicht hier.« Die Assistenzärzte, Schwestern und Pfleger konnten Isaac nicht davon abhalten, das Krankenhaus zu durchkämmen. Annie lag auf keiner der Stationen. Sie lag nicht in einem Privatbett. »Himmel, verschwinden denn kranke Mädchen einfach so aus diesen verfluchten Zimmern?«

Ein Arzt stöberte ihren Entlassungsschein auf. »Annie Powell ist hier rausspaziert.«

»Wann?«

»Letzte Woche ... Sie hat ihre Sachen aus dem Schrank geholt und ist verschwunden.«

»Und ich nehme an, so was passiert ständig«, knurrte Isaac. »Einfach so eine Patientin verlieren. Hatten Sie denn niemanden, der sie hätte aufhalten können?«

»Das ist hier kein Gefängnis, Commissioner ... Wir können die Leute ja wohl schlecht an ihre Betten ketten.«

Annie stand blaugeschlagen und mit irrem Blick auf ihrem Stammplatz an der Forty-third Street; Dermotts Narbe war kaum noch zu erkennen, das *D* war mit sich überschneidenden Striemen und blauen Linien überzogen. »Was glotzt du mich so blöd an, Mister? Wenn dir die Ware nicht gefällt, kriech doch ein paar Blocks weiter die Straße rauf oder runter.«

»Annie«, sagte er, »ich bin's, Father Isaac.«

Die irren Augen rollten ihr im Schädel. »Komm mir ja nicht zu nah ... Ich kenne keinen Father Isaac.«

Ihre Schultern begannen schrecklich zu beben. Isaac hatte etwas in ihr ausgelöst. Sie starrte ihn mit Schaum vorm Mund an. »Der Champagnerknilch ... willste dir ne Muschi kaufen?« Sie zog ihren Rock bis zum Bauchnabel hoch. Annie hatte ihren Schlüpfer vergessen. Touristen und Freier blinzelten sie an. Aus einer irischen Bar kam ein Zivilbulle angerannt. Isaac hielt ihn von Annie fern. »Geh zurück in deinen Whiskeyschuppen ... Ich bin Isaac Sidel. Ich kümmere mich um das Mädchen.«

Annie ließ den Rock sinken, als Isaac fortging. Sie murmelte vor sich hin. Alle konnten ihre Zähne klappern hören. Gott allein wußte, wo sie einen Freier finden wollte. Isaac rief von einer Telefonzelle an der Ninth Avenue aus sein Büro an. »Annie Powell«, sagte er. »Sie geht an der Forty-third anschaffen. Ich will, daß zwei Jungs sie Tag und Nacht im Auge behalten ... Die sollen ihr das Händchen halten, wenn's sein muß ... Sie könnte sich was antun.«

Er konnte sich die stinkige Hose nicht anziehen. Er war nicht in der Stimmung, um Isaac der Penner mit dem dreckigen Gesicht zu sein. Würde Annie jedesmal, sobald er sich ihrer Ecke näherte, aller Welt ihr Geschlechtsteil zeigen? Isaac machte sich auf die Suche nach Jamey O'Toole, dem Schläger des Königs.

O'Toole war auf Annie herumgetrampelt, und dafür mußte jemand bezahlen. Hier war nicht Dublin, wo Isaac mit einer Haarbürste als einziger Waffe herumschleichen mußte. Er fuhr mit sechs Beamten zu Jameys Haus. O'Toole wohnte in Chelsea; seine Tür war mit einer dicken Eisenplatte beschlagen, um Einbrecher, Diebe und Cops wie Isaac abzuschrecken. Es war zwei Uhr früh. Isaac war nicht unvorbereitet gekommen. Seine Männer hatten Schrotflinten, Brechstangen und einen Vorschlaghammer dabei.

Isaac klopfte nicht an. Die Brechstangen krallten sich unter die Metallplatte. Der Vorschlaghammer zerschmetterte die Beschläge. Die Tür gab mit einem Kreischen nach, das fast menschlich klang. Isaac würde Jamey nicht in seiner eigenen Wohnung abmurksen, Gott bewahre. Aber falls O'Toole dumm genug war, sich auf sechs Beamte zu stürzen, konnte Isaac für nichts garantieren. Vielleicht ging eine Schrotflinte los. Und Isaac hätte eine Menge Papierkram zu erledigen. Er würde sich eine gute Story ausdenken müssen. Widerstand gegen die Staatsgewalt: Jamey O'Toole, Ex-Cop, kommt bei Festnahme ums Leben.

Isaac versteckte sich nicht hinter seinen Leuten. Er war der erste, der über die Überreste von Jameys Tür stieg.

»O'Toole, komm raus ... Ich bin's nur, Isaac.«

Irgend jemand weinte in der Wohnung. Jamey war es nicht. Isaac und seine Leute stiefelten durch alle Räume. Das Schluchzen verschwand nicht. Dann durchsuchten sie alle Wandschränke. Hinter einem Stapel Besen kauernd fand Isaac eine alte Frau. Isaacs Männer verhöhnten sie. »Seht euch das an. Jamey versteckt eine seiner Tanten.«

»Schnauze«, fauchte Isaac.

Die Männer, die das Haus in Isaacs Auftrag überwacht hatten, wußten nicht mal, daß Jamey eine Mutter hatte. Isaac holte sie aus dem Schrank. Er setzte sie in die Küche und gab ihr ein Glas Wasser. Er ließ sie trinken, bevor er sie ausfragte. Er verfluchte sich wegen der Schrotflinten und dem dicken Hammer. Er hatte damit nicht mehr erreicht, als eine alte Frau zu erschrecken. »Mrs. O'Toole, würden Sie uns bitte helfen? Wo treibt sich Ihr Sohn herum?«

Das wußte sie nicht. »Er hat mir gesagt, die Cops sind hinter ihm her.«

»Welche Cops?«

Mrs. O'Toole zuckte mit den Achseln.

»Wie lange ist er schon weg?«

Sie zählte es an den Fingern ab. »Dreizehn Tage.«

Welche Polizisten könnten es auf Jamey abgesehen haben? Isaacs Leute hatten das Riesenbaby jedenfalls nicht gejagt. O'Toole war von zu Hause fortgerannt, als Isaac beim König in Dublin gewesen war. Warum? Iren ließen ihre Mütter nicht sitzen. In welchen Schwierigkeiten steckte der Kerl? Es ist verdammt schwer, einem Esel von zwei Metern Größe Angst einzujagen.

Isaac verließ die Küche. Seine Männer bauten sich hinter ihm auf. Allmählich machten sie Isaac krank. O'Tooles Nachbarn linsten durch Lichtschlitze in ihren Türen hinaus. Die Beamten sahen lächerlich aus, wie sie Schrotflinten und Brechstangen in Einkaufstüten durch die Gegend schleppten. Aber sie trugen ihre Dienstmarken an der Brust. »Polizei«, murmelten sie, »Polizei«, und die Nachbarn machten die Türen wieder zu. Isaac hätte die Nachbarn beruhigen müssen, und sei es nur, um sich abzusichern. Aber diese Einkaufstüten machten ihn fertig. Sein Wurm rührte sich wieder. Manfred Coen, Isaacs persönlicher »Engel«, hatte seine Schrotflinte immer in einer Einkaufstüte herumgetragen. Er war ein blauäugiger Detective aus der Bronx gewesen. Isaac hatte gern einen traurigen, gutaussehenden, maulfaulen Burschen um sich. *Blue Eyes*. Er war Isaac gegenüber immer loyal gewesen, und Isaac hatte nicht verhindert, daß er umgebracht wurde. Der First Dep stieß Coen in seinen Privatkrieg mit den Guzmanns. Coen war nicht clever genug, um am Leben zu bleiben. Isaac vernichtete die Guzmanns, aber seine Trophäen waren schon ziemlich seltsam: ein sehr, sehr lebendiger Wurm und ein toter Coen.

16

Sein Verstand mußte verfault sein. Er verstand die Straße nicht mehr. Er lebte unter Zuhältern und Freiern, kriegte aber kein Wort aus ihnen heraus. Die Luden hatten sich in den vergangenen zwei Jahren organisiert. Sie waren keine leichte Beute mehr für die Muschipatrouille, die Tiger John auf sie hetzte. Keine Braut verpfiff ihren Macker. Aber die Luden achteten auch sorgsam darauf, die Mädchen nicht zu verprügeln. Sie standen unter dem Schutz von Arthur Greer. Der liebe Arthur gehörte der Bruderschaft der Zuhälter nicht an. Er brauchte keinen breitkrempigen Hut. Er war so was wie ein Friedensrichter für die meisten Macker von

Manhattan. Bekamen zwei Luden Streit, wandten sie sich an Arthur. Der entschied, wer recht hatte und wer nicht. Er war besser als ein Kautionsmakler. Er streckte immer die Kaution für jede »Braut« vor, die in Schwierigkeiten steckte.

Und sein eigentlicher Beruf? Er besaß Boutiquen, Nachtclubs, Massagesalons, Lebensmittelgeschäfte und ein Taxiunternehmen. Arthur konnte es sich leisten, das für Taxen zuständige Amt zu brüskieren. Er verteilte seine eigenen »Zulassungsmarken« an alle seine illegalen Taxis. Sie hatten Taxameter und Schiebedächer. Die Luden nahmen keine anderen Taxis.

Die Cops wußten Bescheid über den lieben Arthur. Sie entschieden, ihn in Ruhe zu lassen. Arthur hatte seine verschiedenen Unternehmen fest im Griff und sorgte selbst für Ruhe und Ordnung. Er war zwar so etwas wie ein Kredithai, ließ aber die Finger von übler Scheiße. In Arthurs Taxis wurde nicht gedealt. Er mahnte die Luden, in ihren Ställen keine verseuchten Mädels zu dulden. Junkienutten wurden aus Arthurs Einflußbereich verbannt. Sie mußten in den Schweineställen von Brooklyn arbeiten.

Arthur hatte ein paar Kameraden unter sich. Das Ganze war eine Art Familie, eine lose Konföderation. Killer, Kautionsmakler, Pornographen, Kredithaie und Oberluden. So sahen also die Schwarzen von Sugar Hill aus. Nur war von Sugar Hill nicht mehr viel übrig. Es war nur noch ein Name, eine Art, diese gewisse Liebenswürdigkeit unter reichen schwarzen Gaunern zu beschreiben. Sie lebten in den Sozialbauten von Manhattan und Queens. Arthur selbst hatte ein Penthouse in der Nähe des Lincoln Center, von dessen Fenster aus man die Hälfte der Jersey-Klippen sehen konnte. Abgeordnete erschienen zum Dinner. Richter plauderten mit Arthur in seinem Penthouse. Schauspielerinnen schlenderten in seine Boutiquen. Es war also keine große Ehre, als der First Deputy vor seiner Tür stand.

Isaac hatte sonst niemanden. Was immer es an schwarzer Mafia gab, hatte mit Arthur Greer zu tun. Die Luden hatten Isaac dem Penner nichts verraten. Schwarze und weiße Nutten sorgten in den Gefängnissen für regen Betrieb. Geld wurde eingetrieben. Der König hockte in seinem Dubliner Hotel. Isaac beeinträchtigte keinen noch so kleinen Furz die Geschäfte auf der Nuttenmeile.

Wer waren die Herren von New York? Schwer zu sagen. Sam gewann seine Vorwahlen. Aber in diesem Jahr waren Bürgermeister billig zu haben. Seine eigenen Angestellten fälschten hinter Sams Rücken seine Unterschrift. Tiger John Rathgar, der PC, schlich im dreizehnten Stock des Präsidiums herum und fauchte Cops an, die ihm über den Weg liefen. Er konnte einen degradieren, einem einen Friedhof zur Streife überlassen. Tiger John terrorisierte die gesamte Polizei. Aber er hätte nicht sagen können, wo seine Einheiten gerade operierten. Soweit es um New York ging, fehlte es ihm an Polizeiverstand. Arthur Greer wußte wahrscheinlich besser über Tigers Leute Bescheid als Tiger selbst.

»Wie geht's meinem Mann?« begrüßte er Isaac. Der liebe Arthur hatte ein einfühlsames Gesicht. Er stammte aus der Bronx, war Anführer einer berüchtigten Gang gewesen, den Clay Avenue Devils. Die Narben auf seinen Lippen waren nicht zu übersehen. Wer weiß schon, wie oft er mit dem Messer gekämpft hatte? Aber mit Isaac nahm er es nicht auf, ein finsterer Blick maß sich nicht mit dem anderen.

»Wie ich höre, haben Sie sich auf dem Strich herumgetrieben, Mr. Isaac. Tragen komische Hosen und wohnen in einem Stundenhotel. Warum haben Sie so lange damit gewartet, zu mir zu kommen? Ich kann Ihnen ein paar Einblicke in die Geschäfte geben. Möchten Sie einen eigenen Stall aufziehen? Dann können Sie Ihrer Klasse an der Polizeiakademie alles über das schmierige Leben eines Luden erzählen.«

»Arthur, deine Spione pennen. Ich unterrichte am John Jay College.«

»Die eine Schule ist so gut wie die andere«, sagte Arthur und lächelte.

»Was ist mit Jamey O'Toole passiert? Seine Mutter meint, er versteckt sich vor den Cops. Das kapier ich nicht. Jamey ist nicht clever genug, sich vor mir zu verstecken.«

»Man kann nicht alles glauben, was eine Mutter sagt, Mr. Isaac. Vielleicht hat er die Schnauze voll, den Nutten und Luden ein paar Kröten abzunehmen, und ist mit dem Geldsack unterm Arm verduftet.«

»Jamey doch nicht. Das ist ein loyales Arschloch.«

»Vielleicht ist er mit Annie Powell durchgebrannt.«

Wut stieg in Isaac auf. Er wollte Arthur in die Klippen von Jersey schmeißen.

»Was hast du mit Annie zu schaffen?«

»Nichts. Sie ist da draußen mit all den anderen läufigen Hündinnen. Schauen Sie nicht so traurig. Ich zieh Sie nur auf, Mann. Weiß doch jeder, daß Sie auf das Mädchen abfahren.«

»Wir sprachen gerade über O'Toole.«

»Genau das ist es ja, Mr. Isaac. Jamey fährt auch auf sie ab.«

»Und warum hat er ihr dann die Visage poliert?«

Arthur lachte. »Haben Sie je einen Iren getroffen, der nicht zumindest leicht bescheuert ist?«

»Und Dermott? Würdest du Dermott auch verrückt nennen?«

»Mann, das ist der Verrückteste von allen.«

»Ist der König ein Freund von dir?«

Arthur schüttelte voller Abscheu den Kopf. »Kein Wunder, daß Sie in dem Schweinehotel wohnen. Sie verlieren langsam den Faden. Dermott und ich waren zusammen in derselben Gang.«

Vor langer, langer Zeit, da kannte sich Isaac mit jeder Jugendbande in der Bronx aus. Er war der Cop, der für Frieden sorgte. Er mußte nicht mit der Jugendpolizei zusammenarbeiten. Isaac trat einfach in einen Keller und schlichtete den Streit. Die Devils von der Clay Avenue herrschten über weite Teile der Bronx. Ihr Territorium reichte von Castle Hill bis zum Claremont Park. Sie waren so erfolgreich, weil sie sich nicht um Rassenschranken scherten. Der liebe Arthur nahm Neger, Italiener, Iren und Juden in seine Gang auf.

»Scheiße«, sagte Isaac. »Du willst damit sagen, Dermott war einer von deinen Leuten?«

»Der Beste, den ich je hatte. Mein Kriegsminister.«

»Und warum kann ich mich nicht an ihn erinnern?«

»Dermott hat sich immer zurückgehalten. Er war smart, Mann. Ich hab meistens den Ruhm eingeheimst und die Narben auf meinem Gesicht abgekriegt. Dermott hat sich von uns entfernt. Er ist ohne eine einzige Narbe aufs College gegangen.«

»Und wer hat Dermott zum König gemacht?«

»Ich.«

»Aber du hast doch gesagt, er hätte nie gekämpft. Dermott hat keine Narben ...«

»Aber reden kann er wie ein König. Haben Sie ihm jemals zugehört? Er könnte Ihnen mit fünf Wörtern Ihren Bart klauen.«

»Ich habe keinen Bart«, meinte Isaac.

»Na und? Er würde es Ihnen erst einreden und ihn dann stibitzen. Deshalb war er ja unser Kriegsminister. Wir haben es mit den anderen Gangs am Tisch ausgefochten. Sie hatten keine Klugscheißer auf ihrer Seite. Wir hatten Dermott. Der König hat sie lang gemacht. Vielleicht habe ich ihm mit dem Messer Rückendeckung gegeben ... vielleicht auch nicht. Hing ganz davon ab, wieviel Dermott mit seiner Zunge stehlen konnte.«

»Komisch«, sagte Isaac. »Ich hab den König in Dublin gesehen. Er hat nicht einmal den Mund aufgemacht. Arthur, was macht er im *Shelbourne*?«

»Er lebt dort bei seinen Vorfahren. Der König hat irisches Blut.«

»Und was war mit ihm und Annie?«

»Sie hatten einen Streit unter Liebenden«, sagte Arthur. Er konnte nicht aufhören, Isaac anzulächeln. Der First Dep war einsam. Irgendwo hatte er seine Kraft verloren, hatte sie an dem Tag, als er Annie Powell traf, auf der Straße gelassen. Er würde sich nie von ihr losmachen können. Er wollte einen Mann töten ihretwegen. Womöglich auch Arthur Greer.

»Dieses Mal auf ihrem Gesicht stammt doch von einem Messer, richtig?« Isaac murmelte nur noch. »Er hat ihr ein D eingeritzt. Dermott war ein Schmuser. Ein Redner. Wie kommt es dann, daß er so gut mit dem Messer umgehen kann?«

»Fragen Sie den König. Vielleicht hat er am College geübt.« Das Lächeln auf Arthurs Gesicht war schon brüchig geworden. »Isaac, ich hab zu tun. Sie müssen jetzt gehen.«

Ein weißes Hausmädchen war hereingekommen und staubte die Sofakissen ab. Ein Junge mit einem Einkaufskorb verschwand. Isaac sah einen Klempner, der in einem der Bäder auf Knien herumrutschte. Arthur hatte eine ganze Armee, die ihm diente, aber er bot Isaac nicht mal ein winziges Stück Kuchen an.

Isaac litt unter einem Anfall von Gedächtnisschwund. Er konnte sich nicht erinnern, was seine nächste Verabredung war. Dann setzte sein Verstand wieder ein: An dem Tag hatte er keinen Termin mehr. Er war unsichtbar geworden, während er sich in diesem namenlosen Hotel verkroch, und es war schwer, seine Konturen zurückzugewinnen. Er hatte sich in zu viele aberwitzige Unternehmungen gestürzt. Jetzt konnte er noch nicht mal das Rätsel seiner eigenen Existenz lösen. War Annie zu seiner Sphinx geworden? Wer war sie? Warum hatte Annies Mal ihn so zum Krüppel gemacht?

Er fuhr nach Morningside Heights und besuchte seine alte Schule, das Columbia College. Isaac hatte eigentlich keine Alma mater. Gerade mal vier Monate unter Marshall Berkowitz. Der Beginn des neuen Schuljahres stand unmittelbar bevor. Koffer wurden in die Studentenwohnheime geschleppt. Isaac war regelrecht erschrocken, erinnerte es ihn doch an seine eigene dürftige Bildung. Er hätte nicht aufhören dürfen, *Ulysses* zu lesen.

Er stellte sich nicht mit den anderen Neuankömmlingen auf den Fluren von Hamilton Hall in einer Schlange an. Isaac platzte in Marshalls Büro. Der Dekan war verärgert.

»Isaac, da draußen wartet ein ganzer Schwung Kids auf mich. Hätten Sie nicht vorher anrufen können?«

»Nein«, erwiderte Isaac.

Marshalls Schreibtisch war mit Akten übersät, die an allen vier Ecken mit silbernen Nadeln durchstochen waren. Diese Nadeln mußten für Marsh wohl so eine Art Ablagesystem darstellen. In New York wirkte er erheblich magerer. Was war denn mit seinem Dubliner Hintern geworden? Sein Arsch war verschwunden. Weinte er noch immer über Blooms zerstörtes Haus? Isaac war da pragmatischer. Er konnte nicht um 7 Eccles Street trauern. Er hatte mehr als genug mit den Lebenden zu tun. Mit besonderen Narben und dem König.

»Ich möchte das Empfehlungsschreiben lesen, das ich für den kleinen Dermott geschrieben habe.«

Marshall zitterte über all den Silbernadeln. »Sie sehen doch selbst, wie's hier aussieht. Das könnte ich in tausend Jahren nicht finden.«

»Marshall, ich helfe suchen.«

Sie beugten sich über Marshalls Aktenschränke und durchsuchten die Schubladen. Blätter zerknüllten unter

Isaacs Händen. Akten zerrissen an den Ecken. Studenten klopften an die Tür. Marshall machte nicht auf. Sie brauchten eine Stunde, um Isaacs uraltes Schreiben zu finden. Es war auf einem Briefbogen der Polizei getippt. Isaac mußte einen Blick auf seine eigenen Worte werfen, ehe er es wirklich glauben konnte.

... Marshall, ich weiß, Sie denken, dieser Bursche ist nur ein Gauner mit Bubiface. Er trägt Koteletten und hat einen Entenarsch. Alles an ihm ist Bronx, bis an die Augenbrauen. Ich könnte die Straßen nennen, auf denen er sich rumtreibt, kenne die Steine, die er durch Fensterscheiben geschmissen hat. Aber er hat einen klugen Kopf. Der Junge kann denken. Das hat ihn von all den Todesfallen auf dem Southern Boulevard und der Boston Road ferngehalten. Vergessen Sie die beschissenen Noten. Die High-School muß für ihn von Anfang bis Ende langweilig gewesen sein. Kann sein, daß er bei Silas Marner einschläft. Aber reden Sie mit ihm über Hamlet. Dermott kann Ihnen alles über Hysterie, Wahnsinn und Rache erzählen. Lassen Sie den Jungen nicht wieder weg. Es wäre eine Schande, wenn Columbia ihn verlieren würde.

»Isaac, ich kann Ihnen davon eine Kopie machen«, sagte Marshall. Die Aktensuche hatte ihn besänftigt.

»Schon okay, Marsh, danke. Ich werd's jetzt nicht mehr vergessen ...«

Marshall setzte sich wieder an seinen Schreibtisch. Umgeben von Akten und Nadeln, starrte er die Wände an. Isaac riß sich aus seiner Tagträumerei und bemerkte Marshs Fischaugen, diesen toten, kalten Blick.

»Was ist los?«

»Sylvia hat mich verlassen ...«

Isaac brauchte nicht zu hören, warum Sylvia Berkowitz vor *Ulysses* und *Finnegans Wake* geflohen war. Wie lange konnte man es neben James Joyce unter einer Bettdecke aushalten? Aber er konnte Marsh nicht einfach so sitzen lassen. »Was ist passiert?«

»Ich weiß nicht. Sie hat nichts mitgenommen ... Keinen Schlüpfer. Nicht mal ihre Bücher.«

Der Fall war nicht hoffnungslos. Isaac hatte die Mittel, die vermißte Frau eines Dekans zu finden. Er konnte zur One Police Plaza fahren, dem offiziellen Sitz des First Dep, und einen Suchtrupp losschicken. Isaac war berühmt dafür, daß er bis zu den Wurzeln eines jeden Viertels hinabstieg und mit einer Handvoll Ausreißer zurückkehrte.

»Marsh, ich werde sehen, was ich tun kann.«

Die Erstsemester vor Marshalls Büro machten saure Gesichter. Isaac konnte es ihnen nicht verdenken. Seinetwegen mußten sie wahrscheinlich ihr Mittagessen sausenlassen. Isaac erinnerte sich, wie er auf Marsh gewartet hatte. Der Erstsemester mit dem Stiernacken. Isaac Sidel. Er hätte der Champion der Ringermannschaft sein müssen. Isaac war ein Teufel von dreiundachtzig Kilo. Er hatte sich aufs Ringen verlegt, weil das auf dem College die einzige Sportart war, die seinem Temperament entsprach. Football war was für die Arbeitsochsen. Zum Ringen brauchte man Durchhaltevermögen, Psychologie und starke, glitschige Arme. Und Isaacs Nacken. Niemand konnte ihn auf die Matte zwingen, wenn er eine Brücke machte. Er zuzelte vor einem Kampf Orangen aus, starrte seinen Gegner an und wärmte sich in seiner Trainingshose in den schönen Farben von Columbia auf. Er fuhr mit der Erstsemester-Mannschaft nach Yale. Der Yalie, gegen den er antrat, wurde wegen unerlaubter Griffe disqualifiziert. Das war der erste und einzige Sieg für Columbia. Isaac ging nicht mehr zum Training. Er hatte nicht die Zeit dafür. James Joyce hatte ihn am Arsch.

Er konnte sich nicht von Marshalls Einfluß befreien. Er betete den Dekan an. Ringen war nichts im Vergleich zur Musik der Wörter. Die Mannschaft ließ Isaac Sidel fallen. Er mußte die schöne Trainingskleidung wieder zurückgeben. Sprache war sein ein und alles. Er war eifersüchtig auf die anderen Burschen, die Marsh bedrängten. Er erwischte den Dekan, wenn er in sein Büro ging oder wieder herauskam. Stets hatte er eine Frage. »Warum sagt Joyce, die Heimat eines Iren sei sein Sarg?«

Hatte sich der kleine Dermott auch so aufgeführt? War er Marsh gefolgt, bettelte er um Audienz beim Dekan? Hatte er ihn aus großen Augen beim Kaffee angestarrt? Die Romanze sollte für beide nur kurz sein. Dermott ging nach Yale, und Isaac verschwand aus dem College. Waren sie immer noch Jünger von Marsh? Schrieb Dermott in seinem Hotelzimmer Lieder über die Liffey? Steckte vielleicht gar nicht mehr hinter seinem Exil? Ein Gauner, der sich im mittleren Alter wieder dem Studium widmete? Isaac war der größte Dummkopf aller Narren. Busineß, Busineß, Busineß, das war doch alles, was den König beschäftigte. Isaac hatte überhaupt keine Ahnung. Er hätte einfacher Polizeibeamter bleiben sollen. Als First Dep war er nicht flexibel, nicht erholungsfähig genug. Wenn ein Cop fällt, dann wird von ihm nicht erwartet, daß er flach daliegt.

Marshall mußte ihm über den südlichen Campus gefolgt sein. Er rannte hinter Isaac her, und sein Schlips flatterte ihm nach. Sie waren zwei hagere, verletzte Gestalten, die sich gegenseitig jagten. »Isaac«, sagte der Dekan, »Sylvia hat mir von dir und ihr erzählt ... sie hat die Angewohnheit, ihre Affären zu beichten. Aber sie mußte mir nichts sagen. Nur so ergibt das einen Sinn. Du warst in Dublin ihr Liebhaber.«

»Tut mir leid, Marsh ... ist einfach so passiert. Wir sind von der Eccles Street an bergab gelaufen. Wir sind in einer einsamen Gasse gelandet, und ...«

»Genug. Sie wäre hinter Dermott hergelaufen, wenn du nicht gekommen wärst … Isaac, bitte finde sie für mich.«

17

Isaac dachte unentwegt an Sylvia und landete bei Jennifer Pears. Er ließ seine Leute nach zwei Frauen gleichzeitig suchen. Er kam nicht mal in die Nähe von One Police Plaza, dieser häßlichen roten Festung. Er fuhr in die Centre Street und hockte in seinem alten Büro. Er hätte nicht mit der Frau seines Mentors schlafen sollen. Jetzt war er Marsh verpflichtet. Seine Stellvertreter wurden langsam grau im Kopf. Wer waren diese beiden Schlampen, die zu Isaac gehörten? Sylvia Berkowitz machte die Stadt unsicher. Sie hatten kein Problem damit, nach ihr zu suchen. Aber warum sollten sie diese Jennifer beschatten? Isaac wollte über jeden Schritt informiert werden. Der First Dep zögerte, Mrs. Pears am Telefon zu verlangen. Vielleicht hängte sie bei einem solchen Arsch wie ihm einfach auf. Isaac war ein fürchterlich schlechter Freier. Er schlängelte sich in das Leben einer Frau und wieder hinaus. Niemand konnte ihn allzulange ertragen. Er war ein unzivilisierter, einundfünfzigjähriger Junge.

Seine Stellvertreter hatten bei Sylvia Berkowitz keine »Treffer« vorzuweisen. Sie mußte vom Erdboden verschluckt worden sein, genau wie dieser große irische Affe O'Toole. Ganz anders die Grünäugige. Der Fall Jennifer Pears war einfach. Kaum verabschiedete sie sich bei den Pförtnern ihres Hauses, hatten Isaacs Männer sie unter Kontrolle. Sie waren schließlich nicht dumm. Sie wußten, wie man eine Seite Bericht für Isaac anfettete. *Bringt ihren Sohn in den Kinder-*

garten des Little Red Schoolhouse. (Sie verkleideten sich als Feuerwehrleute, um ihr folgen zu können.) *Spielt mit ihm in seiner Kindergartengruppe oben auf dem Dach. Meist bleibt sie eine Stunde. Dann geht sie zur Fourth Avenue. Sie kauft gern alte Bücher ...*

Isaac las die Berichte mit religiösem Eifer. Sie verliehen ihm ein Gefühl von Macht über Jenny. Er hatte alle ihre Schritte unter Kontrolle. Er konnte in ihre Sphäre eindringen, wann immer er wollte. Bücher waren nichts für ihn. Er ging ins *Little Red Schoolhouse* auf der Christopher Street. Er trug keinen Feuerwehrhelm. Er mußte sich an der Bulldogge vorbeimogeln, die ihn aus einem Kabuff im Türeingang anstarrte. War sie die Pförtnerin der Schule? Isaac hatte so merkwürdig viele Höcker auf der Stirn. Vielleicht war er ja ein Irrer, der sich ein unschuldiges Kindlein greifen wollte. Die Pförtnerin wollte schon die Hausmeister rufen und Isaac loswerden. Doch dann lächelte er, und die Höcker verschwanden.

»Mein Name ist Moses«, sagte er. »Moses Herzog Pears. Mein Großneffe ist in Ihrem Kindergarten. Alexander Pears. Ich soll mich mit seiner Mutter auf dem Dach treffen. Jennifer, meine Nichte ...«

Isaac stieg zum Dach hinauf. Es handelte sich um einen mit Maschendraht eingezäunten Spielplatz. Hier gab es genug Spielzeug, um eine ganze Armee zu verwirren: Karren, Sandkisten, Tunnel, Häuser und Brücken aus Pappwänden und Schlackesteinen. Isaac konnte Alexander in dem Kindergewühl nicht ausmachen. Jennifer stand am Zaun. Ihre grünen Augen hätten jeden Wagen, jeden Tunnel, jede Brücke verschlingen können. Der Schnüffler war in sie verliebt. Er hatte wilde Knoten in den Beinen. Der Wurm machte ihm keinen Ärger. Er hatte sich in Isaacs Bauch zusammengeringelt und war mit sich zufrieden.

Jennifer entzog sich ihm nicht. Sie versteckte sich nicht

hinter einem der Tunnel, nur weil der Kerl sie enttäuscht hatte und ohne Vorankündigung nach Dublin abgehauen war, um dort einen Mann umzubringen.

»Du wirkst nicht sehr glücklich«, sagte sie.

Es wäre ihm lieber gewesen, ihre Augen hätten eine neutralere Farbe gehabt. Dann hätte er ohne Jennifer Pears von diesem Dach verschwinden können. Er brummte etwas von *Cappuccino*. Jenny verstand ihn. Sie konnte nicht gleich nach Isaacs erstem Brummen verschwinden. Sie hatte Verpflichtungen gegenüber dem Kindergarten. Aber sie traf sich mit ihm unten im Café Borgia.

Isaac fand seine Stimme wieder. »Dublin ... mußte weg ... wie geht's deinem Mann?«

»Isaac, was zum Teufel willst du von mir?«

Neben ihr zu sitzen erschreckte ihn zutiefst. Er zog den Kopf zwischen den Schultern ein und leckte schneckengleich an der Kaffeetasse.

»Weitere Treffen in deinem Hotel, willst du das? Oder bist du auf dem Kulturtrip? Sollen wir uns die Cézanne-Ausstellung im MoMA anschauen? Willst du mich im Kino begrabschen? Was wäre denn dein Kick heute?«

Konnte er sich denn nicht Dermotts magische Zunge leihen? Der König hätte gewußt, wie er Jennifer Pears umgarnen konnte.

»Ich bin schwanger.«

Der Wurm schlug mit seinen vielen Widerhaken von innen in Isaacs Gedärm. Sein Gesicht landete in der Cappuccinotasse. Er hatte Milchschaum an der Nase, als er wieder auftauchte: ein lächerlicher Mann.

»Du bist ein Gottesgeschenk, Isaac. Wir versuchen schon seit Jahren, noch ein Kind zu bekommen. Einen Bruder oder eine Schwester für Alex. Du weißt ja, all dieser Scheiß von wegen Einzelkind. Es hat nicht geklappt, bis du aufgetaucht bist ... Möchtest du einen Anteil an dem Kind? Wir könnten eine Gesellschaft mit beschränkter Haftung gründen. Noch kannst du Wünsche äußern. Möchtest du ein Mädchen oder einen Jungen? Ich wette, ein Mädchen. Sollen wir ihr erlauben, sich ihren Vater selbst auszusuchen? … Isaac, tu mir einen Gefallen. Komm mich nicht in der Schule meines Sohnes besuchen. Das ist nicht nett.«

Und schon war sie aus dem Café Borgia verschwunden, bevor Isaac sich noch die Nase mit der Papierserviette abwischen konnte. Komische Sache, er kam sich gar nicht wie ein Patriarch vor. In seinen Eiern juckte es. Seine Knie waren tot. Ein Wurm riß Fetzen aus seinen Gedärmen wie Späne aus einem Rohr. Wurde er alle neunundzwanzig Jahre Vater? Er hatte eine Tochter, die verrückt nach Männern war. Marilyn the Wild. Sie konnte Isaac stärker verbiegen als jeder Wurm, den ihm die Guzmanns auferlegt hatten. Was würde Marilyn von einer Halbschwester, einem Halbbruder halten?

Isaac stürzte aus dem Café. Er könnte seine Männer auffordern, Jennifer von den Buchverkaufsständen der Fourth Avenue zu entführen und sie in einem Leichensack oder einer alten Decke von der Pferdestaffel in sein Hotel zu bringen. Er hätte sie nicht entkleidet, nein, nein, nein. Ich übernehme die Geschäftspartnerschaft, würde er sagen. Die Hälfte deines Bauches gehört mir. Aber welchem Wahnsinn er auch verfallen war, er hatte noch immer den Blick eines Cops. Ein Mann verfolgte ihn von der Ecke aus. Ein Mann mit schmuddeligen weißen Haaren. Isaac mußte lachen. Es handelte sich um einen Polizeirentner aus den Revieren der Bronx, Morton Shapiro. Wer setzte denn solch eine Witzfigur auf den First Deputy an? Isaac führte Morton die Wooster Street entlang und nagelte ihn am Fenster einer alten Schuhfabrik fest. Morton trug eine Detective Special in der Hosentasche. Isaac nahm ihm die Waffe ab und warf sie durch einen Spalt im Fenster.

»Morton, wer hat dich angeheuert, Billy the Kid zu spielen?«

»Niemand.«

»Komm schon. Hat Dermott dir von Dublin aus ins Ohr gebrüllt?«

»Welcher Dermott?« erwiderte Morton.

Isaac hätte ihn in die Fabrik schleifen und ihm an den Haaren ziehen können, bis der alte Captain seine schöne weiße Mähne verloren hätte. Isaac hatte schon mal Leute skalpiert. Aber er wollte kein Blut an den Händen haben. Er würde bald wieder Vater sein. Er packte Morton am Kragen und schüttelte ihn. Der Captain schwankte wie ein großer vergammelter Kürbis. Es konnte nicht sonderlich ernst gemeint sein, wenn Isaacs Feinde ihm Schapiro anhefteten. Als Schapiro noch bei der Truppe gewesen war, konnte er kein Revier kontrollieren. Der Chief Inspector hatte ihn von einem Revier zum anderen versetzt. Schapiro war ein »Springer«, der den Laden für einen Monat übernahm und dann weiterzog. Seine Leute lachten ihn aus. Die Mordkommission grüßte ihn nicht mal auf dem Gang. Es gab keine Abschiedspartys für Captain Mort, als der PC ihn bat, in den Ruhestand zu treten. Die Jobs, die er jetzt noch machte, bekam er aus reiner Mildtätigkeit. Isaac hätte ihn erwürgen können. Aber es wäre viel zu mühsam gewesen, die Trauergäste für Mortons jüdische Feier zusammenzutrommeln.

»Schapiro, rede mit mir. Für welchen Luden arbeitest du?«

»Arthur Greer.«

»Das ist doch krank. Warum sollte dich Arthur hinter mir herschicken?«

»Keine Ahnung ... bleib an Isaac dran, hat er gesagt. Mehr nicht.«

»Hat er dir eine Nachricht für mich mitgegeben?«

Was für eine dumme Frage. Schapiro selbst war die Nachricht. Eine dicke, fette Schwalbe. Isaac sollte aufhören, sich weiter nach Dermott zu erkundigen. Warum? Wie oft konnte der First Dep nach Stephen's Green trotten? Dublin lag doch nicht hinter den Klippen von Jersey. Man konnte nicht einfach zum *Shelbourne* rudern. Der König war erpicht darauf, Isaac in New York zu halten.

»Morton, sei ein guter Junge. Umarme Arthur für mich. Sag ihm, Isaac mag keine Rätsel. Der König kann sein Exil ruhig genießen. Aber ich werde ihn kriegen.«

Er schubste den Captain in Richtung Uptown. Er hätte ihn am liebsten über die Dächer der Houston Street geschmissen, bis hoch zum Lincoln Center und zu Arthur Greer. Das wäre mal eine sensationelle Schwalbe gewesen. Na, egal. Der Captain würde in Ungnade fallen. Er konnte nicht an Isaac dem Reinen dranbleiben. Captain Mort sollte lieber draußen auf der Eastchester Bay nach Welsen Ausschau halten. Was tat er mit einer Waffe in der Hose? Gab es eine Gesellschaft, die billig alte Captains anbot? Das ergab keinen Sinn. Wer organisierte all die anderen Captain Morts? Arthur Greer jedenfalls nicht. Arthur hatte nicht die Krallen, sich derart tief ins NYPD einzugraben. Isaac hätte es gemerkt. Er hatte seine Spione im Büro des Commissioners. Der First Dep hätte jeden Ring von Ex-Captains zerschlagen, die sich an Luden und Ganoven verdingten. Isaac schlief nicht. Er rief von einer Telefonzelle aus sein Büro an. Er wollte Informationen über Morton Schapiro und darüber, was der alte Captain im letzten Jahr so gemacht hatte.

Isaac hätte schwören können, wieder in Dublin zu sein. Ein betrunkenes Pärchen kabbelte sich vor der Telefonzelle. Ihre Schläge wirkten ziemlich jämmerlich auf Isaac. Sie hielten einen langsamen Tanz aus Armen und Beinen aufrecht. Dann wurde der Mann böse. Er packte die Frau an den Haaren. Er rüttelte und schüttelte sie, und Isaac kam aus der Zelle. Es handelte sich um einen dieser Zufälle. Er erkannte die Frau unter den Haarwurzeln. Der Betrunkene belästigte Marshalls Frau. Hatte sich Sylvia auf der Straße einen zweiten Mann gesucht? Isaac riß die Finger des Mannes aus ihrem Haar, schleifte ihn in die Zelle und machte von außen die Tür zu.

»Sie haben ja tolle Freunde, Mrs. Berkowitz.«

Isaac war stinksauer auf sich selbst. Wo waren denn seine himmlischen Heerscharen, die nach Sylvia suchen sollten? Warum mußte ausgerechnet er über sie stolpern, nachdem er Morton Schapiro auf eine kleine Jagd quer durch Soho geschickt hatte? Verteilte irgendein jämmerlich pfuschender Gott Wohltaten an Isaac? Oder vielleicht konnte ein Wurm mit Hilfe seiner Widerhaken manövrieren. Dieser Mistkerl in seinem Bauch hatte ihn zu Sylvia geführt.

Er brachte sie in eine Künstlerkneipe, gab ihr schwarzen Kaffee und Zigaretten. Die Künstler an den Tischen schienen sich mit Isaac solidarisch zu fühlen. Sie hielten seine eingefallenen Wangen wohl für ein Zeichen von Armut und kraftvollem, leidvollem Denken. Der First Dep hatte sich in seinen Tagen und Nächten als Penner weit von der Centre Street entfernt. Er hatte sich weit über die irremachende Grenze des Erlaubten hinausgewagt. Isaac war immer weniger ein Cop.

»Dein Mann weint nach dir«, sagte er.

Überdosen an Kaffee und Zigaretten hatten Sylvia wiederbelebt. »Isaac, spiel nicht die Mama für ihn. Marsh wird sich ein neues Überlebenspaket suchen ... eine Barnard-Studentin, die ihm die Unterhosen wäscht.«

»Hast du Geld?«

»Nein, aber ich werde vor einem Restaurant Weihnachtslieder singen.«

»Sylvia, das ist die falsche Jahreszeit. Es ist noch nicht Weihnachten. Du wirst hungern. Wer war der Witzbold bei dir?«

»Niemand besonderes. Ich hab ihn vor zwei Stunden in einem Süßwarenladen kennengelernt.«

»Hast du einen Platz ... ein Zuhause?«

Darauf mußte sie nichts antworten. Marshalls Frau lebte zwischen den Mülltonnen. Wenn ihr Drang, von Marsh loszukommen, so stark war, würde Isaac nicht versuchen, ihr einzureden, das Gegenteil zu tun. »Komm mit mir.«

Der First Dep hatte eine kleine Wohnung in der Rivington Street. Dort bewahrte er den Großteil seiner Klamotten auf. Er überließ Sylvia die Wohnung

»Isaac, bleibst du bei mir?«

Er zog ihr die dreckige Bluse aus, schrubbte ihr den Rücken und trug sie in sein Bett. Wer kam dabei schlechter weg? Sylvia nicht. Er nicht. Und wie ein Wunderrabbi konnte Isaac sie vielleicht so weit beruhigen, daß sie zu Marsh zurückwollte. Nur das Kind, das in Jennifer Pears steckte, kam ihm in die Quere. Der alte Penner wurde züchtig. Er gab ihr Essensgeld und eine Telefonnummer, wo sie ihn erreichen konnte. Er war schon weg, bevor Sylvia sich bei ihm bedanken oder ihm in den Ärmel kriechen konnte. Sie hätte nichts dagegen gehabt, Isaac den Reinen zu vergewaltigen.

18

Manchmal fragte er sich, ob er überhaupt ein Büro hatte. Was ging im zwölften Stock des Police Plaza vor? Er brauchte Unabhängigkeit, Ungebundenheit, das Recht, in dreckigen Hosen durch die Stadt streifen zu können. Und dann fragte er sich, warum seine Engel ohne ihn so überaus gut funktionierten. Seine Ratten bohrten im Untergrund und tauchten mit einem Haufen bestechlicher Cops auf. Isaac hatte seine Leute zum Einsatz gebracht. Er hatte sie darauf trainiert, Blut zu wittern.

Er hatte noch andere Engel, andere Einheiten, die für ihn arbeiteten. Sie konnten zwar O'Toole, den irischen Esel des Königs, nicht auftreiben, aber dafür kamen sie mit Bruchstücken über den König selbst zurück. Sie waren nach New Haven gefahren und hatten sich in Dermotts Laufbahn in Yale vertieft. Sie hatten seine Abschriften gefunden, seine Zimmer im Wohnheim, Eintragungen des Rektors an seinem College, von Professoren, von New Havens ehemaligem Polizeichef. Wie es schien, war der Bursche auf recht höfliche Weise von der Schule gefeuert worden. Die Yale Corporation lud ihn nie wieder ein. Die Gründe dafür waren Isaacs Leuten nicht klar. Cops waren auf dem Campus erschienen und hatten nach Dermott Bride gesucht. Er leitete eine Art Schmugglerring innerhalb des Colleges. Dermott versorgte Yalies und College-Hausmeister, Tellerwäscher und Köche mit gestohlenen Radios, Fernsehern, Kameras, Angelruten und anderem Plunder. Er bekam seinen Nachschub von einer Niggergang. Aber niemand konnte ihnen sagen, um wen es sich bei dieser Gang handelte. Isaac mußte lächeln: Der Bursche war mit Arthur Greer ins Geschäft gekommen. Er hatte sich nie von den Devils getrennt. Arthurs alte Gang klaute die Radios und brachte die Ware nach Yale.

Isaac sah sich die Unterlagen an: In Yale hatte der Knabe angefangen, seinen Namen zu kürzen und sich Dermott Bride zu nennen. Isaac hätte schwören können, daß der König niemals Arthurs Gang verlassen hatte. Die Clay Avenue Devils beherrschten die Nuttenmeile.

Aber Isaacs Männer fanden nach Dermotts Abgang in Yale nichts mehr über ihn heraus. Was war in den sechzehn Jahren zwischen New Haven und dem *Shelbourne* geschehen? Wie hatte es Dermott geschafft, sich mit derart viel Geheimnistuerei und Finesse zu umgeben? Isaac pochte der Kopf. Er beschloß, sich auszuruhen. Am Vormittag tauchte er im Little Red Schoolhouse auf. Jennifer wollte keinen Cappuccino mit ihm trinken. Er mußte ihr seinen Antrag vor der Tür zum Dachspielplatz machen.

»Laß dich von dem Schmock scheiden«, sagte er.

Ihre Augen brannten so grün, so wild, daß Isaac sich an der Wand abstützen mußte. »Von welchem Schmock redest du?«

»Von deinem Mann. Laß dich von Mel scheiden, und heirate mich.«

Isaac hatte schon eine Frau, Kathleen, die mit all den Eigentumswohnungen, die sie in den Sümpfen rund um Miami gebaut hatte, langsam zur Kaiserin von Florida aufstieg. Kathleen konnte Isaac nicht ausstehen, aber sie mochte es, Mrs. Sidel zu sein. Sie verlangte keinen Penny von ihm, und Isaac hätte sie schon erwürgen müssen, um eine Scheidung von ihr zu erzwingen. Isaac dachte nicht realistisch. Er würde gegen die Gesetze von Miami und New York angehen, würde zum Bigamisten werden, wenn Jennifer ihm nur erlaubte, der Vater des Kindes zu sein.

»Isaac, du bist krank. Acht oder neun Mal in einem Hotelzimmer machen noch keine Ehe. Ich mochte dich, bevor du nach Irland abgehauen bist ... dein Wurm hat mich gereizt. Ich mochte dein verrücktes Zimmer ... deine dreckige Hose ... die Art, wie du redest. Aber das heißt noch lange nicht, daß ich Mel jemals verlasse.«

»Versuch's mit mir«, sagte Isaac. »Ich bin als Vater mindestens so gut wie dieser Schmock.«

»Isaac, wenn du noch mal hierherkommst und mich belästigst, mir von Heirat schwafelst, dann schrei ich die Treppe runter nach den Cops. Es ist mir scheißegal, was für ein Commissioner du bist. Ich werde dafür sorgen, daß dich jemand einbuchtet.«

Isaac verschwand aus dem Little Red Schoolhouse. All diese Kinder in ihren Klassenzimmern irritierten ihn. Er dachte an ihre Mamis und Papis. So viele Mütter und Väter, die ein geregeltes Leben führten. Isaac hatte zwar gewisse Anlaufstellen, wo er hin konnte, ein Büro, eine Wohnung, in der er seine Klamotten aufbewahrte, aber eigentlich war er ein Tier, das nur auf der Straße lebte. Der Patriarch sehnte sich nach einem richtigen Zuhause.

Er wanderte nach Uptown, ohne sich um die Ampeln zu kümmern. Farben blinkten ihn an. Isaac war das egal. Nichts konnte ihn aufhalten. Die Autos und Laster sollten besser aufpassen. Es wäre ziemlich teuer gekommen, den First Dep von New York zu überfahren.

Annie war nicht an ihrer Ecke; Isaac verzweifelte. Sie war seine Familie, auch wenn sie ihm ihren Schritt entblößte, um ihn zu verjagen. Und Dermott? Dermott gehörte auch zur Familie, auch wenn Isaac sich die Verbindung nicht erklären konnte. Er hatte sich dem König und seiner »Braut« verpflichtet. Mit einundfünfzig war er einsam geworden, selbstgenügsam, Isaac, das Hirn der City Police, der es gewohnt war, Männer herumzuschieben wie Schachfiguren auf dem Brett. Für Manfred Coen, seinen toten Engel, war Schach zu kompliziert gewesen. Mit Blue Eyes hatte Isaac am liebsten Dame gespielt. Aber der First Dep war der Spielchen müde. Er würde das geheime Grummeln der Nuttenmeile beenden, all den komplizierten, rätselhaften Scheiß, und dann Urlaub nehmen. Sam hockte feist in seinem Amtssitz. »Hizzoner« konnte auch ohne Isaac Sidel überleben.

Isaac sah Annie aus einer irischen Bar in der Nähe seines Hotels stolpern. Ihr Gesicht heilte langsam ab. Aber noch immer trug sie den Schatten eines *D*. Eigentum von Dermott Bride. Sie fauchte Isaac nicht an, hob ihren Rock nicht. Sie hatte den Vormittag Bier trinkend verbracht, und nun suchte sie nach einem frühen Kunden, einem Freier, der für das Notwendigste zahlte: Tampons, Lippenstift und Bier. Das war die einzige Nahrung, an die sich Annie noch erinnern konnte. Sie hatte genug Bier intus, um einem neugierigen, bohrenden Cop gegenüber nicht feindselig zu werden. »Father Isaac.«

»Annie, ich ...«

»Wenn du irgendwas, auch nur ein Wort, über ein französisches Restaurant sagst, dann hock ich mich auf der Stelle hier hin und pisse auf den Bürgersteig. Kannst du ein Mädchen nicht mal in ein anständiges Lokal einladen ... ohne Kellner in schwarzen Jacken, die sich vor einem verbeugen und dir den Hintern küssen wollen?«

Sie lockte ihn in ein griechisches Loch, in das Isaac in seiner Pennerhose auch manchmal ging. Das Lokal funktionierte nach eigenen Gesetzen. Die Kellner waren keine Griechen, sondern Syrer, grob, schlampig und geil. Sie öffneten die Retsinaflaschen mit den Zähnen. Annie liebte geharzten Wein. Sie trank mit Father Isaac. Er stellte ihr keine Fragen nach dem König. Sie wäre sonst weggelaufen, und Isaac hätte den Retsina allein trinken müssen.

»Annie, ich habe eine Tochter, die dir sehr ähnlich ist.«

»Mister, behalten Sie Ihre Töchter für sich ... wenn Sie mir zwanzig Piepen geben, wackle ich mit dem Hintern ...«

Dieses Nuttengelaber schmerzte den First Dep. Sie war eine Irre, die sich auf der Straße vor die Männer hinkniete. Kein Lude hatte ihr beigebracht zu lächeln. Vielleicht hatte Arthur Greer Annies unsichtbares Mal ausgenutzt. Selbst zerzaust und zerschunden war sie noch immer die größte Schönheit auf der Nuttenmeile. Aber das half ihr nichts. Selbst wenn es eine Schule für Prostitutierte gegeben hätte, hätte Annie sich nicht einschreiben können. Sie würde im falschen Augenblick stöhnen, ihre Zunge rausstrecken, ihren BH runterreißen. Wenn Isaac nicht zwei seiner Engel auf sie angesetzt hätte, dann wäre sie nicht mehr am Leben. Sie waren so gut in ihrem Job, daß Isaac sie nur mit Mühe entdeckte: zwei blonde Kerle an einem Tisch in der hinteren Ecke. Sie mußten nach seinem Einzug im Pennerhotel im Büro des First Dep angefangen haben. Er konnte sich nicht an ihre Namen erinnern.

Isaac machte sich keine Gedanken über das Gefühl von Diaspora bei seinen eigenen Truppen. Seine Engel konnten sich zerstreuen, so sehr sie wollten, Hauptsache, sie blieben ihm loyal. Er mußte sich um Annie kümmern, aber das Mädchen verwirrte ihn. Sie war eine Nutte, die keine Ahnung davon hatte, wie man einen Mann an den Haken kriegte. Ihr tolpatschiges Nuttenleben war einem Ritual verpflichtet, das sich außerhalb von Isaacs Erfahrungsbereich bewegte. Welchen wirren Traum lebte sie aus? Nahm sie Rache an sich selbst? Der Retsina kam Isaac zu Hilfe. Er war besser als die halben Flaschen Champagner. All das Harz in dem Wein mußte ihr die Zunge gelöst haben. Sie sang Isaac was vor.

Wer ist die Rose von Connemara?
Die Königin von Cashel Hill?
Dermott hatte ne Lady
Doch die Lady ist nicht mehr.

Sie konnte keinen Ton halten. Die Textzeilen schlurten nur aus ihr heraus. Isaac wünschte sich, sie würde ihm immer weiter vorsingen.

»Castledermott«, sagte sie.

»Was?«

»Du brauchst einen Angelschein, du Blödmann.«

Er würde mitspielen, sagen, was sie zu hören erwartete, dann würde er sich aus dem, was sie gesagt hatte, seine eigene Melodie zusammenreimen.

»Und wo krieg ich den?«

»Vom Fischer ... er wird dir die Eier zertreten, wenn du ihm Forellen aus dem Teich klaust. Wilderer können dabei umkommen. Ist schon vorgekommen. Aber es ist Dermotts Burg. Er backt das Brot.«

Isaac hatte nicht die Fähigkeiten, sich daraus eine Melodie zurechtzuschneidern. Burgen? Fischer? Forellen? »Annie, wo liegt dieses Castledermott?«

»Schieb deine Hand unter meinen Rock ... da liegt es. Da bist du beim richtigen Fisch.«

Er mußte diesen Blödsinn über ihre Geschlechtsteile vergessen. »War diese Burg in einem Hotel?«

»Du Arsch«, sagte sie. »Wer ist die Rose von Connemara? Du oder ich?«

Er fühlte sich mies dabei, sie mit Wein abzufüllen. Aber er konnte ihre Rätsel nicht lösen, wenn sie nicht noch mehr trank.

»Hat der Fischer dir weh getan?« fragte er.

»Bist du irre? So ein netter alter Kerl? Father Isaac, du fragst komische Sachen.«

Ein Kellner schlich sich mit zwei dieser langstieligen Retsinaflaschen heran. »Verschwinde«, murmelte Isaac. Er brauchte keinen Kellner, um die Flaschen zu öffnen. Isaac biß in den Korken und zog.

»Mister, sehen Sie meine Stiefel?«

Isaac schaute hin. Annie trug heute Sandalen.

»Ich kaufe meine Stiefel nur bei Switzer's. Nicht in so einem Scheißladen. Mein Mann hat nicht zugelassen, daß ich irisches Geld anfasse. Zu viele Bazillen. Beult einem die Taschen aus. Es gehört sich nicht für eine Lady, so viel Bargeld mit sich herumzutragen. Aber wie soll man sich denn ein Eis kaufen, mit nem Scheck vielleicht? Da muß schon der Esel her.«

»O'Toole? Hat Jamey dich beschützt? Und warum hat er sich gegen dich gewandt?«

»Der Esel macht so was nicht. Dazu ist er zu groß.«

»Annie, hast du mit dem König in dem Hotel gewohnt? Warst du im *Shelbourne*? Jamey auch?«

Langsam wurde er verrückt, so sehr gierte es ihn nach Klarheit. Warum kümmerte er sich nicht endlich um den Fang, wie dieser Fischer, wer immer das war.

»Ich mag keine gelben Vorhänge«, meinte Annie zu ihm. »Und andauernd sagen sie Madam dies und Madam das. Warum muß ich mit sieben Gabeln essen? Eine Gabel für Lachs. Eine für Salat. Eine für Suppe. Ist doch nur Silberbesteck. Glaubst du, er war mit so einem Leben glücklich? Ich kenne Derm. Der steckt gern seine Finger in den Fisch. War ihm egal, ob ich meine Tage hatte ...«

Konnte er jetzt über die Narbe reden, das magische *D*?

»Annie, wer ...«

»Zeig mir einen Barkeeper, der ein gutes Pint zapft, und ich geb dir was von meinem *Kishka* ab ... Mein Mann ist da ganz eigen. Versau ihm ja nicht das Sahnehäubchen auf seinem Irish Coffee. Sonst muß der Esel das verdorbene Glas trinken.«

Annie stand auf. Sie bedeutete Isaac, zu bleiben, wo er war. »Annie, ich könnte dich nach Hause begleiten ...«

»Mister, denken Sie gar nicht erst daran. Ich weiß schon, was Sie von mir wollen. Der Fisch bleibt drin. Vergessen Sie's ...«

Das Mädchen hatte nichts als Fisch im Kopf. War das so eine Art Liebesgeflüster zwischen Annie und dem König? Sie hinkte zur Tür hinaus, die Syrer linsten ihr in die Pospalte und starrten Annie aus Gesichtern hart wie Angelhaken hinterher. Isaacs Engel rührten sich nicht vom Fleck. Sie taten so, als würden sie Isaac nicht erkennen. Er mußte sich seinen eigenen verdammten Männern vorstellen.

»Ich bin Isaac«, sagte er und kam sich wie ein Idiot vor. Seine blonden Kerle sprangen nicht auf. »Ihr solltet ihr auf den Fersen sein.«

Die grobe Neutralität unter ihren Augen gefiel ihm nicht. Seine Engel hätten bei Annie Powell schon etwas mehr Engagement zeigen sollen.

»Isaac, sie braucht ne halbe Stunde, nur um über die Straße zu kommen. Wir haben jede Menge Zeit.«

»Darum geht es nicht«, erwiderte er. »Ihr solltet dafür sorgen, daß sie auch drüben ankommt.«

Sie erhoben sich nur mühsam von ihren Ärschen. Er fragte sie nach Jamey O'Toole.

»Isaac, der Kerl ist nicht in Manhattan. Wir hätten ihn sonst schon vor Ewigkeiten gekriegt.«

Sie gingen, Zahnstocher im Mundwinkel, Servietten auf dem Tisch. Isaac mußte im Büro anrufen und die Kerle von dem Fall abziehen lassen. Er wollte lebhaftere Jungs für Annie Powell, denen er vertrauen konnte. Aber er rief nie an. Annies Fischzwang hatte ihn gepackt. Gab es einen Forellenteich in St. Stephen's Green? Konnte Dermott vom Fenster aus angeln? Der König müßte all seine Magie und sein Glück darauf setzen. Isaac war am Boden zerstört. Sein primitiver Instinkt hatte ihn verlassen. Früher war er mal ein Mann gewesen, der den Stammbaum jeder einzelnen Situation erfassen konnte. Das war seine Gabe gewesen. Aber dann war er zu den Guzmanns gekrochen und mit einem Wurm heimgekehrt. Der Wurm hatte ihn abstumpfen lassen.

Teil Vier

19

Rose, Rose von Connemara, Miss Annie Powell. Sie mußte ganz dringend pissen. Sie hatte genug Wein und Bier intus, um ein Dubliner Pony darin zu ersäufen. Father Isaac. Sie quälte diesen Penner gern, der in sauberen und in dreckigen Hosen zu ihr kam. Sie wollte niemandes Tochter sein. Seine nicht. Sie verkaufte ihren Schlitz. Nicht mehr und nicht weniger. Sie mußte nicht mit einem Kerl französisch essen gehen, der sie nicht auszog. Mit ihrem Mann war sie schon tausendmal essen gewesen. Er hatte sie in Restaurants geführt, die sich ein Penner niemals leisten konnte. *Steak tatare.* Sie konnte alle Speisekarten auf der Welt lesen. Er ließ es zu, daß sie Handtücher und Zierdeckchen aus den größten Hotels stibitzte. Sie konnte sich ihre Titten mit reiner irischer Spitze pudern. Sie war niemandes Besitz mehr.

Unter einer Straßenlaterne wartete der Onkel auf sie. Mr. Martin McBride. Er sah nicht sehr gesund aus. Er hat eine Krankheit, erzählte man sich. Seine Lungen verwandeln sich in Papier. Der Onkel fürchtete sich vor etwas. Er hatte Annie gedroht und ihr dann Geld geboten. Es war eine Schande für Dermott, daß seine Lady auf den Strich gehen mußte. Aber sie nahm von dem alten Sack kein Geld an.

»Himmel«, sagte er, »du wirst uns noch alle umbringen. Siehst du das nicht, Weib? Wohin du auch gehst, überall Cops. Es nützt überhaupt nichts, sie zu bezahlen. Die haben

Blut gewittert. Wie oft müssen sie dir noch die Fresse polieren?«

»Ist mir schon mal passiert. Haben noch häßlichere Leute gemacht.« Sie fuhr sich mit einem Finger über die unsichtbare Narbe. »Wie geht es ihm?«

»Bist du verrückt? Dermott redet nicht mit mir. Man kommt an den Kerl nicht ran. Es dauert einen Monat, nach Irland durchgestellt zu werden. Dermott geht sowieso nicht ans Telefon. Ich muß mit einem dieser Bullen reden, mit denen er sich umgibt. ›Tut mir leid, Mr. McBride. Aber der König ist nicht da.‹ Ein Telegramm kann ich ihm auch nicht schicken. Woher soll ich wissen, wer es noch liest? Wir stehen im Dunkeln, Weib. Ich nehme meine Befehle von diesem Nigger entgegen, diesem Artie Greer.«

»Und was sagt er so über Dermott?«

Der Onkel rümpfte die Nase. »Allmächtiger, wie soll ich denn einem Nigger trauen? Er schwört, Dermott spiele auf seinen Zimmern Golf. Weib, tu uns einen Gefallen, verschwinde, bitte. Geh weg von hier. Ich besorg dir ne Wohnung in Forest Hills. Du kannst dir einen Beagle zulegen. Sechs Katzen, wenn du willst. Verschwinde, sag ich. Husch, husch. Wir kommen noch alle um, wenn du zu lange bleibst.«

»Dermott weiß, wo ich bin. Er soll kommen.«

»Himmel, begreifst du denn nicht? Der Neffe ist ein toter Mann, wenn er seinen Fuß nach Manhattan setzt. So lautet der lausige Deal, den sie gemacht haben.«

»Ich habe diesen Pakt nicht unterschrieben, Martin McBride, also hör auf, mich rumzukommandieren.«

»Aber du gehörst *ihm*. Du gehörst Dermott. So sehen die das. Und sie werden immer und immer wieder die Hände nach dir ausstrecken.«

Annie lächelte Onkel Martin an. »Mach dir keinen heißen Kopf deswegen. Ich habe einen Wohltäter. Ein echtes Prachtexemplar. Hart wie ein Nagel.«

»Wen?«

»Ist doch egal. Er spendiert mir Champagner. In Babyfläschchen.«

»Sag mir, wer er ist.«

»Na, dieser Commissioner, Father Isaac.«

Martin wurde ganz grau und wippte auf den Fersen. »Dieser Gauner ... er ist der Schlimmste von allen. Weib, er hat mich entführt, ich schwöre bei Gott. Hat mich auf ein fiktives Revier geschleppt, dieser Isaac. Er bastelt sich seine eigenen Polizeireviere. Für ihn arbeiten echte Killer ...«

»Na und? Er will mich heiraten.«

Onkel Martin bekam einen Hustenanfall. Er klammerte sich an die Laterne und versuchte, wieder zu Atem zu kommen. Annie mußte ihn besänftigen.

»War nur Spaß. Er ist viel zu ausgefuchst, um zu heiraten. Ich mit nem Ehemann und all so was. Obwohl ich gehört habe, irische Eheschließungen sind in den Staaten nicht gerade legal.«

»Weib, verschluck deine Zunge. Dieser Isaac hat Ohren in jedem Fenster.«

Er trudelte davon und hielt sich an Laternenpfählen fest, um wieder zu Kräften zu kommen. Annie ging nach oben. Sie wohnte in einer Pension, die Ausgestoßene wie sie anlockte: Säufer, Deserteure, freischaffende Nutten ohne Luden. Die Absteige war noch billiger, runtergekommener und dreckiger als Isaacs Hotel. Aber wenigstens hatte sie einen Namen. *Lord Byron's Rooms.* Die meisten Cops hätten den Schuppen nie betreten. Die Treppe könnte unter ihren Füßen einbrechen. Sie könnten ihren Holster in einem dunklen Flur verlieren, ihre Trillerpfeifen, ihre Notizbücher. Annie fühlte sich hier sicher. Hier war sie vor unliebsamer Gesellschaft sicher.

Sie dachte nicht daran, abzuschließen. Die Säufer hätten ihr nur den Türknauf zusammen mit dem Schloß geklaut. Im *Lord Byron* liebte man die Offenheit. Aber niemand wühlte auf der Suche nach einer Flasche Milch in Annies Zimmer herum. Auf ihrer Matratze lag ein Mann mit riesigen Händen und Füßen. Jamey O'Toole. Er hätte durchaus auch Robinson Crusoe sein können. Ende August hatte er aufgehört, sich zu rasieren. Jetzt hatte er einen zottigen Vollbart. Er trug noch immer dieselben Klamotten: Hose, Hemd und Socken, die an ihm hingen wie Fetzen von Baumrinde. Jamey schwitzte in seinen Sachen. Er hatte Angst, Annies Zimmer zu verlassen. Sie hatte diesen irischen Esel versteckt, ihn im *Lord Byron* weggepackt. Komisch, einen derart großen Mann zittern zu sehen. Sie konnte Jamey O'Toole nicht hängenlassen. Der Esel war gut zu ihr gewesen. Er hatte Annie in Irland wie eine Mutter behütet, sie vor Schlimmem bewahrt, sie vor einer Zigeunerbande gerettet.

All die Trinkerei konnte Annie Powell nichts anhaben. Dermotts »Braut« war in der griechischen Taverne aalglatt und gerissen gewesen. Sie hatte sich Brot und Käse unter den Rock gesteckt, als sie mit Isaac aß. Jetzt hatte Jamey etwas zu essen. Er zerriß das Brot mit langen Fingern und schlang Brocken von Käse hinunter. Der arme Kerl, ohne Annies Hilfe brachte er nichts runter. Die Brot fiel ihm aus den Pranken. Der meiste Käse landete auf der Matratze. Annie war nicht zu stolz, für den Esel auf die Knie zu gehen. Sie mußte Jamey O'Toole füttern. Sie war froh, daß er Zähne im Mund hatte. Immerhin wußte er noch, wie man kaute.

»Jamey, ich hab dreißig Dollar in der Tasche. Du könntest den Bus nehmen.«

»Sie überwachen die Busse«, sagte er, und der Käse klebte ihm auf der Zunge.

»Ich könnte mit dir gehen. Ich schreie, wenn sie auftauchen.«

»Vergiß es, kleine Annie. Wir bleiben schön hier. Die sind blöd. Du kannst den Heiligen dafür danken. Sie sind nicht drauf gekommen, daß ich in deinem Zimmer sein könnte.«

»Und warum sind die so hinter dir her?«

»Ach, das ist eine jämmerliche Geschichte. Wir saßen am längeren Hebel, hatten sie eigentlich fest im Griff. Und dann hat Dermott seinen Frieden mit ihnen gemacht. Er dachte, er könne die Wasser teilen und über die Irische See springen. Ich hab ihn angefleht, nicht zu gehen. Dermott ist da drüben nichts weiter als ein Gefangener. Sie sagen zu allem ja und amen, sie verneigen sich vor dem König. Aber soll er mal versuchen zu verschwinden.«

»Hält der Fischer ihn fest?«

»Ja, der Fischer. Und noch ein paar andere.«

»Ist Isaac einer von ihnen?«

»Wer zum Henker weiß das schon? Man kann weder den Commissioners noch den Cops trauen. Isaac hat seine blauäugigen Jungs. Die würden mir die Ohren abschießen, wenn sie könnten. Aber die anderen Cops machen mir wirklich Sorgen ... Die alten Knaben mit ihren weißen Haaren. Die Sergeants im Ruhestand. Sie arbeiten für den großen McNeill.«

Annie saß neben ihm auf der Matratze, ganz das liebevolle Mädchen, und schob Jamey Krümel in den Mund. Was hätte sie denn sonst tun können? Wenn sie einen Freier mit aufs Zimmer brachte, mußte Jamey draußen im Flur rumstehen. Ihre Kunden beäugten Robinson Crusoe mißtrauisch. Sie hielten krampfhaft ihre Brieftaschen fest, bevor sie mit Annie Powell Liebe machten, und danach auch. Ihr war das egal. Das Geschäft lief schleppend. Lieber suchte sie nach Krümeln, als nach Freiern Ausschau zu halten.

Miss Annie stammte aus Queens. Von Montag bis Freitag nahm sie die Bahn. Sie arbeitete in einem Juweliergeschäft auf der Fifty-seventh Street. Sie war nur Dekoration. Mit den teuren Sachen hatte sie nichts zu tun. Sie hatte ein reizendes Figürchen, und Mr. Giles, der Manager, ließ sie am

Schaufenster stehen. Sie sollte Kunden anlocken. So lernte sie den König kennen.

Er hatte eine Leidenschaft für Bücher, alte Bücher, Erstausgaben, solche Sachen. Faulkner und Mr. James Joyce. Ein merkwürdiges Hobby für einen Gauner. Aber er hatte das Columbia College nicht vergessen, und er konnte sich jedes Buch leisten, das ihm gefiel. Er war Stammkunde bei mehreren Buchhandlungen in der Stadt. Die beste davon, *Eichenborn*, war gleich neben Annies Schaufenster. Mit einer Pariser *Ulysses*-Ausgabe von 1922 unter dem Arm kam er gerade aus Eichenborns Laden, als er Miss Annie Powell sah. Giles hatte ihr gesagt, sie solle sofort erröten und verlegen den Blick senken, wenn ein Mann hereinschaute. Bei Dermott tat sie dies nicht. Sie bemerkte die dunklen Augenhöhlen. Es war Februar, und er trug keinen Mantel. Und er hatte pechschwarzes Haar. Er kam ihr nicht wie ein Mann vor, der seine Zeit bei einem Juwelier verplemperte und sich von Mr. Giles über den Tisch ziehen ließ. Oh, aber sie wünschte es sich: nicht wegen dem Silber und Gold. Sie war nicht Giles' Söldnerin. Wenn der dunkelhaarige Mann einfach nur hereinkäme und mit ihr redete, die Juwelen waren völlig egal. Sollte Giles doch zetern und schreien. Nein. Er wäre bei einem solchen Mann sehr zurückhaltend gewesen.

Dermott klopfte nicht an die Fensterscheibe. Er lächelte nie. Doch beim nächsten Buchkauf stattete er Annie einen Besuch ab. Er kam wütend aus Eichenborns Laden gestapft. Er hatte eine Wahnsinnssumme für einen Fahnensatz bezahlt, der unter Würmern gelegen haben mußte. Es waren die Druckfahnen von *Soldatenlohn*, Faulkners zweitem Buch. Sie waren in einem fürchterlichen Zustand: fleckig, mit ausgefransten Ecken und Brandlöchern von der Zigarettenasche. Aber Eichenborn kannte seinen Kunden. Dermott war besessen. Der Händler hatte die Fahnen seit Monaten zurückgehalten. Wenn der Bursche erst mal lang genug zappelt, wird er schon zahlen. Dermott mußte seinen *Soldatenlohn* haben. Er hätte einen Killer schicken können, um Eichenborn zu erledigen und einen Großteil seines Geldes zurückzubekommen. Aber es störte ihn nicht, von einem Mann übers Ohr gehauen zu werden, der Bücher liebte. Dermott stand vor Annies Schaufenster und hielt eine krummgewachsene gelbe Rose in der Hand. Noch mehr Umwerbung hätte Annie nicht ertragen. Sie war es leid, für Giles Männer zu angeln. Sie zog ihren Mantel an, um zu Dermott zu gehen. »Ich kündige«, sagte sie zu Giles, der nicht begreifen konnte, wie eine einzige Rose Annie aus seinem Geschäft locken konnte.

Sie hatte keine Ahnung, was sie mit Dermott anstellen sollte. Sollte sie hallo sagen oder auf Wiedersehen? Er drängte sie zu nichts. Er hatte etwas Stilles an sich, das Annie gefiel. Sie saßen in einem Bistro. Er redete über Bücher. Sie war nicht völlig auf den Kopf gefallen. Ezra Pound sagte ihr was. Das war ein Name, richtig? Und auch William Faulkners Ruhm war bis Queens vorgedrungen. Dermott zeigte ihr die Korrekturfahnen. Na super, dachte sie. Ich muß mich in einen Professor mit dunklen Haaren verknallen. Das Ganze war keine faule Tour. Er brachte sie im Taxi nach Hause. Er setzte sie nicht einfach an der Tür ab. Er aß Doughnuts mit ihrer Mutter und ihren beiden jüngeren Schwestern. Ihre Mutter spürte, daß etwas nicht stimmte. »Wie konntest du so früh Feierabend machen?«

»Ma«, sagte Annie, als sie eine Minute allein mit ihrer Mutter war. »Er ist Ire, ich schwör's. Er ist Akademiker oder so. Dermott Bride. Er unterrichtet Literatur.« Ihre Mutter konnte nicht glauben, daß es überhaupt dunkelhaarige Iren gab. »Jeder kann sich Dermott Bride nennen. Er hat eine puertoricanische Nase. Siehst du das nicht?«

Annie wollte sich weder eine neue Arbeit suchen noch den Glauben daran verlieren, daß Dermott irischer Abstammung war. »Mama, wir sind doch alle Ableger derselben Kartoffel. Du, Dermott und ich.«

Sie schämte sich, sein Geld annehmen zu müssen, aber sie tat es trotzdem. Mütter und Schwestern müssen essen. Und Annies Vater war schon lange tot. Was die beiden hatten, war eine langsame Art der Liebe. Er machte Annie Powell nicht zu seiner Mätresse. Sie fuhren in die Rockaways. Wanderten über eisigkalten Sand. Wenn sie mittags in Little Italy essen gingen, dauerte es drei Stunden. Sie wickelte Pasta mit der Gabel auf. Sie rülpste dezent in ihre Serviette und entschuldigte sich dafür. Stets war sie um sechs Uhr wieder zu Hause.

Welche Art von Arbeit hatte ihr Professor? Sieben Tage die Woche stand er zur Verfügung. Mußte wohl nebenbei Hausbesitzer sein. Dermott hatte Wohnungen überall in der Stadt. Nach einem Monat zog er sie aus. Da waren sie in einer Wohnung am Murray Hill. Wie viele Hausangestellte hatte Dermott? Unter den Sesseln fand sich kein Stäubchen. Oh, sie hatte schon andere Freunde gehabt. Aber keiner hatte ihr je die Achselhöhle geleckt. Er flüsterte ihr keine schmutzigen Dinge ins Ohr. Oder machte ihr blödsinnige Heiratsanträge. Er konnte eine Frau anfassen, ohne sich gleich in seine Hose zu ergießen. Er war nicht wie ihre Canarsie-Liebhaber, die so schnell hinein- und wieder herausglitten, daß sie nicht sagen konnte, ob sie nun einen Mann in sich gehabt hatte, ein Karnickel oder einen Windhauch. Er hatte einen zarten Körper, der weder hart noch weich war. Er paßte in sie wie der Pappzahn eines Puzzleteils. Und sie dachte: Was bedeutet es, wenn man im Auto eines Mannes das Höschen auszieht? Ich bin mit Affen ausgegangen. Dermott jedoch war voller Zauber, in jedem seiner Körperteile. Er konnte es ihr mit dem Finger besorgen und mit dem Mund. Sie konnte sich winden und sich in diesem schwarzen Haar festkrallen. Sie konnte nie wieder mit einem Kerl aus Canarsie schlafen.

Er liebte es, ihr den Schlüpfer zu stibitzen, ihn in die Tasche zu stecken und ab und an daran zu riechen. Es war ganz gleich, woher die Schlüpfer stammten, wie billig sie gewesen waren, wie fadenscheinig, wie löchrig. Sie hätte sich seine Unterhose auch eingesteckt, aber vielleicht durchwühlten ihre Schwestern ihre Sachen, spionierten ihr nach und verpfiffen sie bei ihrer Mutter. Sie konnte sich gut vorstellen, wie Mama reagieren würde. »Ich habe unter meinem Dach eine Hure großgezogen. Annie, was tust du mit einer Männerunterhose?«

Dann verkündete ihr Dermott mit ruhiger Stimme: »Ich gehe nach Irland. Kommst du mit?«

Sie antwortete wie ein braves irisches Mädchen. »Dermott, meine Mutter würde mich umbringen.«

»Ich kümmere mich darum«, sagte er. Das verletzte sie ein wenig. Denn er mußte mit Mama um sie schachern wie um eine Kuh. Mama verfluchte jedes Schicksal, das die Heiligen ihr auferlegt hatten, und nahm Dermotts fünftausend Dollar. Annie war verbittert. Mama hätte mehr weinen und weniger gierig sein sollen. Es vergiftete Annies Lust eine ganze Woche lang. Aber dann sagte sie sich: Ich bin niemandes Kuh. Diese fünftausend haben überhaupt nichts mit mir zu tun.

Oh, es war ein lustiges Leben für ein Mädchen ohne Vater, diese lausigen Aushilfsflitterwochen in Dublin. Denn wohin Dermott auch ging, stets war der Esel dabei. *Sie* waren das eigentliche Paar, Dermott und Jamey O'Toole. Wie zwei Brüder. Der Große und der Kleine. Annie konnte sich nicht zwischen sie kuscheln, um näher an ihren Mann zu kommen. Doch sie lernte O'Toole schätzen. Er schob die Betrunkenen beiseite, wählte einen angenehmen Weg für Dermott und Annie. Sie selbst war sich ihres eigenen Irentums nicht ganz sicher. Mama war nie in der alten Heimat gewesen.

Einer von Annies Großvätern war nach einer dieser langen Kartoffelseuchen ausgehungert nach Amerika gekommen. Hätte genausogut vor tausend Jahren gewesen sein können. Sie hatte keinerlei Sinn für Geschichte. Sie war Irin, aber sie sah nicht aus wie eine von diesen Sommersprossen, die sie auf der Grafton Street sah. Gott, Irland war ein Land der Sommersprossigen. Ihr eigener Teint war viel hübscher. Nicht so teigig, grau und rot. Es machte ihr angst. Sie wollte keine gekochte Kartoffel werden.

Im Bus nach Dalkey konnte man eine Reihe grauer Köpfe nach der anderen sehen. Die Häuser waren grau oder blutleer braun. Aber sie bewunderte die auf gälisch geschriebenen Straßenschilder. Es kam ihr vor wie eine Feensprache. FAICHE STIABHNA. Stephen's Green. SRAIDIN MUIRE. Little Mary Street. LANA NUTLEY. Nutley Lane.

Die Stadt wirkte wie von Elfen bewohnt. Sie rempelte mit einem Soldaten zusammen, gerade mal einszwanzig groß, mit Käppi, Stiefeln und einem tiefgrünen Hemd. Der Soldat zog sein Käppi und fragte: »Was denken Sie?«

Annie mühte sich um eine Antwort. »Nicht allzuviel.«

»Wie wir alle«, meinte der Soldat und war aus Annie Powells Blick verschwunden.

Und dieses vermaledeite Geld, das sie in dieser Republik hatten. Die Zehn-Pfund-Note war so groß wie eine Serviette, und auf der Rückseite war das Gesicht eines Kobolds abgebildet. Sie wußte nicht, wie sie so etwas ausgeben sollte. Dermott gab ihr Bankschecks, auf denen unten ihre beiden Namen standen. ANNIE POWELL oder DERMOTT BRIDE. Es war, als seien sie Geschäftspartner. Bei Woolworth konnte man sie nicht einlösen. Man mußte Dermotts Schecks schon in die nobleren Geschäfte tragen. Sie kaufte alles bei Switzer's und Brown Thomas ein: Unterwäsche, Erdnüsse, Schlafanzugoberteile. Die Kassierer hielten die Schecks zwischen den Fingern hoch, lächelten und riefen Annie ein

»Wunderbar!« zu. Sie benötigte keine Papiere, keine kleine Karte mit Unterschrift. Dermotts Schecks waren besser als Gold. Ich habe vielleicht einen Mann, liebe Mama. Die Bank von Irland hockt auf seinen Schultern.

Woher kam das Geld? Mittags und abends führte Dermott sie und Jamey zum Essen aus. Meist war es ziemlich merkwürdig. Dermott mietete einfach das ganze Restaurant. Er reservierte zwölf Tische von sieben bis neun. O'Toole blieb an der Tür. Bedienungen und Oberkellner umkreisten sie, und Annie starrte die leeren Tischdecken an. »Alles zu Ihrer Zufriedenheit, Madam?«

Sie nickte. Eine Sauciere auf einem Rechaud wurde gereicht. »Ein wenig Sauce für Sie, Madam?«

Dermott trug einen Samtanzug. Aber Annie war viel zu unglücklich, um sich an seinem guten Aussehen zu ergötzen. Wer kauft sich schon jeden Platz in einem Restaurant?

Der Kellner war ein Genie. Er konnte einem direkt am Tisch Räucherlachs aufschneiden. Er hatte sämtliche Kellnersprüche drauf. »Wünschen Madam noch eine Scheibe Toast?« Es war, als hätte man Hauskamele auf dem Zimmer, die einem holten, was immer man wollte. Die Bedienungen wieselten mit zehn Toasthaltern um sie herum. Himmel, hab Erbarmen mit den Kranken und Armen. Von all dem Toast hätte sich Annie ein Jahr lang ernähren können. Aber sie bekam immer noch nicht heraus, was genau ihr Mann arbeitete.

»Derm, fahren wir je wieder nach Hause?«

Sie mußte einen wunden Punkt getroffen haben, denn seine Augen umflorten sich.

»Wir sind jetzt Zigeuner«, sagte er. »Aber nächste Woche fahren wir nach Connemara.«

»Wo ist das?«

»In der Nähe von Galway. Im Westen.«

Annie Powell konnte man nichts von Himmelsrichtungen

erzählen. Westen war für sie genausogut wie Nirgendwo. Westlich von Dublin? Westlich wovon? Irland war ein Rätsel. Ein irisches Taxi fuhr sie zum Dubliner Flughafen, und sie stiegen in ein Flugzeug nach Shannon. Auf sie wartete kein gewöhnlicher Mietwagen. Ihr Mann hatte eine riesige Limousine geordert. Jamey fuhr. Er sang Lieder über die Rose von diesem und die Rose von jenem. »Ja, sie ist die Rose von Castlebar ...«

Es ging immer geradeaus nach Galway, einer Stadt mit einem kleinen Marktplatz, im Vergleich zu Stephen's Green nur ein Furz. Die Jungs hielten nicht in Galway. Aber dieser Platz verwirrte sie. Sie konnten nicht entscheiden, wohin sie abbiegen sollten. Dermott knurrte leise. »Die Straße nach Salthill, du Blödmann.«

Jamey wollte nicht nachgeben. »Wir müssen nach Clifden. Und Oughterard.«

»Wem gehört die Karre hier?« wollte Dermott wissen.

»Du bist der König, ich bin nur der Fahrer.«

Also nahmen sie nicht die Straße nach Oughterard. Im nächsten Augenblick waren sie schon am Meer, in einer Art Bucht. Gänse flogen über sie hinweg, Wildvögel mit langen, knochigen Leibern und zarten Flügeln. Annie konnte nicht begreifen, womit sie sich fortbewegten. Wie konnten solche winzigen Flügel einen ganzen Vogel tragen? Sie war ein Stadtkind. Tauben, das kriegte sie in den Kopf, aber doch nicht solche Gänse, die mit ihrem Krächzen das Klopfen des Motors übertönen konnten.

Sie fuhren dicht an einem schmalen Deich entlang, und Annie hätte schwören können, daß sie alle in die Bucht stürzen würden. Der Esel zog sie auf. »Schau mal, Annie, hinter den Felsen da kannst du Manhattan erkennen.«

»Ich komme aus Sunnyside«, erwiderte sie und redete kein Wort mehr mit Jamey. Er war wohl im Delirium. Er murmelte verrückte Geschichten, von denen Annie kein Wort verstand. Er redete in einem rauhen englischen Dialekt, so, als ob er ohne eine solche Stimme nicht schon Riese genug wäre. »Hört ihr mich, Jungs. *Kein O, kein Mac spaziert und stolziert je durch Galways Straßen.* Das hier ist britisches Land. *Erlöse uns, oh Herr, von den grimmigen O'Tooles.*«

Dermott lachte. »Jamey, ich wußte gar nicht, daß deine Familie aus Galway stammt.«

»Ach, das heißt doch nichts. Ich hab das alles aus dem Katechismus. Gott schütze die Iren, daheim und in Übersee. Ich bin Jamey O'Toole. Meine Familie stammt aus irgendeinem Scheißhaufen, den ein Engländer in Kildare aufgeschichtet hat. Zeig mir einen Iren, der seine Vorfahren aufzählen kann, und du findest denselben Scheißhaufen.«

»Da hast du recht«, meinte Dermott.

Annie fühlte sich beleidigt. »Mein Großvater hat Kartoffeln geerntet. Er war ein hart arbeitender Mann ... aus Omagh, glaub ich. Oder Ballyshannon. Sprich du für dich selber.«

»Ja, sie hätten es alle gern, einen Vater zu haben«, sagte Jamey. »Finn MacCool. Nicht die Kartoffeln, Annie, mein Mädchen. In uns allen steckt ein König. Deshalb brechen uns so schnell die Knochen.«

Es hatte keinen Sinn, mit einem Esel wie ihm zu streiten. Ihr Mann verlor kein Wort zur Verteidigung der Iren. Wer war Jamey denn, daß er von den Menschen meinte, sie seien aus einem Scheißhaufen erwachsen? Annie konnte dort draußen nicht einen Baum entdecken. Meilen um Meilen nur Steine. Steinmauern zogen sich über die Hügel, die sich in niedrige, karge Berge verwandelten. Gelbe Blumen wuchsen zwischen den Steinen. Man konnte Kühe auf den Hügeln sehen, Schafherden und Heuhaufen mit Lumpen obendrauf. Die Schafe mit ihren gewundenen Hörnern und schwarzen Füßen und den blauen Markierungen auf dem Rücken sahen komisch aus, wenn sie näher kamen, fand Annie, gerade so, als sei ein Idiot durch die Gegend gerannt und habe Schafsärsche buntgestempelt. Jamey hupte die Tiere an. »Na los. Geht jemand anderen nerven.«

Sie mußten anhalten, bis mehrere Schafherden an beiden Seiten des Wagens vorbeigezogen waren. Jamey war verwirrt. Er nahm eine Kurve zu schnell und fuhr eine Kuh an. Annie fand den Anblick entsetzlich. Die Kuh lag tot da, die Hufe in die Höhe, Blut floß ihr aus einer Schulter.

»Himmel«, brummte der Esel. »Ich dachte schon, wir wären von einem Felsbrocken erwischt worden.« Mit der Kuh hatte er nicht das geringste Mitleid.

»Und wer räumt jetzt das beschissene Ding aus dem Weg?«

Ein Bauer und sein Sohn tauchten vor dem Deich auf und näherten sich dem Wagen.

»Ein Unfall«, erklärte Jamey. »Ich schwöre bei Gott ... ich würde doch nie absichtlich eine Kuh über den Haufen fahren. Sie stand einfach da, Mann, und glotzte mich an ... Ich konnte nicht ausweichen ...«

Der Farmer und sein Sohn schleiften die Kuh von der Straße. Der Junge weinte. Jamey zog ein Bündel irisches Geld aus der Brieftasche. »Wir sind keine Unmenschen«, sagte er. »Zweihundert für die tote Kuh.«

Der Bauer wollte das Geld nicht annehmen. Jamey zerknüllte es in der Faust und wollte es dem Jungen geben. Aber der starrte ihn nur aus seinem sommersprossigen Gesicht an. Jamey schleuderte das Geld zu Boden. Dann fuhr er davon und ließ Bauern und Kuh stehen. Er war in Rage. »Habt ihr die Delle im Kotflügel gesehen? Ein Glück, daß wir noch kriechen können.«

Annie wartete darauf, daß ihr Mann dem Esel eine Ohrfeige verpaßte. Eine Kuh zu töten und dann Geld anzubieten, und kein Wort des echten Bedauerns. Aber Dermott schimpfte nicht.

»Laßt mich aussteigen«, sagte sie.
»Wie bitte, Annie?«
»Sie haben mich gehört, Mr. O'Toole. Anhalten. Ich fahre nicht mit Kuhkillern.«
O'Toole hämmerte mit einem Fingerknöchel aufs Armaturenbrett; die Polster, auf denen Annie saß, bebten unter dem Schlag.
»Himmel, was für ein feiner Tag, wenn die eigene Familie gegen einen ist. Dermott, meinst du, sie wird uns verpfeifen? ... Annie, hab ich nicht zweihundert Piepen für diese alte Kuh hingelegt? Das war ein wertloses Tier. Blöd im Kopf. Eine Kuh, die mitten auf der Straße steht und einem den Weg versperrt! ... Dermott, sag ihr, sie soll uns verzeihen. In der nächsten Kirche bestellen wir einen Gedenkgottesdienst für das Tier. Wir bezahlen auch für den Kirchenchor und alles ... Ich möchte doch Annie Powell nicht enttäuschen.«
Annie verhärtete ihr Herz gegen den Esel und ihren Mann. »Reiß du nur deine Witze«, sagte sie. »Beleidige eine arme Kuh, die keine Seele besitzt und sich nicht gegen ihre Mörder verteidigen kann. Jedenfalls werde ich nicht mit dir weiterfahren.«
Jamey hämmerte wieder aufs Armaturenbrett. Dermott fand das nicht lustig. »Laß sie raus«, sagte er. Sie ließen Annie auf der Straße nach Screeb und Maam Cross stehen. Sie hatte ihren Koffer. Sie würde nach Galway zurückgehen und auf dem kleinen Platz schlafen, das würde sie. Sie würde es dem Esel und dem König schon zeigen. Annie Powell konnte ohne ihren Mann klarkommen. Sie hatte ein wenig irisches Silbergeld in der Tasche, Münzen mit einem Bullen auf der einen und einer Harfe auf der anderen Seite. Die würde sie in Galway ausgeben, würde von Kaffee und Gebäck leben und von den zitronigen Biskuits, die sie so mochte. Vielleicht würde sie tatsächlich eine Messe für die Kuh

lesen lassen. Sie würde die Priester in Galway fragen, ob so etwas möglich war …

Annie brütete und brütete vor sich hin, aber sie war noch keinen einzigen Schritt vorangekommen. Und schon vermißte sie den König. Warum hatte ihr Mann sie aus dem Wagen geschmissen? Sie hätte auf ihre Mama hören und in Sunnyside bleiben sollen. Klar, sie konnte die Augen schließen und sich einreden, daß ihr Mann in Immobilien machte. Aber wie viele Makler würden fünftausend Dollar dafür bezahlen, ein Mädchen nach Dublin mitnehmen zu dürfen? Dermott Bride war ein Gauner. Seine Männer legten gern Kühe um. Und hier war sie nun, eine Gangsterbraut.

Es mochte eine Stunde später sein, als sich der Staub wieder von der Straße hob. Sie bemerkte braunes Fell und klebriges Blut in der riesigen Beule an Jameys Kotflügel. Sie war froh, daß die Kuh die Limousine mit ihrem Tod gebrandmarkt hatte. Aber das sagte sie nicht. Als der Wagenschlag aufging, kletterte sie auf Dermotts Schoß. Sie ringelte sich um seinen Hals. Allein hätte sie es nie nach Galway geschafft.

»Wach auf, Annie. Sei ein gutes Mädchen.«

Jamey hatte seine Hand auf ihre Schulter gelegt. Unter ihren Beinen lag eine Decke. Ihr Mann saß nicht neben ihr, und ihre Knöchel waren kalt. »Wo sind wir, Jamey O'Toole?«

»Bist du blind?« sagte er. »Schau dich um, Annie. Das ist Castledermott.«

Sie steckte den Kopf aus dem Wagen. Heilige Maria Mutter Gottes, man konnte seinen Augen nicht trauen! Sie standen vor einer alten grauen Burg an einem gelben See. Genau die richtige Burg für Dermott und diesen Mann. Ein Teil der Steine war schon zerfressen. Die Zinnen zerfielen. Das Dach von Castledermott war von zweifelhaftem Charakter. Bei etwas stärkerem Wind konnten einem Steine auf den Kopf fallen. In den Mauern gab es große Einbuchtungen, tiefe Taschen, in denen sich Annie liebend gern versteckt hätte. Einige der Fenster waren mit Pappe vernagelt. Aber die Burg besaß eine stabile Tür. Eiche, vermutete Annie, auch wenn sie nicht viel Ahnung von Holz hatte. Das war jedenfalls keine Tür der Art, die Jamey sich hätte auf die Schulter wuchten können, berühmt, wie er dafür war, Türen aus der Wand zu reißen, sie aus den Angeln zu heben oder das Mittelpaneel mit der Faust einzuschlagen. Sie hätte ihre letzten irischen Münzen verwettet, daß O'Toole diese Tür nicht in den gelben See schmeißen konnte.

»Wo ist Dermott?«

»Drinnen«, sagte Jamey. »Beim Fischer.«

Sie nahm ihren Koffer aus dem Wagen, und Jamey klopfte an die große Eichentür. »Ich bin's, O'Toole ... und das Mädchen.« Die Tür ging auf, ohne daß ein Scharnier quietschte. Ein alter Mann mit Schrotflinte ließ sie vorbei. Das Haus war voller alter Männer. Sie standen auf der Treppe, in der Küche, verschwanden in den Eßzimmern und kamen wieder heraus. Sie trugen Schrotflinten oder Pistolen in Holstern, in ihren Mundwinkeln klebten Zigaretten und Zigarren und sie fluchten sich gegenseitig an. Merkwürdige Leute für eine irische Burg an einem gelben See. Sie waren so amerikanisch wie Annie Powell. Diese alten Männer schienen nicht viel von Jamey zu halten. Sie spuckten in ihre Hände, als er sich einen Weg zwischen ihnen bahnte. »Der Waschlappen des Königs«, sagten sie. Jamey war stinkwütend. Warum pfefferte er sie nicht gegen die Wände? Sie feixten Annie an. Sie kamen näher und schnüffelten an ihr, und die Bosheit blitzte ihnen aus den Augen. »Kriegt der König was davon ab?«

Jamey ließ nicht zu, daß sie sie heruntermachten. »Ich krieg ein Stück von deinem Schädel, wenn du nicht aufpaßt.«

Die alten Männer gingen mit ihren Schrotflinten auf ihn los. Der Esel wich nicht zurück. Ein anderer alter Mann kam aus dem Salon. Er trug komische Stiefel, die bis in seinen Schritt reichten. Die Stiefel wirkten wie aus Gelee. Sie wabbelten bei jedem seiner Schritte. »Wollt ihr wohl aufhören, um Himmels willen. Timothy Snell, nimm deine Hunde an die Leine. Wir haben Gäste. Seid nett zu Jamey.«

Das war der Fischer, und diese alten Männer waren seine Leute. Er stapfte in seinen Geleestiefeln in den Salon. Annie hatte Ohren. Dermott war bei dem alten Fischer im Salon. Sie hörte die beiden tuscheln. Draußen auf der Straße konnte O'Toole ruhig singen und toben, aber in Castledermott führte ihr Mann die Gespräche.

»Coote.« Seine süße Stimme zitterte. »Jamey bleibt bei mir.«

»Kommt gar nicht in Frage«, antwortete der alte Fischer. »Der Bursche reist ab. Er wird in New York gebraucht.«

»Coote, ich kann dir größere Hirne und bessere Muskeln beschaffen.«

»Kann sein, aber er sieht danach aus. Und das zählt. Wir können uns keine Armee erlauben, die einfach in die Straßen platzt und Kaufleute und Bewohner aufmischt. Ich muß auch an meinen Schutz denken.«

»Du kennst seine Geschichte. Er wird gewalttätig, wenn ich nicht in seiner Nähe bin.«

»Wir werden den Knaben schon beruhigen. Mach dir mal keine Sorgen.«

Ihr Mann sagte: »Such dir einen anderen. Jamey steht nicht zum Verkauf.«

»Wer hat denn die ganzen achtzehn Jahre wie ein Vater auf dich aufgepaßt? Coote McNeill.«

»Dann wird es vielleicht Zeit, daß ich mir einen anderen Vater suche ...«

Einer der alten Revolverhelden scheuchte Annie vom Salon fort. Man führte sie in ihr Zimmer. Sie ging eine Treppe hinauf, deren Holz weinrot lackiert waren. Wachsten die Revolverhelden die Böden? Warum hatte O'Toole »Castledermott« gesagt? Das Haus gehörte doch dem Fischer. Sie brachten sie in den zweiten Stock. Ein Wind fegte durch die Flure. Von ihrem Zimmer aus sah sie auf den gelben See hinaus. Sie hatte Glas in den Fenstern. Keine alte Pappe. Aber es gab nur ein schmales Bett in dem Zimmer.

In jener Nacht kam Dermott nicht zu ihr. Draußen auf dem Flur murmelten die Leute des Fischers. Sie gaben ihr zu essen und schnalzten unflätig mit ihren Zungen, als ob solche albernen alten Männer ihren Körper verschlingen könnten. Annie Powell hätte sie mitsamt ihren Schrotflinten und allem die Treppe runtergeworfen, wenn sie versucht hätten, sie anzurühren. Sie aß Bananen und Sahne und lauschte ihrem Geplapper. Es ergab keinen Sinn.

»Ein gelber See bedeutet Lachs, du Dummkopf. Ein blauer See Forellen.«

»Wenn du so klug bist, warum mögen denn Lachse dann gelbes Wasser?«

»Weil das nun mal ein komischer Fisch ist. Lachse sind sehr hochmütig. Warum sonst sollte sich McNeill mit ihnen abgeben? Die legen ihre Eier nicht in jeden hundsgewöhnlichen See. Er muß gelb sein.«

»Scheiße, ich bin doch nicht nach Irland gekommen, um in einem Anglerheim zu wohnen.«

»Coote wird schon gutes Geld damit machen. Er wird diese alte Bude hier in ein anständiges Hotel verwandeln. Ein Anglerparadies, verstehst du? Hier kannst du nur fischen, wenn du Coote eine Gebühr bezahlst.«

»Wird Dermott auch mit uns fischen?«

»Halt jetzt die Klappe. Die Wände haben Ohren, du Idiot.«

Das Gemurmel versiegte. Coote, Coote der Fischer und

sein Lachssee. Sie meinte, in der Dunkelheit verrückt zu werden. Ohne ihren Mann konnte sie auf dem schmalen Bett nicht schlafen. Sie wälzte sich unter der Decke hin und her, und ihre Zehen standen in Flammen. Ganz schön blöd, einen Körper zu haben. Mal war einem heiß, dann wieder kalt. Eine Brise fuhr über den gelben See. Sie dachte an den Lachs, der dort unten schwamm, wie er mit seinen Flossen silberne Streifen durchs Wasser zog. Es war wunderschön auf Castledermott. Aber lieber würde sie sterben, als ohne ihren Mann sein.

Er kam auch am Morgen nicht, um ihr zu sagen, daß es ihm leid tut. Sie ließen sie aus dem Zimmer. Himmel, jemand mußte die Burg erobert haben. Das Ding bebte in seinen Grundfesten. Über Nacht hatten sich die Leute des Fischers in Zimmerleute verwandelt. Sie hämmerten und sägten an der Treppe. Annie wußte, was ein Zimmermann war. Coote hatte sich komische Typen ausgesucht, um ein Hotel zu errichten. Die Sägen verbogen sich in den Händen der alten Männer. Nägel wurden krumm geschlagen. Es sah nicht danach aus, als würde das hier ein besonders tolles Anglerparadies.

In der Küche gaben sie ihr zu essen. Bananen und Sahne, schon wieder. Vielleicht hatte ihr Mann sie sitzenlassen. Aber sie war noch immer ein Gast. Annie machte sich ihre eigenen Gedanken über das, was sie essen sollte. Der Fischer konnte ein Hotel ja schließlich nicht allein mit Bananen und Sahne führen. Das mußte ihm mal gesagt werden. Wenn er seine Speisekarte nicht ab und zu mal änderte, würde das Hotel eingehen.

Die alten Männer hatten sich wieder ihrer Zimmererarbeit zugewandt, und Annie saß allein in der Küche. Sie summte vor sich hin. Sie sang träge Lieder über Lachse im Wasser. Angesichts der Melancholie ihrer Lieder begann sie zu weinen. Mama, sie träumte, Dermotts Gesicht im Küchenfenster zu sehen. Sie wollte die Augen nicht aufschlagen, aus Angst, der Traum könne vorbei sein, und sie würde ohne das Gesicht zurückbleiben, das sie so liebte. Schwarze Haare. Rote Lippen. Sie mußte nicht über Lachsspuren im gelben Wasser singen. Gott sei Dank besaß sie die Gabe, sich Dermotts Wangen vorzustellen. Sie erfand ein Lächeln für Dermott. Dann ging das Fenster auf, und ihr Mann flüsterte ihr zu. »Annie, Liebes, erheb dich von deinem süßen Hintern.«

Wer sagte denn so was? Flog da ein Zauber vom See herüber? Irgendein Lachsgott, den Annie vergessen hatte, in ihren Liedern zu erwähnen? »He, Mädchen, kommst du jetzt oder nicht?«

Er hatte Hände, die ihr durchs Fenster halfen. Sie nahm ihren Rock in die eine Hand und kletterte. Sie kam sich ein wenig tolpatschig vor, wie ihr Bauch auf dem Fensterbrett hing. Er mußte lachen, und sie war wütend und verwirrt. Er hob ihren Hintern durch das Fenster und trug sie wie einen Fisch. Dann stellte er sie ab.

»Derm, warum machst du mir das Gespenst? Hatte ich nicht schon Angst genug? Himmel, du hast nicht mal gute Nacht gesagt.«

»Ich konnte nicht. Nicht in diesem Haus. Ich wollte nicht, daß die Burschen denken, wir liegen unter einer Decke.«

»Und warum hast du Jamey nicht vor meiner Tür postiert?«

»Ich wollte ihn nicht in Gefahr bringen. Der Junge braucht auch seinen Schlaf.«

»Sind das deine Feinde, Coote und seine alten Kerle?«

»Nenn ihn niemals Coote. Er ist der Fischer, und er ist mein Partner.«

»Coote, Coote, alle nennen ihn Coote.«

»Eine dumme Angewohnheit von uns. Aber irgendwann sagst du mal zu den falschen Leuten ›Coote‹, und das würde den alten Mann sehr schmerzen. Er ist immer gut zu mir gewesen.«

»Dermott, wenn du willst, werde ich ihn bis in alle Ewigkeit den Fischer nennen, aber warum hast du mich immer noch nicht geküßt?«

»Wir sind noch zu nah am Haus. Komm schon.«

»Wo gehen wir hin?«

»Wir machen ein Picknick, du Dummerchen.«

Er zeigte auf den Korb zu seinen Füßen. Ein Weidenkorb für eine Fischermahlzeit. Er hob ihn auf und rannte mit ihr um den See. Sie mußte wohl zu laut gekichert haben.

»Schsch«, machte er. »Das verdammte Wasser gibt ein gutes Echo.«

»Das ist doch kein Verbrechen.«

»Schon, aber wir müssen es ja nicht hinausposaunen. Wenn der Fischer was von unserem Picknick mitkriegt, will er vielleicht mit.«

»Ich stopfe seinen Kopf in den Korb, wenn er es wagen sollte.«

Aber sie konnte ihrem Mann nicht ungehorsam sein. Annie kicherte nicht wieder. Sie liefen und liefen durch eine Art braunes Gestrüpp, und ihr Rock verfing sich in all den niedrigen, kahlen Blaubeerbüschen. Es ist die falsche Jahreszeit für Beeren, murmelte Annie vor sich hin. Sie konnte kaum erwarten zu sehen, was in dem Korb war. »Liebster, ist das ein Picknick oder ein Wandertag?«

»Beides. Weiter.«

Es wäre ihr lieber gewesen, Jamey hätte sie im Auto chauffiert. Aber konnte man denn über Felsen und Weiden fahren? Kühe blinzelten sie an. Und Annie fiel die tote Kuh auf der Straße ein. Ein Bulle starrte Dermott wütend an. Das Gemächt des Tieres baumelte fast bis auf den Boden. Dermott machte keinen Knicks vor einem Bullen. Er ließ den Korb nicht los. »Komm weiter.«

Er mußte sie meilenweit mitgeschleift haben. Sie erreichten einen Drahtzaun, und Dermott hielt die Drähte auseinander, damit sie sich hindurchzwängen konnte. Er reichte ihr kurz den Korb und sprang über den Zaun. Sie standen am Fuße eines Hügels. Davon war Annie fest überzeugt. Sie konnte das kalte, flaschengrüne Wasser einer winzigen Bucht erkennen. »Sind wir noch auf dem Land des Fischers?« fragte sie.

»Nein. Komm weiter. Wir werden auf Cashel Hill picknicken.«

Man konnte nicht erkennen, wie viele Kämme ein Berg hatte. Sie kamen an einem Kamm an, nur um festzustellen, daß sie dem Gipfel keinen Deut näher gekommen waren. Immer gab es noch einen weiteren Kamm. Das Ganze war wie ein verzaubertes Spiel. Die Elfen gewannen. Aber man mußte aufpassen, wo man hintrat. Cashel Hill war mit Ziegenkot übersät. Diese harten kleinen Kügelchen lagen auf jedem einzelnen Fels. Eine Million Schafe oder Ziegenböcke mußten auf Cashel Hill geschissen haben.

O Gott, Annies Rock ging langsam aus dem Leim. Aber auf keinen Fall würde sie ihren Mann allein weiterklettern lassen. Und immer, immer wieder ließ sie sich reinlegen, der nächste Kamm sei der letzte, der allerletzte. Die kräftigen Lungen hatte sie von ihrer Mama geerbt. Sie war die Rose von Connemara, die Königin von Cashel Hill und floh mit ihrem Mann aus dem Haus des Fischers. Dermott hatte sie nur bei der Hand genommen, nicht mehr. Aber man konnte sich ja nicht in die Ziegenscheiße legen.

Ihre Oberschenkel rieben sich langsam wund. Es war ihr egal, wie viele Grate eine Klippe hatte. Immer noch besser, als ewig Bananen mit Sahne zu mampfen. Wenn es sein mußte, würde sie hinter ihrem Mann herkriechen. Die Luft auf dem Berg wurde dick, dick und purpurgrau, zeitweise verlor sie Teile von Dermotts Rücken und Schultern aus den

Augen, und sie hatte auch keinen Pfad, dem sie folgen konnte. »Was ist das?« knurrte sie in das rote Zeug hinein, das dick genug war, um es zu essen.

»Nebel«, meinte Dermott. »Denk nicht weiter drüber nach, Annie. Man kann jedem Nebel davonlaufen, wenn man nur schnell genug ist.«

Annie rief ihren Lieblingsheiligen an, sie aus dem Nebel zu führen. Der heilige Judas, Beschützer der Reisenden, Idioten, unverheirateten Mädchen und Verzweifelten. Was für einen Mann Judas ihr geschenkt hatte! Dermott, König von Dublin und der Bronx. Mit Judas' Hilfe stiegen sie über den Nebel hinaus. Der Berg hatte keine weiteren Gesichter mehr, mit denen er sie ärgern konnte. Sollten die Elfen sie doch verhöhnen. Der König hatte sie auf den Gipfel von Cashel Hill gebracht. Sie dachte nicht an die Klippen, die bis zum Meer abfielen, auch nicht an die sich dahinwindenden Steinmauern, die Felder oder an die Flecken Wasser, bei denen es sich durchaus um einen Lachssee handeln könnte. Ihr Magen knurrte jämmerlich. »Gibst du einem Mädchen bitte was zu beißen, um Himmels willen?«

Dermott kauerte sich auf einen Felsen, der einigermaßen frei von Ziegenscheiße war, und öffnete die Lederriemen des Korbes. Sie aßen weichen, roten Käse und dunkles Brot und tranken Kaffee aus einem großen Becher. Milch hatte er in einer Mineralwasserflasche mitgenommen. Gott sei Dank hatte er vergessen, Bananen einzupacken, denn dann hätte sie wahrscheinlich gekotzt. Sie hatten Orangen, eine etwas unansehnliche gelbe Birne, einzeln verpackte Kekse und irischen Früchtekuchen. Annie suchte nach Servietten und Gabeln aus Castledermott. Der Korb war leer. Dermott hatte den Korb wie jeder Mann gepackt. Er hatte nur mitgenommen, was ihm in den Sinn gekommen war. »Und wie teilen wir jetzt den Käse, Liebster?«

Dermott griff in die Tasche. Er hatte ein Schnappmesser

mit zauberhaften Furchen im Griff dabei. Die Klinge fuhr schmatzend wie Lippen heraus. Er teilte die bucklige Birne und den Käse, dann fuhr er mit der Klinge über die Kante des Korbes.

»Ein Messer muß in Übung bleiben«, sagte er. »Sonst verfault es wie ein Zahn und fällt einem in der Hand auseinander. Hab's schon mit eigenen Augen gesehen.«

»Von wem hast du das Messer?«

»Von niemandem. Ich hab's aus einem Bastlerladen auf der Tremont Avenue. Ist schon lange her.«

Es machte Annie nervös, wie liebevoll er das Messer umklammerte. »Und warum hast du's mir noch nie gezeigt?«

»Weil es gern in meiner Hosentasche bleibt«, entgegnete er, und plötzlich war sein Mund voller Zähne.

Annie rülpste, aber das störte den König nicht. Sein Kopf steckte in ihrer Bluse. Die hatte er bis zur Taille aufgeknöpft und nuckelte nun an ihrer Brust. Ihr Mann war anders als alle anderen auf der Welt. Bald schon war er unter ihrem Rock, und Annie dachte, sie müsse sterben. Ihr Schlüpfer war naß vom König. Sie würde jeden Tag ihres Lebens picknicken gehen, in zerrissenen Röcken herumklettern, Birnen mit Warzen und Buckeln essen und Käse vom Messer, wenn ihr Mann es wollte.

Inmitten des Ziegenkots schliefen sie auf dem Berg ein, und Annie lag zum Großteil unter Dermotts Schulter. Dann schlug sie die Augen auf. »Mein Gott, wie konnte es nur so schnell dunkel werden?«

Man konnte nicht mal mehr seine Fingernägel erkennen. Es war die schlimmste Finsternis, die sie je erlebt hatte. Die Elfen mußten Cashel Hill überdacht haben. Zum Glück hörte sie ihren Mann atmen und tastete nach seiner Brust. Die Finger unter seinem Hemd weckten ihn.

»Dermott, auf diesem Berg gibt es eine Hexe. Wir müssen zwanzig Stunden geschlafen haben.«

»Wir haben nur ganz kurz geschlafen. Der Nebel hat uns überrascht. Und das Mistzeug will sich nicht heben. Wir werden hierbleiben und warten müssen.«

»Worauf?« wollte sie wissen.

»Daß uns jemand findet.«

»Und wer soll uns auf Cashel Hill finden?«

»Bauern«, meinte Dermott. »Sie müssen ja nach ihren Herden sehen. Sie werden schon über uns stolpern.«

»Nicht, wenn du ihre Kühe umbringst«, meinte Annie. »Dann lassen sie uns hier oben verrotten. So nehmen die Bauern Rache an dir.«

Dermott lachte im Nebel, und das machte Annie Angst. Weil es keinen dazu passenden Mund, keine Lippen gab. »Annie, wie hast du dir denn so eine Bauernverschwörung zusammenphantasiert? Mach dir keine Sorgen. Der Fischer wird das nicht zulassen. Ich bin viel zu wichtig für ihn.«

Das beruhigte Annie Powell nicht im geringsten. Sie betete zu Judas, er möge helfen und diesen Nebel von Cashel Hill abziehen. Der König hörte sie murmeln. »Was ist das für ein Geräusch?«

»Ich bete«, sagte Annie.

»Ich dachte schon, es wäre eine tote Kuh, die uns anmuht.«

Annie fing an zu weinen. Ihr Heiliger half nicht. Dermott machte sich über Tote lustig. Ihre Leichen würden verschrumpeln und im Berg versinken. Kein Dermott mehr. Keine Annie mehr. Der Himmel mußte das Oberste zuunterst gekehrt haben. Sie konnte in der Entfernung zwölf Monde schweben sehen, unter ihren Füßen. Auch Dermott sah sie. Er war nicht überrascht. »Da ist ja schon unsere Rettungsmannschaft.«

Die Monde schienen näher zu kommen und wieder zu verschwinden. Sie verwandelten sich in glühende Fackeln. Das sind nur Laternen, sagte sich Annie. Kein Mond konnte sich in eine brennende Fackel verwandeln. Das sind Coote und seine alten Männer mit einem Haufen Laternen. Jetzt betete sie darum, daß der Fischer sie nicht auf dem Cashel Hill fand. Lieber blieb sie mit Dermott verschollen und starb in Frieden.

Die Laternen teilten sich in Vierergruppen. Es dauerte eine halbe Stunde, bis eine der Gruppen näher kam. Eine Stimme drang aus dem Nebel. »Derrrrrmott Bride!«

»Ah«, meinte Dermott. »Sie haben auch muhen gelernt.« Er rief in den Nebel. »Hallo Jungs. Ich bin's, und Annie.«

Dann blendete eine Laterne ihr ins Gesicht. Sie konnte nichts sehen, bis sie über den Schein hinwegblinzelte. Sie erkannte einen der Fischerleute. Andere Laternen kamen regelmäßig schwankend näher.

Vier Laternen schauten auf sie hinab. »Da ist er ja ... der König und seine Nutte.«

Eine Pistole mit fetter Nase tauchte im Dunst der Laternen auf. »Oh, am liebsten würden wir euch erledigen, meine Lieben.«

Sie vernahm das weiche vertraute Schmatzen. Dermott hatte sein Messer aufschnappen lassen. Er schob Annie hinter sich. »Dann holt mich doch, ihr Hübschen.« Er machte einen Satz nach vorn, und die Pistole fiel hin.

»Gott, er hat mich aufgeschlitzt ... Er hat mich aufgeschlitzt ...«

Der Fischer tauchte aus dem Nebel auf. Er trug keine Geleestiefel. »Was soll der Scheiß?«

Die alten Männer um ihn herum brummelten. »Coote, Coote, wir kommen her, um diesen Mistkerl zu retten, und er fuchtelt mit seinem Messer. Er hat den armen Johnny Boyle erwischt.«

»Ihr bescheuerten Wichser«, erwiderte der Fischer. »Ich hab doch gehört, wie ihr ihn bedroht habt. Verschwindet, sonst schick ich euch zurück zur First Avenue, wo ihr hingehört. Da könnt ihr mit Tiger John im *Dingle* rumhocken.« Er kam zu Annie und küßte sie auf die Wange. »Alles in Ordnung?«

»Ja«, erwiderte sie. »Vielen Dank.« Sie stand zwischen Dermott und dem Fischer und machte sich langsam auf den Abstieg vom Cashel Hill.

Dermott mußte im Haus des Fischers bleiben. Annie kehrte mit O'Toole nach Dublin zurück. »Ihr seid beide so klug«, sagte sie. »Du und mein Mann. Das ist doch Cootes Haus. Castlecoote. Und warum habt ihr andauernd Castledermott gesagt?«

Der Esel war maulfaul. Dann knurrte er, aber das Knurren galt nicht Annie. »Na gut, das ist die Fischerburg. Aber er hat sie mit Dermotts Geld gekauft und hergerichtet. Die Lachse in dem See sind nicht aus der Hose des Fischers gesprungen.«

Was sollte sie ohne ihren Mann in Dublin? Durch die Liffey waten und Lachse fangen? Die Liffey war dreckig. Fische kriegten darin keine Luft mehr.

»Wann kommt Dermott zurück?«

»Keine Ahnung. Er und der Fischer pokern um mich.«

»Was soll das heißen?«

»Sie streiten darum, was mit dem kleinen James zu tun ist. Lassen wir den Burschen hier, oder verpassen wir ihm einen Tritt zurück nach Americky.«

»Dermott würde dich nie hergeben.«

»Geschäft ist Geschäft«, entgegnete Jamey.

Annie wollte nicht ihr ganzes Leben einem Esel zuhören. Also ging sie auf der Grafton Street shoppen, kaufte mit all den Bankschecks farbige Unterwäsche und anderes nutzloses Zeug und spazierte über die O'Connell Bridge. Sie konnte sich nicht von den Bettelkindern fernhalten, die sich entlang der Brücke ihr Revier abgesteckt hatten. Sie wollte ein

Tuch nehmen und ihnen die Gesichter waschen. Die Bettler reichten ihr nicht mal bis zu den Knien. Sie konnte nicht glauben, daß es überhaupt so kleine Kinder gab. Sie fütterte sie mit Süßigkeiten von Switzer's, um sie aufzupäppeln. Die Bettler gewöhnten sich an Annie Powell. »Da kommt die Schönheit«, sagten sie mit dem aufgesetzten Lächeln verbitterter alter Männer. »Da kommt das Mädchen.« Für Fünfjährige hatten sie ziemlich schrumpelige Haut.

Annie verbrachte den Nachmittag damit, ihnen beim Betteln zuzuschauen. Die Kinder taten ihr nichts zuleide. An ihrer Arbeitsweise war allerdings etwas Hinterhältiges. Sie fielen auf der Brücke über die Touristen her, grabschten in ihren Taschen herum, ließen sie nicht in Ruhe. Sie packten die Hosen der Gentlemen und die Röcke der Ladys, krallten sich mit kleinen Fäusten fest, die man unmöglich abschütteln konnte, wie eine professionelle Rattenarmee, und man schleppte sie bis zur Südseite der Brücke und auf die Lower O'Connell Street, bevor man mit ihnen fertig war. Sie hatten dann ein paar Münzen und vielleicht auch deine Brieftasche. Diese Kinder arbeiteten zu jeder Tageszeit.

Annie fand sie in Plastiktüten schlafend vor, wie sie sich bei strengem Wetter an die Brücke preßten. Vielleicht war das Ganze ein Trick, um unschuldigen Leuten Mitleid abzupressen. Aber ihr Zittern war echt. Annie wäre am liebsten mit ihnen ins *Shelbourne* spaziert, um sie mit Tee und Sandwiches zu füttern. Die Portiers hätten sie nicht hineingelassen. Wir sind hier in Dublin, meine Liebe, und ein anständiges Hotel kann keine Bettler im Hause dulden.

Aber Annie war nicht hilflos. Sagten denn die Portiers nicht *Madam* zu ihr? Sie war Dermotts Lady, und sie bewohnte eine Suite im Hotel. Das *Shelbourne* kochte große Becher Tee, die Annie zur Brücke brachte. Die Kinder tranken den heißen Tee mit demselben alten Lächeln. Am vierten Tag in Dublin küßten sie ihr im Regen die Hand und führten sie über die Brücke. Sie zwinkerten ihr zu und berührten sie am unteren Rocksaum. Sie zwangen Annie zu nichts. Sie luden sie ein, mitzukommen. Sie würde die Kinder jetzt nicht im Stich lassen.

Annie und die Bettler gingen die Gardiner Street entlang zu einem alten Haus in einer dunklen Gasse am Mountjoy Square. Es stank nach Fisch und öliger Margarine. Brachten sie sie nach Hause, damit sie Ma und Dad kennenlernen sollte? Türen schlossen sich hinter ihr. Sie erinnerte sich nicht daran, Treppen hochgestiegen zu sein. Sie befand sich in einem Raum, der eine Küche hätte sein können oder ein Lagerraum. Er wirkte auf Annie hoch wie eine Scheune. Mein Gott, an der Wand baumelte ein totes Huhn. Berge an Kleidung: Hemden und Westen und hunderterlei Hosen. Eine Kleiderscheune, mit einem toten Huhn, das die Sachen bewachen und die falschen Kunden verjagen sollte. Sie war verrückt, herzukommen. Sie hätte die Liffey mit diesen Kinderbettlern niemals überqueren dürfen.

Sie wirbelten in einem grausamen Tanz um sie herum, krallten sich an sie wie an eine Touristenlady. »Na, macht's Spaß?« sagten sie. Ihre Bluse zerfetzte unter ihren Krallen. Sie rissen ihr den Rock vom Leib. Sie nahmen ihr BH und Schlüpfer ab. Nackt stand sie vor den Kindern. Sie versuchten, ihr zwischen die Beine zu fassen. Annie stürzte sich auf sie, wurde zur Furie. Sie war keine Schaufensterpuppe, die die Kinder mit ihren schmierigen Spinnefingern begrabschen und streicheln konnten. Sie schleuderte ihnen bergeweise Hosen entgegen und verfluchte, ihnen jemals Tee an die O'Connell Bridge gebracht zu haben.

Vielleicht hätte sie gewonnen, doch dann mischten sich ein Mann und eine Frau ein. Sie schlugen sie nieder und ließen den Kindern ihren Spaß. Ihre Hände waren einfach überall. Sie schrie nach dem heiligen Judas. Der Mann trat nach den Kindern und scheuchte sie davon. Annie war es gleich, daß er lächelte. Er trug eine hübsche Weste, aber sein Gesicht war so gezeichnet wie das der Bettelkinder. Ein Zwerg in Männerkleidung.

»Hübsche Lady«, sagte er. »Du wirst uns Geld bringen. Wem gehörst du?«

»Dermott Bride.«

»Nie von ihm gehört.«

»Er kommt aus Amerika«, sagte sie.

»Aha. Und was macht er so, dein Mr. Bride?«

»Er hat sich eine Burg gekauft«, sagte sie. »Er arbeitet mit dem Fischer.«

»Kannst du mir das mal genauer erklären?«

»Sie wollen das Paradise Hotel aufmachen ... außerhalb von Galway. Das ist für Leute, die Lachse fischen wollen. Jagen und fischen.«

»Hat er auch eine Dubliner Adresse?«

»Das *Shelbourne*, St. Stephen's Green.«

»Das ist schon besser«, meinte der Mann. »Das ist gut. Du schreibst ihm einen Brief und erläuterst ihm die Umstände: Wenn er nicht mit tausend Pfund ... englischen Pfund, nicht irischen ... antanzt, wird er dich nur tot wiedersehen.«

Selbst einer nackten Annie konnte er in einer Kleiderscheune keine Angst machen. Sie würde sich nicht von einem Zwerg mit Weste einschüchtern lassen, der eine Horde Bettelkinder kommandierte. »Mein Mann ist in Connemara«, sagte sie.

»Na, wie schade. Du wirst bei uns warten müssen, bis er nach St. Stephen's Green kommt.« Er nickte der Frau zu. »Ethel, nicht nötig, sie zu fesseln ... Wenn sie schreit, schlägst du ihr einfach mit einer Bratpfanne den Schädel ein.«

Annie ließ sich auch von einer häßlichen Hexe mit einem Topf in den Händen nicht den Mut nehmen. Die Hexe trug die gleiche Weste. War das Dublin, oder hatten sie sie in ein anderes Land gelockt? Ihr Heiliger hatte sie aus dem Nebel gerettet. Judas würde sie nicht im Stich lassen. Die Bettler kratzten an dem Huhn an der Wand. Sie waren am glücklichsten, wenn sie ihm in den Hals zwicken konnten. Annie hörte ein leichtes Donnern außerhalb der Scheune. Das Donnern kehrte wieder. Sie wußte, was das hieß. Ihr Heiliger tauchte in Gestalt eines Esels auf. O'Toole zerschmetterte Türen, um zu ihr zu gelangen. Das Donnern wurde lauter. Die Bettler versteckten sich hinter Kleidersäcken. Der Mann und die Frau klammerten sich aneinander, als die Scheunentür fiel. Jamey sprang über die Tür, seine Schulter war staubbedeckt. Er schaute den Mann nicht mal an.

»Annie, zieh dir was an.«

Ihre Klamotten waren ruiniert. Sie suchten in all den Haufen nach einer Weste und einer Hose. In Bettleruniform ging sie mit Jamey hinaus.

»Wie hast du mich gefunden?« fragte sie.

»Als du nicht ins Hotel zurückgekommen bist, hab ich mir schon gedacht, daß du den Zigeunern in die Hände gefallen bist. Es gibt konkurrierende Familien, weißt du? Ich hab die eine Familie bezahlt, um der anderen nachzuspionieren ...«

»Warum bist du nicht zur Polizei gegangen?«

»Die *Garda* ist ein Witz ... die schnarchen in Dublin Castle vor sich hin. Sie sind mindestens so blöd wie unsere amerikanischen Bullen. Ich sollte das wissen. Ich war selber einer, bis Sidel, dieser Mistkerl, mich auf die Straße gesetzt hat.«

Sie schmuggelten sie an den Portiers und Angestellten des *Shelbourne* vorbei, nackt, wie Annie unter ihrer Weste war. Sie konnte nicht aufhören, über die Bettelkinder zu reden.

»Ist doch nicht ihre Schuld, O'Toole. Ihre Eltern richten sie dazu ab, dir die Finger in die Tasche zu stecken.«

»Das steckt ihnen im Blut, sag ich dir. Die sind mit dem Bettlerblick geboren. Einmal Zigeuner, immer Zigeuner. Geh ja nicht wieder in die Nähe des Mountjoy Square. Die rasieren dir die Haare von den Beinen und verkaufen sie als Federn. Es gibt nichts an dir, was sie nicht verhökern könnten.«

»Du hast eine schlechte Meinung von den Menschen, Mr. O'Toole. Man kann Kindern beibringen, *nicht* zu stehlen.«

»Schon möglich. Aber hier im Hotel ist die Welt freundlicher. Keinen Tee mehr auf der O'Connell Bridge.«

Der Esel beschützte sie, bis Dermott wieder auftauchte. Er schwärzte Annie nicht beim König an. Verlor kein Wort von Zigeunern, Bettlern oder dem Mountjoy Square. Ihr Mann schien mit den Gedanken anderswo zu sein. Er murmelte vor sich hin. Seine Augen waren schwarz umwölkt. Er bemerkte Annie Powell kaum. Das ging tagelang so. Dann schlug er sich auf die Taschen und meinte: »Jamey, mein Junge, steig in deinen dunkelsten Anzug. Wir gehen in die Kirche.«

Der Esel konnte es nicht glauben.

»Und was ist mit mir?« fragte Annie.

»Mädchen, ein Kleid, ganz egal welches.«

Der König bestellte Blumen. Rosafarbene, weiße und gelbe Rosen. Die Blumen verbreiteten einen Duft, daß der Esel niesen mußte. Dermott war sauer. »Hörst du endlich auf damit? Ich brauche einen Mann mit sauberem Anzug.«

Sie nahmen ein Taxi nach Donnybrook, Annie hielt die Rosen auf ihrem Schoß, und Dermott heiratete sie in der Kirche zum Heiligen Herz, mit Jamey als Trauzeugen, dem Organisten, zwei Brautführern und dem Pfarrer. Himmel, konnte man denn eine Frau nicht erst fragen, ob ihr überhaupt nach Hochzeit zumute war? Dermott gab ihr einen Trauring, den sie aber nicht tragen durfte. Einen silbernen Reif. Sie mußte ihn in ihrem Taschenbuch verstecken. »Ich will nicht, daß der Fischer das weiß«, sagte Dermott. »Das ist unser Geheimnis, verstehst du?«

Also mußte Dermotts Braut weiterhin Annie Powell bleiben. Im Hotel machte das keinen Unterschied. Für die Portiers war sie *Madam*, ganz gleich unter welchem Namen. Sie gönnten sich ein Hochzeitsessen. Dermott mietete ein Restaurant um die Ecke am Molesworth Place. Von der Straße aus wäre einem dieses Restaurant nie aufgefallen. Es machte mit keiner großen Reklame auf sich aufmerksam. Man mußte anklopfen, wenn man hineinwollte. Eine Frau gab ihnen im Vorraum die Hand. »Mr. Dermott Bride«, sagte Jamey. »Ein Tisch für drei Personen.« Es handelte sich nicht um ein Restaurant, wo man im Erdgeschoß speisen mußte und einem die Feuchtigkeit an den Schuhen klebte. Annie stieg eine Treppe hinauf in einen Speiseraum mit sechs Tischen. Ihr Mann hatte sie alle reserviert.

Jamey trödelte mit seiner Suppe herum. Der Schein der Kerze flackerte auf seinem Kinn. Zwischen den beiden Männern schwebte eine Düsternis. Der Kiefer des Esels begann sich zu rühren. »Hast du dich mit dem Fischer geeinigt?«

»Ja.«

»Und, bin ich jetzt verbannt oder nicht?«

»Ja und nein«, sagte Dermott. »Unsere Konten sind eine Katastrophe, Jamey. Du mußt nach New York und meinem Onkel Martin helfen. Er stümpert rum, so allein ... Dann kommst du zurück und lebst bei uns.«

Jameys Augen schienen sich hinten in seinem Kopf zu schließen. Die Kerze erreichte sie nicht mehr. Er hatte sich bereits vor Dermott verschlossen.

»Ach, ein tolles Land, dieses New York. Genau richtig für den kleinen James. Schließlich ist ja Mord mein Geschäft.«

»Hast du vergessen?« fragte Dermott. »Das hier ist eine Hochzeitsfeier.«

»Tut mir leid, Derm. Ich eß meine Suppe auf.«

Der Esel reiste am Morgen ab. Die Angestellten, die seine Koffer trugen, wirkten neben ihm wie Zwerge. Er mußte sich im *Shelbourne* hinabbeugen, um Annie einen Abschiedskuß auf die Stirn zu drücken. Eine Lippe reichte bis an ihr Ohr. »Wenn du noch mal auf der O'Connell Bridge herumstolzierst, zieh ich dir einen Scheitel.« Ihr Mann begleitete ihn zum Flughafen. Sie durfte nicht mit.

Ohne O'Toole war es einsam. Zwei Leute des Fischers zogen zu ihnen. Dann noch zwei. Jetzt bestand die Gesellschaft aus Dermott, Annie und vier alten Männern. Sie verhielten sich Dermott gegenüber rücksichtsvoll. Sie kamen ihm nicht in die Quere. Aber ohne diese alten Männer konnte er nicht mit Annie durch St. Stephen's Green schlendern. Sie war eine verheiratete Frau und alles, durfte aber kein Wort darüber verlieren, und sie hatte vier Anstandswauwaus mit gelben Zähnen. Es war schon schlimm genug, mit ihnen leben zu müssen, solange ihr Mann da war. Doch dann mußte Dermott für kurze Zeit nach Americky. »Muß ein paar Konten abschließen«, sagte er. »Gib mir die Chance, ein Glas mit Jamey zu trinken. Eine Woche«, meinte er. »Nicht länger.«

Aber nach einer Woche war er immer noch nicht zurück, und Annie mußte mit Cootes Leuten überleben, die ständig in ihrer Nähe waren. Ihre Zigarren verstänkerten Dermotts Suite. Andauernd kamen irgendwelche Kellner mit Sandwiches und Humpen voller warmer schwarzer Pisse, die aus dem brodelnden Schlamm am Grunde des Liffey geschöpft worden sein konnte. Sie waren stolze Wachhunde, diese alten Männer. Sie liebten es, Annie auf der Straße zu beschatten. Es kostete sie viel Energie und all ihre Schläue, die alten Männer abzuschütteln. Sie schlenderte ins Gaiety Green, eine Shopping Mall an der West Street, probierte ein Paar Stiefel, kroch dann schnell hinter einen Kleiderständer und glitt in eine Gasse in der Nähe der Cuffe Lane hinaus. Sie konnten ihr nicht folgen, da halfen ihnen auch nicht ihre gelben Zähne. Dann bog sie um mehrere Ecken und landete in *Bewley's Oriental Café*. Sie setzte sich nicht nach unten, weil sie nicht von Kellnerinnen bedient werden wollte, die Bestellungen auf eine Tafel kratzten und Lemon Tarts servierten, obwohl man Scones bestellt hatte. Annie ging eine Etage höher in die Arme-Leute-Ecke, wo man sich selbst bedienen mußte. Es war voll dort oben, und man mußte sich den Tisch mit einem Haufen fremder Männer teilen: Wenn man nicht die Ellbogen an den Körper preßte, hatte man den Abschaum von ganz Dublin auf dem Schoß.

Doch einer beschützte sie, machte ihr auf dem Tisch Platz, damit sie in Ruhe ihre Scones knabbern konnte. Ein Amerikaner, ein Collegelehrer mit zerschlissenem Regenmantel und verknautschtem Hut, der mit einem kleinen Stipendium nach Dublin gekommen war. Er stellte Nachforschungen über einen Gentleman namens Jonathan Swift an.

»Und? Führen Sie mit diesem Swift Interviews?« fragte Annie.

Der Lehrer lachte. »Nein, er ist schon lange tot. Er hat *Gullivers Reisen* geschrieben, eine Geschichte über einen Riesen in einem Land voller kleiner Leute.«

»Ja, ich erinnere mich an das Buch«, meinte Annie. »Die kleinen Leute haben ihn gefangen. Ich hätte Gulliver ja verdroschen, als er gefesselt war.« Annie verstummte. Sie trug ihren Ehering in der Tasche. Sie wollte nicht, daß der Lehrer sie für ein leichtfertiges Mädchen hielt. Sie flunkerte ein wenig. »Mein Mann ist auch Professor. Er studiert Mr. Faulkner und Mr. James Joyce.«

»Wo lehrt er denn?«

»Im Augenblick hat er keine Professur ... aber er braucht eigentlich auch keine Arbeit. Er ist reich. Er kauft Burgen und baut sie zu Hotels um.«

Der Lehrer hieß Gerald, Gerald Charwin. Sie bemerkte den hungrigen Blick in seinen Augen. Was sollte Annie denn tun, wenn ein Mann sich in sie vergafft hatte? Sie konnte ihn rein zufällig treffen, dasitzen und ihre Scones essen, aber sie traf keine Verabredung mit Gerald. Am nächsten Tag wartete er gegen drei Uhr bei *Bewley's* auf sie. Er erzählte ihr Geschichten aus der irischen Vergangenheit. Es gebe einen Fluß unter Dublin, sagte er. Den Poddle.

»Das glaub ich nicht.«

Sein Mann, dieser Jonathan Swift, war früher immer im Poddle gewatet.

»Gerald, steigt der Poddle bei schlechtem Wetter jemals über die Ufer? Stellen Sie sich mal vor, wie die ganze Stadt in dem Fluß unter den Straßen versinkt.«

Aber Gerald ging nicht darauf ein. »Der Poddle fließt nicht sehr weit. Er folgt der Little Ship Street. Dublin wird nie darin ersaufen.«

Er wäre gern mit ihr über die Kanäle spaziert, durch die der Poddle noch immer floß. Sie könnten den Bürgersteig berühren, meinte er, und auf das Wasser lauschen. Es war nur einen Block von dort entfernt, wo er wohnte. Annie hätte den Poddle nur zu gern gespürt, hätte nur zu gern einen unterirdischen Fluß mit den Füßen berührt, aber sie mußte ablehnen. Was, wenn die Wachhunde sie zusammen auf der Little Ship Street sahen? Was würden die alten Männer dann wohl denken?

Sie hielt sich mit Gerald Charwin ans *Bewley's Café*. Aber sie konnte den alten Männern nicht entgehen. Es brauchte nur ein weiteres Treffen mit Gerald, um sie ins *Bewley's* zu locken. Sie schwebten mit ihren gelben Zähnen über dem Tisch, rochen Erbsen, Würstchen und Pommes. Man hätte sie für ganz Stille halten können, Engel von der Straße, harmlose Onkel von Annie Powell, die nach einer Erbsenmahlzeit suchten: Sie trugen Altmännerpullover und

Mützen. »Hübscher Tag heute«, murmelten sie immer wieder zu den Leuten an den Tischen. »Nett, nett.« Sie lümmelten hinter Gerald, alle vier.

»Kommst du mal kurz mit uns runter, Junge? Wir würden zu gern mal ein Wörtchen mit dir wechseln.«

»Er bedeutet mir nichts«, sagte Annie »Nur ein Mann im Café. Wir haben uns über Flüsse unterhalten. Laßt ihn in Ruhe.«

Sie packten ihn bei den Armen, lupften ihn von seinem Platz, donnerten ihn von einem Tisch in den anderen und entschuldigten sich dabei. »Tut uns leid ... Essen Sie ruhig weiter Ihre Erbsen, und kümmern Sie sich nicht um uns.«

Sie schubsten ihn die Treppe hinunter und trugen ihn aus dem Café hinaus auf die Straße. Annie trommelte den alten Männern auf die Rücken. »Tut ihm nichts«, sagte sie. »Er ist ein Professor. Er macht Jonathan Swift wieder populär.«

Sie kümmerten sich nicht um sie. Die alten Männer trampelten auf Geralds Hut, boxten ihm in Nieren und Rippen, ließen ihn in den Rinnstein der Grafton Street fallen. Das Ganze dauerte keine Minute. Die Fischerleute wußten genau, wohin und wie sie einen Mann schlagen mußten, ohne auf sich aufmerksam zu machen. Annie konnte Gerald nicht aufhelfen. Die alten Männer packten sie an den Armen und schoben sie wortlos in Richtung Hotel. »Stell sich das mal einer vor«, spotteten sie, und ihre Zungen lugten zwischen den gelben Zähnen hervor. »Das Mädchen des Königs besucht mit einem Gelehrten irische Kaffeehäuser. Annie Powell füßelt unterm Tisch. Sie ist ne ganz Kluge. Sie kann mit einem Burschen schlafen, ohne auch nur ein Kleidungsstück abzulegen ...«

»Haltet doch eure blöden Fressen«, sagte sie. »Dermott wird euch bitter für das bezahlen lassen, was ihr mit Gerald gemacht habt.«

Sie kicherten unter ihren Altmännermützen. »Ach, Gerald heißt er? Das nennt man ja wohl Vertrautheit, wenn mich einer fragt. Bring uns nicht zum Lachen, Annie Powell. Der König würde dich für diese Spielchen mit deinen Geralds grün und blau prügeln.«

Sie konnten sie nicht im Hotel einsperren. Die Wachhunde stellten sich ziemlich blöd an, wenn es darum ging, ihr auf der Straße zu folgen. Sie konnte in einer Seitengasse verschwinden, bevor sie Gelegenheit hatten, einmal tief Luft zu holen. Sie schlich nicht wieder ins *Bewley's*. Sie schämte sich. Wie hätte sie Gerald denn erklären können, daß ihr Mann ein Gangster war, der zufällig James Joyce mochte und vier Idioten hatte, die einem wegen des Verbrechens, mit Annie Powell Kaffee zu trinken, gleich die Nieren zerdroschen?

Sie verschwand in den Pubs auf der Duke Street. Im *Bailey* oder dem anderen Pub auf der gegenüberliegenden Straßenseite, mit den Markisen vorm Fenster. Sie mußte lachen. Das *Bailey* hatte die Tür aus Mr. Leopold Blooms Haus in der Eccles Street geklaut. Sie stellten sie nun in einem eigenen Raum aus. Die Tür hatte einen ägyptischen Türklopfer. Damit konnte sie ihren Mann überraschen. Annie begriff ein, zwei Dinge über Mr. James Joyce. Das *Bailey* und Leopold Bloom. Eine Touristenattraktion. Kommen Sie herein, trinken Sie einen Irish Coffee mit Leopolds Haustür. Das Pub war tief genug für Annie Powell. Hier konnte sie sich vor dem Sonnenschein draußen verstecken. Gegen fünf Uhr war das *Bailey* gesteckt voll. Junge Angestellte aus der Dame Street kamen herein und tranken ihre Humpen und Pints und Wodkas und Pink Gins, und mit ihren glatten Leibern und gestärkten Manschetten schubsten sie Annie fast von ihrem Platz. Sie waren ein freundlicher Haufen. Sie füllten sie mit dem besten irischen Whiskey ab und schoben ihr die Hände unter den Rock. Annie war es egal, wie sie hießen. Jack oder Mick oder Frenchy Pete. Sie begleitete keinen von ihnen nach Hause. Um halb zehn verabschiedete sie sich und wankte von Tür zu Tür, bis sie ihr Hotel erreichte.

So war Dublin ohne den König. Nachmittage im *Bailey*, wo sie sich vor Cootes alten Männern versteckte, während die Jungs von der Duke Street mit ihren Manschettenknöpfen ihr die Oberschenkel kitzelten. Sie schüttete Jameson's in sich hinein, soff sich in einen fürchterlichen Nebel. Eines Nachts, als Mick oder Frenchy Pete ihr einen Ellbogen in den Rock legte, blickte sie auf, weil es Zeit war zu gehen. Und da sah sie ihren Mann im *Bailey*. Dermott. Der König höchstpersönlich. Seine Augen waren umwölkt, und sie hätte Mick oder Pete, wie immer er hieß, ja gewarnt, aber der Bursche war viel zu sehr damit beschäftigt, die verschiedenen Schichten von Annies Unterwäsche auseinanderzuklamüsern. Der König stürzte sich nicht auf ihn. Er besaß zuviel Würde, um ein Pub zu verwüsten. Er wartete, bis Annie ihren Rock gerichtet und sich von der Bank erhoben hatte. Er schlug sie nicht im *Bailey*, ihr Mann doch nicht. Sie hätte ihm gern Leopolds Tür gezeigt. Bloom, Bloom im *Bailey*, aber sie war zu besoffen, um den Arm heben zu können. »Derm«, murmelte sie in die Wand. »Warum kaufst du nicht diese verdammte Tür, und wir nehmen sie mit nach Hause?«

Danach erinnerte sie sich an nicht mehr viel. Dermott mußte sie irgendwie ins *Shelbourne* geschafft haben. Sie lag im Bett. Der König saß neben ihr. Sie konnte sein zitterndes Bein spüren. Es war ihr viel zu peinlich, ihn anzuschauen. Dermott hatte Schatten auf dem Gesicht, so, als hätte man ihm die Wangen abgezogen, als wären nur noch die Höhlungen unter der Nase.

Oh, Annie hörte das Messer, den Schmatz der aufspringenden Klinge. Sie hob ihren Kopf nicht vom Kissen, als er sie aufschlitzte. Die Züge waren sehr grob. Sie taten höllisch weh, aber sie jammerte und schrie nicht. Sie biß sich vor

Schmerz auf die Zunge. Sie hätte das alles erduldet, hätte den Schnitt in ihrer Wange geliebt, wenn Dermott nur bei ihr geblieben wäre und seine böse Annie gepflegt hätte. Aber Dermott verschwand in ein anderes Zimmer. Es waren die alten Männer, die mit Watte und Verbandszeug herumsprangen. Sie starrten sie fischmäulig an. »Mutter Gottes!« Das war ihr ganzer Trost. Reihen von gelben Zähnen. Cootes alte Männer waren ihre Kindermädchen. Sie wechselten den Verband. Der König war wieder auf Reisen.

Sie fütterten sie mit Suppe, die Fischerleute. Sie ließen niemanden vom Hotel in Annies Nähe. Als der Verband runterkam, hielten sie ihr einen Spiegel hin. Annie wußte auch ohne Spiegel Bescheid. Der König hatte sie nicht in einem irrwitzigen, sinnlosen Wutanfall aufgeschlitzt. Sie war in jener Nacht sturzbesoffen gewesen. Aber für ihn war sie lebendig gewesen. Sie spürte jede Bewegung seines Handgelenks. Er hatte ihr sein eigenes Muster verpaßt. Sie würde den Rest ihres Lebens Dermotts Namen auf der Wange tragen.

Schneewittchen mit einer Narbe, die sie verunstaltete ... und vier gütige Zwerge. Sie fegten aus, wuschen ihre Wäsche im Waschbecken. Sie standen an ihrem Bett und wedelten mit einem komischen Ticket. »Du gehst nach Americky.«

»Wo ist mein Mann?«

»Tja, der König ist leider indisponiert. Er kann nicht kommen. Aber er hat das Ticket bezahlt.«

Sie brachten sie zum Flughafen, saßen bei ihr, bis es Zeit war, an Bord zu gehen. Sie rieben sich die Augen mit ihren Fingerknöcheln. Sie schnieften, als sie die Knöchel wieder senkten. Das waren dieselben Männer, die Gerald vor *Bewley's Café* verprügelt hatten. So gemein und so nett konnten sie sein.

»Verzeih uns, liebe Annie.«

»Es gibt nichts zu verzeihen.«

»Wir haben den König in die Duke Street geführt. Wir

dachten, er würde dir ne Ohrfeige verpassen. An das Messer haben wir nicht gedacht.«

»So ist Dermott nun mal«, sagte sie. Sie küßte die Hände und Münder dieser alten Gauner, die sie gepflegt hatten, und flog fort nach Americky.

Jemand holte sie am anderen Ende des Ozeans ab. Martin McBride. Er stöhnte bei ihrem Anblick auf, sagte aber kein Wort. Sie ließen sie in Manhattan nicht verhungern, nein, nein, nein. Der Onkel hatte eine Wohnung für sie und eine gewisse monatliche Summe. »Annie, du wirst nie mehr arbeiten müssen.«

Sie sagte zu dem Onkel, er könne sich das Geld sonstwohin stecken. »Dermott kann die Wohnung für seine nächste Dame behalten. Ich schulde ihm fünftausend Dollar, und ich werde sie zurückzahlen. Ich bin nicht seine Kuh.«

Martin zuckte mit den Schultern. »Fünftausend?«

»Das hat er meiner Mutter für das Privileg bezahlt, mich auszuleihen. Machen Sie's gut, Mr. McBride.«

Die Vorstellung, daß Annie anschaffen ging, paßte ihnen überhaupt nicht. Sie würde die fünftausend auf dem Rücken verdienen, das würde sie, mit jedem Mann, der sich mit einer entstellten Frau einließ. Der Onkel versuchte, ihr zu drohen. »Ich hetze dir die Cops auf den Hals, ich schwör's.«

Aber die Cops taten ihr nichts. Niemand verstieß Annie von ihrer Ecke. Das Schlimmste war, daß sie O'Toole sehen mußte. Sie mochte den Esel, obwohl er immer noch für ihren Mann arbeitete.

»Tu uns einen kleinen Gefallen, Annie, Liebes.«

»Was denn?«

»Kannst du dir nicht eine etwas weniger anstrengende Beschäftigung suchen?«

»Nein.«

»Dann geh was mit mir trinken, um Himmels willen.«

»Mache ich.«

Der Esel paßte auf sie auf, hielt ihr die streitsüchtigsten Nutten vom Hals. Aber sie brauchte Dermotts Schläger nicht. Sie hatte einen neuen Wohltäter. Einen Penner, einen *komischen* Penner. Father Isaac. Er führte sie in seinen stinkigen Klamotten zum Essen aus, faselte irgendeinen Scheiß über eine Tochter, die er habe. Annie wollte keine Scherereien. Der Penner bezahlte sie nicht dafür, daß sie sich auszog. Er hielt ihr Vorträge, meinte, sie sei nicht für dieses Gewerbe geschaffen. Sie solle lieber heiraten. Sie wollte schon lachen und ihm ins Ohr schreien: *Mister, Sie sehen die echte Mrs. Bride vor sich*, aber sie konnte Dermotts Geheimnis nicht einfach so preisgeben. Dieser Penner, woher nahm er das Geld, um ihr Champagner zu spendieren? Sie stellte keine Fragen. Er mußte ein ganz besonderer Zauberer sein, denn wenn Father Isaac in der Nähe war, steckten die Cops und Luden ihre Köpfe in den Sand. Sie zogen ihre Schädel zwischen den Schultern ein, wenn sie an ihnen vorbeikamen. Aber das machte sich nicht immer bezahlt. Der Penner knurrte ihre Freier an, und sie mußte ihn fortscheuchen, sonst hätte sie keinen Penny mehr verdient.

Das war ihr Leben: In Hauseingängen rumstehen und Idioten aus New Jersey anlächeln. Ihr war das egal. Eines Tages würde sie dem Onkel fünftausend in den Rachen stopfen. *Die sind für Dermott, Mr. Martin McBride. Sagen Sie ihm, er kann eine Frau zwar brandmarken, aber eine Kuh wird er aus Annie niemals machen.*

Oh, sie konnte gut reden, wirklich. Sie sah schon *ihre* Zwerge überall in der City. Himmel, es hätten die alten Männer sein können, die sie verarztet hatten, ihre Schlüpfer im Hotelwaschbecken gewaschen hatten, aber sie war sich nicht sicher. Doch als sie fragte, wie es dem König ging, rannten sie in ihren harten Altmännerschuhen sofort davon. Annie machte das langsam verrückt.

Sie ging in die Irenbars an der Eigth Avenue, hockte auf einem Stuhl und trank Jameson's. Der Whiskey half nicht. Die alten Männer mit ihren gelben Zähnen tauchten in den Fenstern auf. So, wie die alten Männer an ihr hingen, hätte sie sie genausogut an ihren Rockzipfeln tragen können. Sie folgten ihr nach Hause. »Letzte Warnung, Kleine. Wir raten dir, werd unsichtbar. Ein gewisser Gentleman würde es gern sehen, wenn du dich ein wenig verdünnisierst.«

Sie hätte Jamey von den Zwergen erzählen sollen. Tat sie nicht. Am nächsten Abend stellten sie ihr in ihrem Hauseingang eine Falle. Sie prügelten sie mit Besenstielen durch. Es ging ihnen nicht um ihren Körper. Sie schlugen ihr ins Gesicht. Sie wachte in einem beschissenen Krankenhaus auf. Father Isaac war auch da. Sie tat so, als würde sie ihn nicht bemerken. Sie wollte keine Predigt hören. Sie mußte wohl wirres Zeug geredet haben. Als sie wieder die Augen aufschlug, standen zwei der Fischerleute an ihrem Bett. Sie hatten keine Besenstiele dabei. Sie lächelten und waren wieder verschwunden. Sie betete zu ihrem Schutzheiligen. Judas gab ihr die Kraft, aus dem Bett zu kriechen. Sie ging zum Schrank, zog sich an und verließ das Krankenhaus.

Der Esel fand sie, als sie durch die Straßen irrte. Er brachte sie auf ihr Zimmer. »Himmel, wo zum Henker warst du?«

Sie hatte zerschlagene Lippen. Sie konnte kaum murmeln. Ihr Kopf war ganz durcheinander. »Coote, Coote, der Fischer.«

»Wie bitte?«

»Er hat seine Lachse ins Fenster gestellt ...«

Sie lag eine Woche im Bett. Der Esel kam und ging. »Jamey, wer sind diese alten Männer?«

»Cops im Ruhestand«, antwortete er. »Uralte, haarige Sergeants ... Sie werden dir nie wieder was tun. Nicht, solange O'Toole in der Nähe ist.«

»Hat Dermott sie geschickt?«

»Das bezweifle ich, Annie.«

Sie aß Brot und Butter, und bald war sie wieder kräftig genug, um nach unten gehen zu können. Zur Nutte taugte sie nicht mehr. Männer blinzelten in ihr zerschundenes Gesicht und mieden Annie Powell. Also fing sie an ihrer Ecke an zu tanzen, um Freier anzulocken. Sie sang irische Lieder. Nur die Wörter purzelten ihr durcheinander.

In Dermott's old city
Where the boys are so pretty
And the rivers run underground
I met a fisherman
A sweet, sweet fisherman
Who cried, Cockles and cunts,
Alive, alive all …

Sie angelte sich tatsächlich ein paar Kunden mit ihren Liedern, besoffene Iren und Schweden, alte Seemänner, die nichts gegen ein zerschundenes Mädchen hatten. Nur zu Hause hatte sie ein Problem. Jamey lag zitternd in ihrem Bett. Er sagte Annie nicht, wovor er sich versteckte. Er hatte schon einen Bart von der langen Zeit im Dunkeln. Und er verschreckte die alten Seeleute.

Sie mußte lernen, mit Robinson Crusoe zu leben. Er machte ein merkwürdiges Geschrei, der Esel des Königs. Er sprach in Grunzern. Ihr war's egal. Sie hatte nichts, worüber sich zu reden lohnte. Sollte sie mit Jamey O'Toole alte Erinnerungen an Dublin austauschen? Geschichten von Dermott erzählen? Coote? Cashel Hill? Sie war besessen von der Idee des Geldes. Fünftausend, sonst blieb sie Dermotts Kuh. Sie würde sich ihre Freiheit erkaufen, ja, das würde sie. Niemand konnte Annie Powell ausnutzen.

20

Haben Sie je den Mann auf der Grafton Street gesehen, den Schildermann mit den weltabgewandten, toten Augen, der eine große Tafel vor der Brust trägt, auf dem für irgendeine jämmerliche Touristenkneipe geworben wird? Er steht im Regen, reckt sein Kinn vor, ein Riese in einem schäbigen Mantel. Erinnern Sie sich an ihn? Die Tafel wankt nicht einen Millimeter. Er blinzelt nie, kratzt sich niemals an der Nase. Der Esel in Annies Zimmer sah ganz genauso aus. Sein Gesicht zuckte dreißig Stunden lang nicht. Aber Robinson Crusoe war nicht tot. Er träumte von der Feuerleiter hinterm Haus seiner Mutter in Chelsea.

Es waren nur zwanzig Blocks von Chelsea bis in Annies Zimmer im *Lord Byron*. Aber Robinson Crusoe konnte diese zwanzig Blocks nicht krauchen und nicht rennen. Wie soll man denn Mamas Fenster mit Löchern im Kopf finden?

Der Fischer beobachtete die Straßen. Er ist nicht in Connemara. Die Lachse beißen nicht zu dieser Jahreszeit. Der König hätte auf Jamey O'Toole hören sollen. Aber Dermott war schon immer Geschäftsmann gewesen. *Dermott, der Fischer, ist eine Ratte. Hab ich nicht für ihn gearbeitet? Er hat Beweise getürkt. Hat seine Jungs angeheuert, um jemandem einen überziehen zu lassen. Er spielt den Stillen und Ruhigen. Dabei ist er ein Killer. Glaub ihm kein Wort. Wenn er uns in zwei verschiedene Städte steckt, kann er uns wegpusten.*

Der König schickte den kleinen Jamey zurück nach Americky. O'Toole mußte Onkel Martin helfen, die Miete einzutreiben. Das Ganze wurde sauer, als Annie kam. Niemand mußte ihm erzählen, woher die Narbe in ihrem Gesicht stammte. Dermott hatte sie aufgeschlitzt. Himmelherrgott noch mal, wie konnte er nur seine eigene Frau verlieren?

Dann tauchte der Fischer in diesem Jammerspiel auf. Seine Leute prügelten sie mit ihren Knüppeln durch. Der Esel machte sich auf die Suche nach Cootes kleinen alten Männern. Drei von ihnen fand er im Kilkenny Inn an der West Twenty-fourth. Er schob ihre dürren Hintern in eine Sitznische. »Wirklich hübsch, was ihr mit Annie Powell gemacht habt. Wirklich nett, ihr das Gesicht zu zerschlagen. Ich mach euch ganz schnell dumm, wenn ihr mir nicht auf der Stelle erklärt, was das Ganze soll. Ich dachte, wir hätten einen Deal mit Coote. Warum hat er das Mädchen angegriffen?«

»Jamey, Lieber«, sagten die kleinen Leute, die da in die Ecke gezwängt saßen. »Das ist doch uralter Kram. Der König hat sie vor Monaten rausgeschmissen. Dermott will sie nicht auf der Straße sehen. Was kümmert sie dich?«

Er drückte ihre schütteren Köpfe ganz unter die Bank. »Sie ist eine Freundin von mir. Behaltet eure Schläger und Knüppel bei euch, verstanden? Wenn Annie noch einen Unfall hat, kleben eure Hirne an der Wand.«

»Das wird Dermott aber gar nicht gefallen, wenn sein Esel sich in Cootes Angelegenheiten mischt.«

»Dermott kann zum Teufel gehen, und ihr auch.«

Er zog ihnen eins über die Schädel, damit sie was zum träumen hatten. Dann ging Jamey zu dem Haus, wo er mit seiner Mutter wohnte. Zwei Polizisten kauerten im Park auf der anderen Straßenseite. Ein drittes blauäugiges Wunder stand in der Gasse hinterm Haus. Diese blauäugigen Jungs kamen aus dem Büro des First Deputy. Sie gehörten zu Isaac dem Reinen. Arbeitete Isaac für Coote? Himmel, die ganze Polizei dieser Stadt zappelte im Netz des Fischers.

Jamey stapfte uptown. Detectives in ihren grünen Wagen folgten ihm. Cootes Leute lungerten an jedem Block herum. Sie zwinkerten O'Toole zu. Im Augenzwinkern eines alten Mannes ist eine Botschaft verborgen. Der Esel war verhökert worden. Für Coote war er entbehrlich geworden. Sie würden sich einen anderen Burschen suchen, der ihre Schwarzgelder eintrieb. Es war lächerlich, aus Manhattan weglaufen zu wollen. Wenn Isaac sich mit Coote zusammengetan hatte, dann würden sie ihre Jungs an allen Busbahnhöfen nach ihm suchen lassen. Er könnte vielleicht einen oder zwei von denen erledigen, aber er konnte ja schlecht ganz New York kurz und klein schlagen. Das war vielleicht eine lustige Polizei, wenn ein Commissioner mit dem anderen tanzte. Sie würden schon sehr bald auf Jameys Kopf tanzen. Er hatte keine Wahl. Der Esel versteckte sich in Annies Pension, weil es eine dunkle, verrattete Bude war, wohin die Cops nur höchst ungern gingen.

Der Esel hatte den richtigen Riecher gehabt. Isaac und die kleinen Leute hielten sich von Annies Zimmer fern. Jamey machte sich einen Spaß daraus. Er trank Wein und Ale aus Flaschen, die im Fenster standen. Sein Kinn wucherte langsam zu. Das Hemd zerknitterte ihm auf dem Rücken. In weniger als einem Monat verwandelte er sich in Robinson Crusoe.

Es schmerzte ihn zu sehen, wenn Annie mit ihren Freiern ins Zimmer kam. Diese widerlichen alten Männer, Matrosen aus dem vorletzten oder vorvorletzten Krieg, die in ihren Winterklamotten vor sich hin rotteten. Der Esel mußte auf dem Flur warten. Bei solchen Gelegenheiten verfluchte er den König. *Dermott, du hast meinen Hintern an Coote verscherbelt und Annies Leben zerstört.*

Aber er konnte nicht für immer im Dunkeln bleiben, wo ihm der Gestank von Annies Kunden im Bart klebte. Das arme Mädchen war ständig betrunken. Whiskeybetrunken. Er gab ihr die Kraft und das sanfte Glühen, das sie brauchte, um diese zerfallenden Seeleute zu unterhalten, ihnen was vorzusingen und die Beine breitzumachen. Der Esel hatte eine Stinkwut in sich. Er wollte nicht wegen Isaac und Coote McNeill verschrumpeln. Er kämmte sich den Bart. Robinson Crusoe machte sich bereit für die Straße.

Das Tageslicht tat ihm in den Augen weh. Er hätte genausogut seit Jahrhunderten drinnen gewesen sein können. Er war die Massen schlurfender Männer und Frauen nicht gewöhnt. Sie kamen Jamey schwachsinnig vor mit ihren harten, starren Gesichtern und durchscheinenden Ohren. Sie starrten in irgendeine ungemütliche innere Ewigkeit hinaus, und am liebsten hätte er sie gepackt und in den Rinnstein geschleudert.

Aber Robinson Crusoe ließ sie in Frieden. In der Dunkelheit war seine gute Erziehung zurückgekehrt. Der König war dumm, das war sonnenklar. Er hatte Coote erlaubt, ihn in einen Hotelflügel zu verfrachten, der mehr einem Gefängnis glich als einem Zuhause. Dermott lebte in seinem eigenen Alcatraz, sieben große Zimmer. Coote sorgte für die Wächter. Uralte Cops mit Nierensteinen, die er sich von der *Retired Sergeants Association* ausgeliehen hatte. Hörgeräte und Herzklabaster. Aber sie hatten unter guten Commissioners gedient. Sie waren darauf trainiert, einen Mann zu Tode zu treten. Reizende Jungs. Der König hatte sich von ihnen den Schneid abkaufen lassen, wo er doch seine Annie und seinen O'Toole hatte.

Jamey knirschte mit den Zähnen. Die jungen Burschen waren unterwegs. Sie versuchten ihn mit Werbezetteln von allen möglichen Massagesalons zu teeren und zu federn. Er stieß die Kerle beiseite. Er starrte in die Schaufenster. Die Menschen schraken vor ihm zurück. Aber die Cops konnten nicht hinter seinen Bart sehen. Die blauäugigen Wunderknaben, die die Cafés absuchten, sahen diesen Robinson nur verächtlich an. Sie brachten ihn nicht mit dem Bild in Verbindung, das sie von diesem Riesen O'Toole hatten. Der Esel konnte sich frei bewegen.

Er ging hinunter ins Reich des Fischers im *Kilkenny Inn*

und setzte sich an einen Tisch an der Tür. Die kleinen Leute, Cootes alte Männer, erkannten ihn nicht. Sie kauerten auf ihren Barhockern und übersahen ihn einfach. Er starrte sie verächtlich an.

»Holt den Fischer.«

Die kleinen Sergeants blinzelten. »Was ist das denn?«

»Geht euch nichts an. Holt mir nur den alten Furz her.«

Sie beschwerten sich beim Barkeeper. »Dieser Müllsack da stinkt. Wer hat ihn überhaupt reingebeten?«

»Ich brauche keine Einladung. Ich bin euer liebender Freund. Der O'Toole.«

Sie lächelten Robinson Crusoe mit aufgeplatzten Lippen an. »Jamey? Wie er leibt und lebt? Wie kommst du darauf, daß der Fischer überhaupt mit dir reden würde?«

»Soll ich lieber an die Tür des Polizeipräsidiums klopfen?«

Sie standen auf und gingen ans Telefon. Jamey pfiff *»Columbus was an Irishman«* und *»Phil the Fluter's Ball«*. Coote saß an seinem Tisch, bevor er sich noch umdrehen konnte.

»Muß ja eine lange Fahrt von Chinatown sein«, meinte Jamey. »Der Morgenverkehr kann die Hölle sein ... stimmt's?«

»Was willst du von mir, O'Toole?«

»Wo ist denn dein Bluthund, Isaac der Reine?«

»Isaac?« meinte der Fischer. Er fing keine Lachse im *Kilkenny Inn*. Er trug keine Anglerstiefel. »Isaac schnarcht mit den Ratten in der Centre Street. Ich hab den Wichser schon seit Monaten nicht gesehen.«

»Und warum stehen dann Isaacs Burschen vor dem Haus meiner Mutter?«

»Vielleicht liebt er dich, wer weiß? Ich könnte ihm ja mal eine Nachricht zukommen lassen und es herausfinden.«

»Mach dir keine Mühe. Ich frag ihn selber.«

»Das würde ich an deiner Stelle lieber nicht tun, Jamey, mein Junge. Besser, du hältst Isaac aus der Sache raus.«

»Hör zu, alter Mann, wenn du Annie Powell noch einmal schlägst, wenn deine Helferlein sie auch nur noch ein einziges Mal mit ihren Knüppeln anrühren, dann schreie ich … Ich schreie nach Isaac, und wenn Isaac mich nicht hört, dann gehe ich direkt zum PC. Tiger John ist zwar auch nicht mehr der Alte, aber er wird seinen Ruf schützen müssen … Er wird dich erwürgen … Sag mal, wie geht's denn all den McNeills? Hat dein Clan schon die Erde erobert? Vielleicht setzt du dich ein wenig zu früh zur Ruhe, und sie rasieren dir den Arsch, genau wie sie's mit mir gemacht haben … Du bist ein noch beschissenerer Cop, als ich je gewesen bin, Coote McNeill.«

Der Fischer stand auf. Er nickte den kleinen Leuten auf ihren Hockern nicht zu. Er verließ das *Kilkenny* und stieg in seinen Wagen, einen blauen Chevrolet. Der Fischer fuhr nach Downton, und Robinson Crusoe saß an seinem Tisch und kippelte. Er bestellte sich eine Flasche Whiskey. Er trank nicht aus Fingerhüten. Die kleinen Sergeants starrten ihn grimmig an. Also trank er ohne ihre guten Wünsche. Seine Unterhaltung mit Coote hatte ihm nicht gefallen. Er versuchte, Annie zu schützen, aber er hatte den Fischer nicht so hart getroffen, wie er hätte sollen. Er konnte jetzt nicht zu Isaac. Die Arschlöcher würden sich in den Hauseingängen verkriechen. Coote hatte seine Leute überall. Sie waren zu kurz, um seinen Kopf zu erreichen. Ihre Knüppel würden um seine Schultern klappern und zerbrechen. Der Esel würde es über die Twenty-third Street schaffen. Er hätte zwar von all den Knüppeln Holzsplitter im Rücken, aber er käme immer tiefer nach Chelsea hinein, auf Knöcheln, wenn es sein mußte, um bis zum Haus seiner Mutter zu gelangen. Er schlug mit der Faust auf den Tisch, um den Barkeeper zu wecken. »Noch eine Flasche, du fetter Hurensohn. Setz sie auf Cootes Rechnung. Ich frage mich, ob so ein billiger alter Furz mir wenigstens eine anständige Beerdigung spendiert.«

Die kleinen Leute fingen an zu lächeln. »Wir werden dich schon anständig unter die Erde bringen, Jamey, keine Sorge.«

»Erst begrabt ihr Coote, bevor ihr mich kriegt. Ich hab noch ne ganze Flasche zu leeren.«

Teil Fünf

21

Verdammter Isaac.

Er war der Ausgeflippte, die Mißgeburt in einer Polizei, die ganz nach irischer Art aufgepäppelt worden war: mit Loyalität, Disziplin und Hingabe an die Sache. Isaac hatte keinen Sinn für Kameradschaft. Er war ein Commissioner, der sein eigenes Liedchen pfiff. Er zog nicht ins neue Polizeipräsidium um. Lieber hockte er in der alten toten Schachtel in der Centre Street, einer riesigen Kalksteinbude, die langsam zerbröselte und im Boden versank. Noch ein Jahr, und der Bursche schwamm im Schlamm. Niemand kriegte ihn aus seinem Eckzimmer heraus. Der First Dep war ein Verbündeter von Bürgermeister Sammy Dunne. »Hizzoner« hatte Becky Karp bei den Vorwahlen den Schädel eingeschlagen, die rechten und linken Flügel seiner eigenen Partei besiegt, und nun erwiesen sie ihm alle die Ehre. Seinetwegen war an Isaac nicht zu rühren.

Isaac der Reine bewahrte eine Decke in seinem Schreibtisch auf. Er konnte in dem alten Gebäude schlafen, wann immer ihm danach war. Der letzte Hausmeister, der dort noch arbeitete, konnte ja schlecht den First Dep hinauswerfen. Nach Mitternacht konnte sich Isaac frei in den langen, marmorverkleideten Gängen bewegen. Die Bodenfliesen waren spröde geworden und lösten sich unter Isaacs Schritten. Er stolperte im Dunkeln und verfluchte das alte Gebäude. Aber er liebte es, Kachel um Kachel, die verbogenen Eisengeländer, das undichte Dach, durch das es ihm auf den Kopf tropfte, die geborstene Kuppel, der nutzlose Uhrenturm. Er hatte in dieser Ruine sein Domizil aufgeschlagen.

Der Triumph war nicht sonderlich groß. Ein Schreibtisch, eine Decke und Marmorböden waren nicht sonderlich behaglich. Dort, in seiner Ecke des Gebäudes, träumte er schlecht. Drei Frauen verfolgten ihn: Sylvia, Annie und Jennifer Pears. Ihre Gesichter vermischten sich in Isaacs Traum, überlagerten sich auf merkwürdige Weise. Annie hatte die grünen Augen von Jennifer, Sylvia trug das Mal auf der Wange. Jennifer sah Manfred Coen immer ähnlicher, Isaacs totem Engel.

Er murmelte »Blue Eyes«, mußte husten und wurde davon wach. Sein Zimmer schien mit einer Art weichem, grauem Qualm gefüllt. Staub, mäandernde Staubwolken. Er bahnte sich einen Weg in den Flur. Der Staub war dick wie Nebel. Isaac konnte kaum etwas sehen. Er tastete sich bis zur Treppe vor. Im Erdgeschoß arbeiteten Stukkateure, ganze Handwerkertrupps. Sie standen auf Leitern und brachen Wände durch. Sie trugen Gesichtsmasken mit Nasen- und Mundschutz. Bei ihnen war eine Frau. Isaac erkannte sie trotz der Maske. Es handelte sich um die gescheiterte Bürgermeisterkandidatin Rebecca Karp. Sie winkte Isaac zu sich. Sie verließen das Gebäude und bauten sich auf der Straße voreinander auf. Becky nahm ihre Maske ab. Sie lächelte.

»Du Wichser, ich hab dich gewarnt. Du hättest dich auf meine Seite schlagen sollen.«

Isaac klopfte sich den Staub von den Schultern. »Rebecca, Sam hätte dich auch ohne meine Hilfe vernichtet. Diese Stadt liebt den einfachen Mann. Hier gibt niemand großen, vorlauten Weibern seine Stimme.«

»Isaac, du bist ein solches Baby. Wie konntest du nur so

lange überleben? Wir haben das Gebäude übernommen, du Blödmann.«

Isaac hörte auf, sich abzuklopfen. »Wer sagt das?«

»Liest du keine Zeitung? Ich bin Vorsitzende des Downtown-Sanierungsausschusses. Wir verwandeln diese Müllhalde in ein Kulturzentrum. Und dich setzen wir an die frische Luft.«

»Das Gebäude gehört der Stadt«, sagte Isaac.

»Ich weiß. Wir haben es für eine Monatsmiete in Höhe von einem Dollar vom Liegenschaftsamt gemietet. Isaac, du kannst nicht gewinnen.«

Isaac ging zur Broome Street und rief das Büro des Bürgermeisters an. Er kriegte Sammy nicht an die Strippe. »Sagen Sie ihm bitte noch einmal ... Isaac möchte ihn sprechen.«

Er mußte zur City Hall laufen. Auf dem Territorium des Bürgermeisters konnte er nicht anonym bleiben. Die Reporter rochen ihn schon vom »Room Nine« aus, ihrem Kabuff neben dem Haupteingang. Sie kamen angerannt, um ihn sich zu krallen und zu löchern. Warum hielt er keine Pressekonferenzen mehr ab? Würde Sammy ihn zu einer Art Supercommissioner im Kampf gegen die Korruption machen?

»Kinder«, meinte Isaac, »das ist nur ein Privatbesuch. Kommt später in mein Büro.«

Ihr Sprecher war ein Bursche von den *Daily News*. »Isaac, verarschen Sie uns bitte nicht. Sie tauchen aus dem Nichts aus und verschwinden wieder. Wo sollten wir denn vorbeikommen?«

Er schlängelte sich durch und betrat den Flügel des Bürgermeisters. All das großspurige Auftreten, das er mit Sam genossen hatte, war verschwunden. Er mußte sich mit den drei Sekretären des Bürgermeisters auseinandersetzen. Am dritten Sekretär kam er ohne Knurren und Augenrollen nicht vorbei. Der zweite Sekretär hatte weniger Angst vor ihm. Isaac tat der Unterkiefer vom Zähneknirschen weh. »Jungchen, ich mache keine Termine mit dem Bürgermeister.« Der erste Sekretär packte Isaac am Hosenboden. »Laß sofort los. Wir sind Blutsbrüder, Sam und ich ...«

Die Cops vor der Tür des Bürgermeisters lachten, als sie sahen, wie Isaac von den drei Sekretären gejagt wurde. Sie waren in Zivil und hatten geschworen, Sammy mit ihrem Leben zu schützen. Sie würden dem First Deputy Police Commissioner wohl einen mit dem Gummiknüppel überbraten müssen. Aber Sammy hatte den Krawall gehört und linste zur Tür hinaus. Der Anblick machte ihn traurig. »Ist doch nur Isaac«, sagte er. »Laßt ihn rein.«

Isaac folgte Bürgermeister Sam auf dem Fuß. Der Ehrenwerte vermied es, ihn direkt anzusehen. Er starrte zum Fenster hinaus auf den City Hall Park. Seine Sekretäre hatten die Fenster für ihn dichtgemacht. Sam hatte Schiß vor Septemberzugluft. Er hatte sich verändert. Der schüchterne, unbelesene Mann, der sich kurz vor den Wahlen in ein Krankenhausbett verkrochen hatte, war zum grimmigen alten Mann der City Hall geworden.

»Sie haben sich mit Becky Karp verständigt, Sam, nicht wahr?«

»Überhaupt nicht.«

»Sie hätte Ihnen das Genick gebrochen, und nun fahren Sie einen Schmusekurs mit ihr. Ich hätte sofort drauf kommen können. Polittrickserscheiß. Ihr gehört doch alle in ein und denselben Sack. Bei den Wahlen wird gebissen und gestochen, und dann leckt ihr euch gegenseitig einen.«

»Sei nicht so grob. Ich hasse die Schlampe.«

»Und warum haben Sie sie dann praktisch zu meiner Vermieterin gemacht?«

»Hab ich nicht. Du beschuldigst den Falschen.«

»Sie haben ihr Centre Street gegeben. Sie haben *mein* Haus an ihr beschissenes Kunstkomitee vermietet.«

»Himmel«, murmelte Euer Ehren. »Nur einen Flügel. Sie kann dich nicht schikanieren, Isaac ... Außerdem ist alles allein deine Schuld.«

»Wie das?«

»Ich wollte Tiger John loswerden und dir den Job als PC anbieten.«

»Lassen Sie das Chief Inspector McNeill machen. Er ist Ihr bester Cop.«

»McNeill ist zu alt.«

»Alt? Er ist jünger als Sie, Sammy Dunne.«

»Aber McNeill ist ja auch nicht Bürgermeister von New York. Die Leute würden sich keinen klapprigen Police Commissioner gefallen lassen.«

»Sam, ich mache Ihnen nicht den nächsten Tiger John.«

»Dann hilf uns aus, um Himmels willen. Mangen sitzt uns im Nacken. Was soll ich denn machen? Er ist nun mal der Sonderstaatsanwalt. Steig zu mir ins Boot, Isaac. Übernimm eines meiner Ämter.«

»Denken Sie an was Bestimmtes?«

»*Ja.* Stellvertretender Bürgermeister als Oberaufsicht über die Polizei.«

»Sie meinen wohl Ratte. Eine Ratte, die aus Ihrem Büro heraus agiert. Sammy, das ist nichts für mich.«

Der Bürgermeister wirkte bedrückt und kehrte an den goldbeschlagenen Schreibtisch zurück, den schon Fiorello La Guardia benutzt hatte. »Isaac, Isaac, du kennst doch deinen Job. Der First Dep steht immer in der Schußlinie.«

Einer seiner Inspektoren kam vor der City Hall zu Isaac gerannt. Es war der fette Marvin Winch. Marvin war völlig außer Atem. »Sir, wir suchen Sie schon überall. Unsere Jungs haben Jamey O'Toole gefunden. Sieht so aus, als hätte er von einem ganzen Haufen Leuten satt was auf die Fresse gekriegt.«

»Lebt er noch?«

»Nein, Sir.«

»Ich hoffe, Ihr habt Jamey nicht ins Bellevue gebracht, oder? Ich will ihn nicht im Leichenschauhaus … noch nicht. Diese Pathologen hacken ihm die Finger ab und stecken sie in ein Glas.«

»Er liegt auf einem Hof hinter dem Haus seiner Mutter. Sie haben versucht, ihn in eine Mülltonne zu stopfen. Aber er ist zu groß.«

Marvin Winch fuhr ihn nach Chelsea, damit Isaac durch das Meer von Blut rings um Jamey O'Toole waten konnte. Zerbrochene Knüppel. Blut. Zähne. Wollfetzen. Eine zerschlagene Brille. Ein Drittel von einem Ärmel. Vor seinem Tod hatte Jamey noch ein ziemliches Tänzchen veranstaltet. Die Mistkerle hatten ihn in einer peinlichen Position zurückgelassen. Er steckte mit dem Hintern in einer Mülltonne. Weiter hatte er nicht hineingepaßt. Der Esel mußte wohl tausendmal geschlagen und getreten worden sein. Sein Kopf war mit Beulen übersät. Die Nase des Mannes war nicht mehr zu erkennen. Geblendet hatte er sich in sie gekrallt. Wo einmal seine Augen gewesen waren, war jetzt nur noch geronnenes Blut.

Isaac untersuchte die Knüppel und Zähne neben O'Toole nicht. Das konnten die Laborheinis machen, sollten die mit ihren Scheren und dünnen Handschuhen Sherlock Holmes spielen. Isaac überließ die Angelegenheit Inspector Winch. »Marvin, wenn wir nicht aufpassen, werden sie uns des Leichenklaus bezichtigen. Du wirst Jameys Mutter holen müssen, damit sie diesen Mistkerl identifiziert. Und du fährst mit mir ins Bellevue, verstanden? Die Burschen in den Rettungswagen klauen einem Toten schon mal gern die Schuhe. Soll Glück bringen, glauben die.«

Mit großen Schritten ging er uptown, und dabei rasten ihm Rettungswagen durch den Kopf. Es war, gelinde gesagt, keine leichte Aufgabe, Jamey ins Bellevue zu bringen. Sie würden mehr als einen Sanitäter und einen Cop brauchen, um die Leiche zu bewegen. Vier Männer, fünf, nur um ihn in einen Leichensack zu zwängen. Eine normale Rollbahre würde unter O'Toole zusammenbrechen. Wenn sie klug waren, dann liehen sie sich einen Gabelstapler aus einem Supermarkt und hoben ihn damit in den Rettungswagen. Isaacs Liebe zum Detail war nach seiner Rückkehr aus Irland ins Makabre abgeglitten.

Annie Powell stand nicht an ihrer Ecke. Isaac fragte die jungen Typen in der Nähe. »Sie meinen die Verrückte, die immer singt und keinen Schlüpfer anhat? Die ist bei den Pennerinnen auf der Ninth Avenue.«

Er wußte, wo. Drei alte Frauen hatten sich auf der Ninth, Ecke Forty-first, eine Enklave aus Pappkartons gebaut. Eine Freiluftfestung, sozusagen. Die alten Frauen lebten mit ihrer gesamten Habe, die sie in Einkaufstüten gestopft hatten, innerhalb dieser Enklave. Isaac ließ nicht zu, daß die Cops sie aus ihrer Festung vertrieben.

Es waren drei alte irische Hexen aus Clonmel, Wicklow und Dun Laoghaire. Annie trank Kaffee mit ihnen. Isaac näherte sich der Karton-Enklave. Annie hatte die Beine übereinandergeschlagen. Sie runzelte die Stirn, als Isaacs Schatten auf sie fiel. Die drei Hutzelweiber sagten hallo. Annie mußte gar nicht aufblicken; sie erkannte an der Hartnäckigkeit des Schattens, um wen es sich handelte.

»Sie stehen mir im Licht, Father Isaac. Tun Sie mir einen Gefallen und bewegen Sie Ihren Hintern ein Stück zur Seite.«

Die alten Hexen hatten sich in ihrer Festung einen Herd aus alten Blechteilen zusammengeschustert. Sie backten Süßkartoffeln in diesem Ofen und boten Isaac nun eine davon an. Er konnte die Kartoffel nicht festhalten. Er mußte sie von einer Hand in die andere jonglieren. Annie lachte über dieses tolpatschige Kunststück. Sie fing schon wieder an, ihn zu mögen. Schließlich biß er die Schale von der Kartoffel ab und mampfte das süße Innere. Quasi ein Erbstück. Seine verrückte Mutter hatte Süßkartoffeln über alles geliebt. Sie hatte downtown einen Trödelladen gehabt, in dem sie und Abdul, ihr arabischer Freund, schliefen. Dann war sie von einer Jugendbande zusammengeschlagen worden. Sie lag monatelang im Koma, bevor sie starb. Diese Kids nahmen Isaac irgendwas ziemlich krumm, und über seine Mutter kamen sie an ihn heran. Er war ein blöder Saftarsch mit einem Wurm und einem Haufen Narben, die weich und feucht blieben. Heute trottete er durch die City wie ein angeschossener Bär. Wer war Isaac? Der Wurm oder der Bär, der sich um den Wurm herum gebildet hatte?

»Jamey ist tot. Jemand hat ihn in einer Gasse auseinandergenommen.«

Annie blinzelte Isaac an. »Woher wissen Sie das?«

»Ich könnte dich ins Leichenschauhaus bringen, dann kannst du ihn dir ansehen ... Sie haben von seinem Gesicht nicht viel übriggelassen.«

»Jameys Killer, waren das kleine Leute mit Besenstielen in den Pranken? ... Wenn ja, dann arbeiten sie für den Fischer.« Sie konnte nicht Coote sagen, hatte sie doch dem König versprochen, diesen Namen niemals auszusprechen. »Ein alter Mann mit hohen Stiefeln. Ihm gehört ein Haus an einem gelben See. Wenn Sie früh genug aufstehen, können Sie die Lachse springen sehen.«

»Haben sie sich zerstritten, Dermott und der Fischer? Haben sie deshalb O'Toole umgebracht?«

Ganz egal, wie oft er sie aufschlitzte, niemals würde sie die Geheimnisse ihres Mannes preisgeben. Sie würde um den Esel trauern, ohne Isaac etwas zu sagen. »Legen Sie sich nicht mit dem alten Mann an«, sagte sie, »sonst enden Sie mit einem Lachs im Mund.«

Das Mädchen sprach in Rätseln, die Isaac nicht miteinander in Verbindung bringen konnte. Er würde sie aus der Enklave holen müssen, weg von diesen Hutzelweibern, aber vielleicht hob sie ihren Rock und zeigte der ganzen Ninth Avenue ihre Muschi. Das konnte Isaac nicht riskieren.

»Gehen Sie nach Castledermott«, sagte sie. »Da können Sie den gelben See sehen. Und Gott behüte, daß Sie ins Wasser pinkeln. Sonst gehen die Fische ein.«

Er ließ eine vor sich hin brabbelnde Annie zurück und verabschiedete sich von den drei Hutzelweibern. Seine Engel waren auf der anderen Straßenseite und beobachteten Annie aus einem Obst- und Gemüsemarkt heraus. Er kannte sie nicht. Seine ganze Truppe veränderte sich. Konnte er nicht zwei verdammte Engel auftreiben, die er kannte und denen er vertraute? Er würde im *neuen* Polizeipräsidium anrufen müssen und Cops mit freundlicheren Gesichtern anfordern, Gesichtern wie Manfred Coen. Seine Engel wurden Isaac langsam zu hart.

22

Langsam wich er vor der Centre Street zurück. Er konnte nicht denken, wenn eine ganze Armee von Handwerkern unter seinem Eckzimmer lärmte und Wände einriß, um für Rebecca Karp ein Kulturhaus zu bauen. Sie begruben Isaac unter einem Vorhang aus Staub. Er verbrachte seine Tage mit einem Taschentuch über den Augen. Sam legte ihn aufs Kreuz. Aber Isaac dachte ja nicht daran, vor der City Hall zu jodeln. Ganz egal, was ihm der Bürgermeister versprochen hatte, ganz gleich, was Sammy geschworen hatte,

Becky Karp und ihr Kulturkomitee würden ihn auf die Straße setzen.

Isaac ging in sein Hotel. Die Luden hatten schlechte Laune. Sie brüllten ihre schwarzen Mamas an. Jüngere Bräute strömten in die Stadt, die meisten von ihnen nicht schwarz. Es waren Ausreißer aus Sioux City, Bismarck, Pierre und Great Falls, kleine Schneeköniginnen, weiße Mädchen, kaum älter als zwölf, auch wenn ihre Leiber bereits ausgebrannt wirkten. Isaac verspürte einen aberwitzigen Drang, jeden Luden im Hotel zu verhaften und ihnen eins über die Rübe zu ziehen. Diese uralten jungen Gören gehörten in ein Waisenhaus und nicht ins Bordell. Sie waren Rekrutinnen aus den Nuttenfabriken von Minneapolis und St. Paul. Aber wenn Isaac sich zu erkennen gäbe, wenn er wie ein Hammer auf die Luden hinabfuhr, dann würde er seinen Pennerstatus verlieren. Er würde nicht mehr halb unsichtbar durchs Hotel schleichen können, ein alter Sack mit schwarzverschmiertem Gesicht und offenem Hosenstall.

Dennoch tat es ihm weh, diesen Mädchen so nahe zu sein und doch nichts für sie tun zu können. Sie hatten die mausigen Gesichter verschreckter, flugunfähiger Fledermäuse, die das Licht nicht ertrugen. Wenn es dunkler wurde, ging es ihnen besser. Die Mädchen trugen selbst im Hotel Sonnenbrillen. Isaac konnte sie auf ihren Plateauschuhen durch die Flure klackern hören. War es Dermott gewesen oder der liebe Arthur Greer, der diese Minneapolis-Connection aufgetan hatte? Mädchen mit rosigen Augen und einer Haut, die schon von bei der winzigsten Berührung eines kleines Fingers blau anlief. Ein unheimliches Gefängnis. Arthur und der König hatten Isaacs Hotel in eine Pension für übernervöse Zwölfjährige verwandelt.

Dermott konnte er nicht erwischen, also mußte sich Isaac erneut an Arthur halten. Er stürzte sich aufs Telefon, um genügend Beamte für eine Razzia zusammenzutrommeln. Er würde Arthurs Penthouse kurz und klein schlagen, wenn die Schwarzen dieser Minneapolis-Connection keinen Riegel vorschoben und ein besseres Heim für diese Mädchen fanden. Seine Leute mußten ihm ins Wort fallen. »Isaac, es gibt keinen Arthur mehr.« Der Freund aller Luden von Manhattan war vom Dach seines Penthouse gesprungen.

»Wann ist das passiert?«

»Heute nachmittag.«

»Ist er gestoßen worden?«

»Isaac, was meinen Sie damit? Arthur war allein. Wir haben die Türsteher befragt. Sie schwören, daß heute niemand zum Penthouse hochgegangen ist.«

»Dummköpfe«, schimpfte Isaac, »wer gibt auch nur einen Furz darauf, was ein Türsteher schwört? Türsteher können lügen. Wie jeder andere Mensch auch.«

Seine eigenen Leute wurden zu Vollidioten, wenn Isaac nicht in der Nähe war, um ihnen über ihre Holzköpfe zu streicheln. Arthur war nicht der Typ, sich umzubringen. Dazu liebte er sein Penthouse viel zu sehr. Schon mit neun war er ein Schläger gewesen. Er hätte niemals einen Fremden in seine Nähe gelassen, der ihn vom Dach schubsen könnte. Er war mit einem »Landsmann« zusammengewesen, als er starb. Arthur Greer war von einem vertrauten Gesicht umgebracht worden.

Isaac fragte sich, wessen vertrautes Gesicht das wohl sein mochte. Jemand folgte ihm auf der Straße. Eine Woche zuvor hatte er denselben Schatten gehabt. Morton Schapiro, der Ex-Cop, der auf den Revieren in der Bronx den Springer gemacht hatte. Captain Mort arbeitete angeblich für Arthur Greer. Isaac pfefferte ihn in einen Hauseingang und packte ihn an der Gurgel. »Dein Boß ist tot. Hast du Arthur Greer umgebracht?«

Captain Mort wirkte empört. »Isaac, lassen Sie mich los. Ich hab mit diesem schwarzen Luden nichts zu schaffen. Ich schwör's bei Gott. Ich hab eine Nachricht für Sie ... von Mangen.«

Dennis Montgomery Mangen war der Sonderstaatsanwalt. Der Gouverneur persönlich hatte ihn beauftragt, in *ganz* New York Jagd auf die Korruption zu machen. Aber Mangen befand sich auf einem Kreuzzug, die Polizei der Stadt zu säubern. Schon die bloße Erwähnung seines Namens genügte, um jedem Cop einen Schrecken einzujagen.

»Mangen möchte Sie sehen.«

Isaac umklammerte immer noch Schapiros Kehle. »Bist du eine von Dennis' Schmeißfliegen?«

»Ja, ich arbeite für Mangen.«

»Dann sag ihm, ich hätte keine Zeit für ihn.«

»Isaac, das wäre aber nicht sehr klug.«

Mangen hatte seine eigenen Leute, seine eigenen Spitzel, seine eigene *Grand Jury* als Vorprüfungsgremium. Er konnte einem schneller eine Anklage anhängen, als »Hizzoner« sich die Nase putzen konnte.

»Hör zu«, meinte Isaac. »Ich mag es nicht, wenn Dennis mir seine Schmeißfliegen nachschickt, die mir an der Hose kleben. Wenn er mich sehen will, soll er in mein Hotel kommen.«

»Sie machen Witze«, sagte Schapiro. »Mangen setzt keinen Schritt in diese Scheißhäuser.«

Isaac drückte noch einmal zu. Dann schleuderte er Captain Mort hinaus auf den Gehsteig und kehrte in sein Hotel zurück. Mangen tauchte eine Viertelstunde später auf. Er war erheblich jünger als Isaac, aber es gab gewisse Gemeinsamkeiten: Marshall Berkowitz und das Columbia College. Mangen war ebenfalls einer von Marshalls Schützlingen. Er war nach *Ulysses* und *Finnegans Wake* zur Polizei gekommen. Mangen war ein großgewachsener, streitsüchtiger Ire, der seine alten, zerfledderten »Einführungen« zu Joyce nicht wegwarf. Er trug Mitte September einen Mantel mit

Pelzkragen. Er setzte sich neben Isaac auf dessen Bett. Der Penner hatte keinen Stuhl in seinem Zimmer.

»Isaac, Ihre Polizei stinkt vom Kopf her.«

Isaac lächelte.

»Ich rede nicht von Ihnen«, sagte Mangen. »Ich will Tiger John haben.«

»Tiger John? Der Tiger ist für einen Police Commissioner ziemlich blöd.«

»Da gebe ich Ihnen recht. Trotzdem kriegt er seinen Anteil von jeder Nutte, die zwei Beine hat.«

»Dennis, ich hocke jetzt seit drei lausigen Monaten in dieser Absteige. Ich habe die Luden und ihre Miezen beobachtet ... die Pornoläden ... die Liebessalons ... Auf Tiger John bin ich dabei nie gestoßen.«

»Er kommt nicht selbst her zum Abkassieren. Er kann in seinem Präsidium hockenbleiben. Tiger John hat einen Anteil an dem Geschäft. Er hat neunzehn verschiedene Konten ... und dazu passende Falschnamen. Die Pseudonyme würden Ihnen gefallen. Sie beweisen mehr Phantasie, als John sie besitzt. Die Konten sind recht klein bestückt. Aber alles in allem belaufen sie sich immerhin auf hundertfünfzehntausend.«

»Dennis, wenn Sie so ein scharfer Hund sind, dann verraten Sie mir doch mal, wieviel ich auf der hohen Kante habe ...«

»Sie«, meinte Mangen, »sind ein armer Schlucker. Sie haben neunhundert Dollar auf drei verschiedenen Konten.«

»Oh, wußte gar nicht, daß es so viel ist«, sagte Isaac. »Es ist mir egal, ob Tiger John ne Million hat ... Wie bringen Sie die neunzehn Konten mit dem Nuttengeschäft in Verbindung?«

»Isaac, ich kann Ihnen doch meine Informanten nicht verraten.«

Mangen hatte stets seine »Informanten«. Er war bekannt

für die Ratten, die auf seiner Lohnliste standen. Und wenn er die Informationen nicht kaufen konnte, dann schleppte er die Leute vor seine *Grand Jury*. Ein »Anruf« von Mangen genügte, um die Karriere eines Mannes zu ruinieren. Er konnte Richter und Cops entehren und Bankdirektoren das Leben schwer machen. Aber seine »Informanten« wurden von Hysterie geplagt. Ein Bankdirektor sagte Dennis stets das, was er hören wollte. Mangen kommandierte seine zwei Stockwerke im World Trade Center wie einen Gestapoknast. Stellvertretende Staatsanwälte blafften hinter verschlossenen Türen, während man im Flur darauf wartete, hereingelassen zu werden, und Überwachungskameras Aufnahmen deines Gesichts auf Mangens Wände übertrugen.

»Dennis, wenn Sie Tiger die Knie abkauen, werden Sie von Sam unter Beschuß genommen. Die beiden sind zusammen in irgendeinem irischen County aufgewachsen. Sam wird auf seine alten Tage noch richtig populär. Wenn er brüllt, werden Sie es spüren. Das ganze Trade Center könnte ins Wanken geraten.«

»Sam lassen Sie mal meine Sorge sein«, erwiderte Mangen. »Helfen Sie mir lieber bei Tiger John.«

»Sie verwechseln mich mit einer Ihrer Schmeißfliegen. Der Tiger und ich hatten nie viel gemeinsam. Wir gehen uns weitestgehend aus dem Weg ... Wozu haben Sie Captain Mort angeheuert? Er ist vielleicht ein guter Laufbursche, aber als Cop ist er lausig.«

»Morton ist schon in Ordnung. Er tut mir ab und zu einen Gefallen.«

»Ich mag es nicht, wenn er mir am Rockzipfel hängt.«

»Warum? Ich hab ihn dorthin abgestellt, um Ihr Leben zu schützen.«

»Und wer versucht mich umzubringen?«

»Tiger John. Er hat den netten Arthur erwischt, und Sie erwischt er auch noch.«

Isaac betrachtete Mangen mit den schläfrigen Augen eines Penners. Der Wurm erwachte. Die Kreatur schlängelte sich durch Isaacs Gedärm. »Ich dachte, Arthur ist vom Dach gesprungen.«

»Ist er nicht. Er wurde gestoßen.«

Mangen besaß mehr Verstand als Isaacs blauäugige Jungs. Was Tiger John anging, hatte er allerdings einen kleinen Schaden.

»Dennis, haben Sie schon einmal etwas von einem Kerl gehört, den sie den Fischer nennen?«

»Nein. Wer soll das sein?«

»Ich bin nicht sicher. Angeblich ist er Dermott Brides Partner.«

»Ach der. Ein Schläger ... und Polizeispitzel. Er singt bei jedem Cop in Manhattan und der Bronx.«

»Merkwürdig«, meinte Isaac. »Bei mir hat er nie gesungen.«

»Der Tiger hat ihn Ihnen vorenthalten ... Dermott Bride gehört ihm. Und sie werden Sie genauso abservieren, wie sie Arthur und den kleinen Jim O'Toole erledigt haben.«

»O'Toole war Dermotts Mann«, sagte Isaac.

»Das spielt keine Rolle. Die Wichser wissen, daß ich ihnen auf die Schliche gekommen bin ... sie versuchen, jede Spur zu beseitigen, die sie auf der Nuttenmeile hinterlassen haben. Isaac, Sie werden denen lästig. Denen gefällt die Vorstellung gar nicht, einen Commissioner in ihrem Viertel zu haben, der sich als Penner ausgibt. Die würden Sie wegpusten, wenn ich nicht Mort beauftragt hätte, auf Ihre Gesundheit zu achten.«

Die Haare auf Isaacs Matratze mußten Mangen in die Nase gestiegen sein. »Wir sind schon ein komisches Gespann«, sagte er. »Sie, ich und Dermott. Wir alle sind aus Dekan Berkowitz' Hirn entsprungen. Die einzigen Väter, die ich je hatte, waren Marsh und Leopold Bloom. Wenn du mit Marshall Berkowitz eine Zeile aus *Ulysses* durchforsten kannst, dann kannst du auch der beste Staatsanwalt der Welt werden ... Die Frau ist ihm übrigens durchgebrannt. Armer Kerl. Seine dritte Ehe. Sind Sie Sylvia mal begegnet?«

»Ein oder zwei Mal«, sagte Isaac.

»Ein Flittchen, wenn Sie mich fragen. Ich habe Marsh versprochen, sie zu suchen, aber die Frau ist spurlos verschwunden.«

Was sollte Isaac sagen? Daß er sie in seiner Wohnung in der Rivington Street versteckte? Er gab Sylvia Gelegenheit, noch einmal ihre Ehe zu überdenken. Der First Dep hatte seit den Tagen im *Shelbourne* nicht mehr mit ihr geschlafen. Das war die reine Wahrheit. Mangen erhob sich von Isaacs Bett. Der Pelzkragen seines Mantels stand ihm schief um den Hals.

»Isaac, was ist eigentlich mit Ihrem Liebling passiert? Diesem Coen. Manfred Coen.«

»Ist mir weggestorben«, antwortete Isaac. »Letztes Jahr.«

»War ein netter Kerl. Mr. Blue Eyes.«

Mangen ging, und Isaac hörte lautes Getrampel auf der Treppe. Der Sonderstaatsanwalt war nicht ohne seine Armee an Schmeißfliegen zu Isaac gekommen. Wahrscheinlich hatte er auf jedem Treppenabsatz Männer wie Captain Mort postiert. Dennis war ein Engel mit Pelzkragen. Der Schmock glaubte wirklich, er schützte Isaacs Leben.

Mangen hätte Sylvia und Marsh nicht erwähnen dürfen. Der Wurm grub mit seinem widerhakigen Kopf und spießte Isaac von innen auf. Er ging hinaus, umrundete den Block einmal, um Mangens Leute abzuschütteln, und nahm dann ein Taxi zur Rivington Street.

Essenszeit in der Lower East Side war vorüber. Die koscheren Läden machten zu. Man konnte nicht mal mehr gebackene Bananen oder gelben Reis kriegen. Puertoricaner, Haitianer und Juden gingen nach Hause zu ihren Fernsehern. Isaac rechnete nicht damit, daß Sylvia ihn und seinen Wurm füttern würde. Er wollte Marshalls Frau nur mal guten Tag sagen.

Isaac entdeckte eine Uniform auf seinem Stuhl. Sylvia lag mit einem Streifenpolizisten von der Elizabeth Street im Bett. All die guten, taffen Cops stammten von der Elizabeth Street. Man mußte ständig die kleinen Kriege zwischen hundert verschiedenen Gesellschaften, Gangs und Spielhöllen schlichten, die rund um den U-Bahnhof Elizabeth Street lagen. Es war so, als sei man der weiße Pater in einem übellaunigen Viertel von Schanghai. Isaac wurde auf der Elizabeth Street schon geliebt und gefürchtet, lange bevor er First Dep wurde. Er hielt sich mit seinen Fäusten nicht zurück. Wenn Isaac einem den Schädel einschlug, dann gab es dafür sicher einen guten Grund. Er beschützte die kleinen Ladenbesitzer vor gierigen Cops und Kindern, ohne um eine Schüssel Reis zu bitten. Er war Isaac der Reine. Aber das war fünfundzwanzig Jahre her.

Dieser Streifenpolizist verschlief seinen Dienst in Isaacs Bett. Sylvia hatte die Augen aufgeschlagen. Der Anblick eines Bären im Zimmer beunruhigte sie nicht. Sie deutete auf den schlafenden Cop. »Das ist William.«

»Ich möchte den Burschen nicht wecken«, sagte Isaac.

»Mach dich nicht lächerlich. Bleib ein bißchen. William steht nie so früh auf. Möchtest du eine Tasse Tee, Isaac?«

»Nein, danke«, sagte er, und sein Magen knurrte nach Schinken, Käse, Salat, Senf und süßen Birnen.

»Dann steig endlich aus deinen Klamotten, um Himmels willen.«

»Sylvia«, meinte Isaac, »das gefällt William vielleicht nicht so besonders.«

»Das ist Williams Problem ... nicht unseres. Isaac, du siehst blaß aus. Warte nicht zu lange ... du erfrierst sonst noch in deiner Hose.«

Ach, zum Teufel. Warum sollte Isaac sich nicht neben einem schlummernden Cop in die Arme nehmen lassen? Er hatte so viele Enttäuschungen in den letzten Tagen erlebt. Die grünäugige Jenny bekam *sein* Kind ohne ihn. O'Toole war zu Tode geprügelt worden. Kindernutten überschwemmten sein Hotel. Rebecca Karp hatte mit Bürgermeister Sam geknutscht und sich einen Mietvertrag für Isaacs Haus gesichert. Annie Powell hockte mit drei irischen Hexen in einer Papierfestung und nickte Isaac nicht mal zu. Und jetzt nervte ihn Mangen noch mit Geschichten über Tiger John. Die Geschichten ergaben keinen Sinn. Tiger John war Sams Geschöpf. Er hatte nicht den Mumm, von der One Police Plaza aus eine Killerschwadron zu dirigieren. Da mußte jemand anderes dahinterstecken.

Der Bär zog sich aus und kletterte zu Sylvia und dem schlafenden Cop ins Bett. William stöhnte auf seiner Seite. Er hatte einen Alptraum. Er murmelte »Mama, Mama« und zog den Großteil der Decke zu sich. Ein Stück von einem seiner Beine ragte unter der Decke hervor. Die Haut am Schienbein war wie durchgebissen, und die Wadenmuskeln schienen sich in die Knochen zu bohren. Der Cop hatte anscheinend als Kind Rachitis gehabt. Isaac drang in Sylvia ein. Drei in einem Bett. Drei in einem Bett. Sylvia krallte sich in seinen Rücken und stöhnte lauter als der Cop. Isaac steckte in einer tiefen Verzweiflung. Um ihn herum starben Männer. Der Sonderstaatsanwalt hatte mehr Zugriff auf die Mörder von der Nuttenmeile, als Isaac von seinem stinkigen Hotel aus je hätte haben können.

23

Der Bär hatte es schwer. Er wußte nicht, wo er war. Dann fiel ihm ein, daß Sylvia zwischen ihm und Cop William lag. Der Bär war immer noch in der Rivington Street und wurde in seinem eigenen Bett von Sylvia Berkowitz umarmt. Bilder von Marshall, Mangen und Manfred Coen überkamen ihn. Der Wurm knabberte ganze Stücke von ihm ab. Sein Jammer war allumfassend.

Er zog sich an, ohne Sylvia und den Cop zu stören. Er schaute zu, wie die beiden Leiber sich rieben und knarzend Musik machten. Er war nicht eifersüchtig, daß Sylvia sich im Schlaf von Isaacs leerem Platz wegdrehte und nach William griff. Isaac mußte verschwinden.

Er ging zur Centre Street. Beckys Zimmerleute würden sich ja wohl nicht um zwei Uhr früh durch die Wände beißen. Das Kulturkomitee hatte in einer Woche ungeheure Fortschritte gemacht. Die Mistkerle hatten das Erdgeschoß komplett umgebaut. Sie putzten das alte Polizeipräsidium für eine Party zur Feier von Beckys Mietvertragsbeginn heraus. Die Politiker bewunderten sie. Sie hatte der City of New York ein Gebäude geklaut und war kurz davor, Isaac den Reinen, den einzigen Bewohner, vor die Tür zu setzen. All die großen Namen unter den Demokraten würden für Becky Karp herkommen. Rebecca verachtete Isaac. Sie verschickte an alle möglichen Leute Einladungen, nur nicht an ihn.

Das Telefon in Isaacs Büro klingelte. Verdammt. »Hallo«, sagte Isaac, »hallo, hallo.« Einer von Sammys Sekretären, der ebenfalls im Gracie Mansion wohnte. Der Ehrenwerte wurde wieder mal vermißt. Isaac brüllte in den Hörer. »Holt doch Becky Karp. Sie schuldet der Stadt noch einen oder zwei Gefallen. Soll sie sich ein Nachthemd krallen, um ihre Titten zu bedecken, und nach Sam suchen gehen.«

Seine miese Laune begann langsam an ihm zu nagen. Der Bürgermeister war ein alter Mann. Er hatte schon früher Probleme mit dem Gedächtnis gehabt. Vielleicht hatte er sich in einem Anfall von Senilität in den Straßen verlaufen. Isaac nahm ein Taxi zum Cherokee Place, wo er den Ehrenwerten zwei Monate zuvor im Schlafanzug spazierend aufgelesen hatte. Aber dort war kein Bürgermeister Sam. Isaac fragte sich, ob der Ehrenwerte vielleicht in einem irischen Club in der Gegend verschwunden war. Sammy war bei mindestens zwanzig von denen Mitglied. Sein Lieblingsclub waren die *Sons of Dingle Bay* auf der First Avenue. Die Söhne hatten extra eine Sauna eingebaut, weil dem Bürgermeister die Idee von einem Finnischen Dampfbad gefiel. Selbst um drei Uhr früh war der Club nicht ausgestorben. Isaac erkannte Lichtflecken hinter den Fensterläden im Erdgeschoß. Er mußte klopfen und seinen Namen brüllen, um reingelassen zu werden. »Isaac Sidel ... ich such den Bürgermeister.« Ein paar Cops im Ruhestand pokerten im Spielzimmer. Isaac hielt sich nicht lange auf. Vollständig bekleidet stürzte er sich in die Sauna. Der Bürgermeister saß auf der unteren Bank, ein Handtuch unterm Hintern, um sich vor dem heißen Holz zu schützen. Er war mit seinem Spielzeugcommissioner Tiger John dort. Zwei alte Männer in einem Raum, der wie ein großes Puppenhaus gebaut war, mit Steinen, die in einer Wiege glühten, welche in der Ecke stand. »Jungchen«, kommentierte der Bürgermeister, »du wirst schwitzen wie ein Schwein, wenn du dich nicht was freimachst.« Tiger pflichtete ihm bei. Sie schienen nicht sonderlich überrascht, daß Isaac in ihrem Raum aufgekreuzt war.

Der Schweiß tropfte ihm aus den Augen. Er spürte einen heißen Luftzug in den Ohren. »Euer Ehren, Sie sollten ein paar Ihrer Leute informieren, wenn Sie noch spät in den Club gehen. Die machen sich Sorgen um Sie, und dann rufen sie mich an.«

»Herr im Himmel«, meinte der Bürgermeister. »Man kann noch nicht mal allein weggehen und ein Schwitzbad nehmen, ohne die öffentliche Ordnung zu stören ... Jungchen, wegen mir hättest du nicht kommen brauchen.«

»Ich dachte, es würde Sie vielleicht etwas interessieren. Mangen hat mich in meinem Hotel besucht.«

»Aah, der große Gott persönlich. Was wollte er?«

»Er kam mit einer verrückten Geschichte über Nutten und Cops an.«

»Nutten und Cops?« wiederholte der Bürgermeister. Tigers Bauch hob und senkte sich weiter.

»War nicht weiter wichtig«, meinte Isaac. »Mangen befindet sich auf seinem üblichen Kreuzzug.«

Der Bär mußte hier raus. Mantel und Hose kochten. Er ließ Sammy Dunne und den PC auf ihrer Holzbank bei den glühenden Steinen in der Ecke zurück. Die *Sons of Dingle Bay* fluchten und schleuderten ihre Pokerchips hinter Isaacs tropfnassem Rücken umher. Vor dem Club parkte ein blauer Chevrolet. Am Steuer saß ein seltsamer Chauffeur, Coote McNeill. McNeill teilte sich mit Tiger John den dreizehnten Stock im neuen Polizeipräsidium. Er war der dienstälteste New Yorker Cop. Vor zwölf Jahren war er Chief Inspector geworden. Seine Untergebenen nannten ihn einfach nur »den McNeill«, weil er angeblich von einem berühmten Königsclan abstammte, der einst ganz Galway kontrolliert hatte, bis Oliver Cromwell den letzten McNeill köpfen ließ. Isaac hielt das für ausgemachten Blödsinn, aber wenn der alte Mann seine eigene Königslinie aufziehen wollte, warum sollte Isaac ihm da den Spaß verderben?

Der McNeill steckte seinen Kopf zur Seitenscheibe heraus. »Sidel, woher hast du denn so eine rote Birne?«

»Bin selber schuld. Ich war bei Sammy und John in der Sauna. Hätte mir die Socken ausziehen sollen ... Wartest du auf den Ehrenwerten?«

»Ja«, sagte der McNeill. »Irgendwer muß ihn ja nach Hause bringen. Sam ist nicht mehr so gut zu Fuß wie früher. Und vergeßlich ist er auch. Er könnte um die falsche Ecke biegen und seinen Amtssitz nicht wiederfinden.«

»McNeill, ist dir jemals ein Bursche namens Dermott untergekommen? Mangen schwört, er sei ein Spitzel.«

Coote McNeill spuckte in die Hände wie jeder König von Galway. »Das ist eigentlich ein Skandal, mein Junge ... Du glaubst Mangen mehr als uns. Du solltest ins Präsidium kommen, zu deinen eigenen Leuten. In der Centre Street wirbelt zuviel Staub herum, Isaac, und der ist dir wohl in die Augen gekommen.«

»Der Staub wird sich wieder legen«, antwortete Isaac. »Die fette Becky setzt mich an die frische Luft ... Du wirst mich früher zum Nachbarn haben, als du denkst.«

Bevor die Cops nach Chinatown umzogen, war Isaac der starke Mann des NYPD gewesen. Sämtliche unlösbaren Fälle, alle Rätsel landeten bei ihm. Seine blauäugigen Jungs schossen durch die fünf Boroughs und baggerten nach Hinweisen. Aber Isaac hatte sich schlafen gelegt. Er kroch zwischen Ratten und Mäusen im alten Präsidium herum. Jetzt herrschte Coote McNeill über Chinatown und die One Police Plaza. Mit einem ungeschickten PC wie Tiger John und einem abwesenden First Dep hatte McNeill das ganze Haus für sich. Das neue Polizeipräsidium gehörte ihm, einem kleinen alten Mann kurz vor der Pensionierung.

Isaac kroch in sein Hotel zurück. Sammys heiße Kiste im *Dingle* mußte den Wurm in Isaac beruhigt und seinen Kopf freigeräumt haben. Mangen war gar nicht so blöd. Irgendein beschissenes Tänzchen ging da ab zwischen Bürgermeister Sam und dem McNeill. Tiger John pendelte zwischen den beiden hin und her. Der PC war nur ein Laufbursche. Dieser senile alte Bürgermeister hatte Isaac die ganze Zeit an der Nase herumgeführt. Herzogs Bello, hatte Euer Ehren in der Synagoge in Queens gemurmelt. Herzogs Bello. Sammy war der Gerissenste von allen.

Und wie paßte Dermott ins Bild? War er ein passives Mitglied im *Dingle Bay Club*? Isaac fand alles ziemlich verrückt. Verrückter Scheiß. Sollte er eine Untersuchung gegen den alten Mann im Rathaus anstrengen? Er konnte noch nicht mal zwei gute Jungs auftreiben, die Annie Powell beschützten. Die Dinge glitten an Isaac dem Reinen vorbei. War der McNeill Annies Patenonkel? Das Ganze war eine ziemlich glückliche Familie, die Isaac da zu sprengen versuchte. Was machten da schon ein paar Leichen? Der Bürgermeister hatte seine Sauna. Die Welt mußte ja in Ordnung sein.

Annie Powell fühlte sich einsam ohne ihren Robinson Crusoe. Er war so was wie ein Zimmergenosse für sie gewesen. Jamey O'Toole. Am Schluß war er ihr auch nicht mehr lästig gewesen. Er mußte nicht auf den Flur verschwinden, wenn ein Freier kam. Annies Geschäfte lagen praktisch am Boden. Nicht mal mehr die altersschwachen irischen Matrosen kamen noch zu ihr. Sie beschimpfte sie und krähte Lieder, die bei ihnen keine Erinnerungen an die alte Heimat wachriefen. Sie sang nicht von Dublin. Sie sang von einem Fisch zwischen ihren Beinen, der jemandem gehörte, den sie den König nannte. Sie gab Dermott ein Ständchen übers Meer hinweg, rief nach ihrem Mann. Sie glaubte weder an das Wetter noch an die Spuren der Zeit. Sie weigerte sich einfach, im Herbst Unterwäsche, Strümpfe und Blusen zu tragen. Sie hatte einen Mantel, einen zerfetzten Slip und eins von den alten Unterhemden des Königs an.

Sie war einsam und allein, ganz, ganz allein ohne O'Toole. Der winzige Jim war ihr letzter Draht zum König gewesen. An ihm roch sie Connemara, Schafskot, Castledermott – das Haus, das nicht Dermotts Haus war –, die

Lachse, die im Wasser kämpften, den Qualm der Torffeuer, Bananen und Sahne, die tote Kuh auf der Straße. Mein Gott, sie war nur ein Mädchen in einem Juweliergeschäft gewesen, das Kunden ihr Lächeln verkaufte, bis Dermott sie dort rausholte. Aber er hätte sie nicht von ihrer Mutter kaufen sollen. Sie mochte es nicht, wenn ein Mann Bares für sie hinlegte. Den irren Blick in seinen Augen, das Schnappen seines Messers, das konnte sie ihm ja noch verzeihen. Ein Mann durfte Annie Powell sein Mal aufdrücken, wenn er sie nur genug liebte. Der König hätte sie nicht allein lassen dürfen.

Sie hockte bei den drei freundlichen Hexen der Ninth Avenue, Margaret, Edna und Mary Jane. Sie hatten Whiskey und heiße Kartoffeln, die die zahnlosen Hexen mümmeln konnten. Margaret, Edna und Mary Jane wollten nicht in Häusern leben. Sie haßten solch neumodischen Kram wie eine Küche, Töpfe und all das Zeug, Klospülung, Heizkörper, Fenster und Rohre. Sie hätten kein Dach überm Kopf ertragen können. Sie brauchten das Geheul, das nachts vom Fluß herüberwehte. Also campierten sie auf der Straße. Sie hatten ihr Heim aus Kisten, Kartons und Lumpen, die sie zu so etwas wie einem planlos angelegten Fort um sich herum verstreut hatten.

Die Mädchen hießen Annie Powell willkommen. Sie besaß sämtliche Merkmale einer Lumpenlady. Sie war eine jüngere, schönere Version von ihnen, eine Hexe mit verwüsteter Wange. Sie brabbelte genauso vor sich hin wie sie. Sie erzählte obszöne Geschichten über den irischen Mann, der über Jahrhunderte seine Eier einziehen mußte, weil er ständig auf der Flucht war. Sie trug dieselben zerlebten Dinge am Leib wie sie. Nichts paßte zusammen. Eine Socke war braun. Die andere grün oder gelb. Die Mädchen stammten aus Clonmel, Wicklow und Dun Laoghaire. Eine Hexe aus Sunnyside konnten sie akzeptieren. Aus der Grafschaft

Queens. Ein Flecken der alten Heimat. Annie besorgte ihnen Whiskey. Sie ließen die Flasche kreisen. Die Mädchen waren Witwen, die ihre Männer bereits vor vierzig oder fünfzig Jahren verloren hatten. Sie kannten sich aus mit der Liebe. Sie konnten sich noch an die Nächte unter der Decke erinnern. Heilige Mutter Maria, da ist ein Mann in meinem Nachthemd! Was macht der da? Die Ehemänner waren jung gestorben. Wenn die Erinnerung daran sie packte, veranstalteten sie ein fürchterliches Geheul auf der Ninth Avenue. Mit ihrer Jammerei brachten sie den Verkehr zwölf Blocks weit zum Erliegen. Sie sahen Annie Powell an und erkannten, daß sie ein Mädchen mit Liebeskummer war.

Annie heulte nicht mit Margaret, Edna und Mary Jane. Wie soll man denn einen Lebenden betrauern? Oh, Tote gab es schon genug. Aber ihr König saß in Dublin und frühstückte mit den Fischerleuten Würstchen und Orangenmarmelade. Was sollte eine Frau da tun? An der Festung aus Kartons fuhr ein Auto vorbei, ein blaues Auto mit einem alten Mann hinterm Steuer. Sein Buckel kam Annie nicht ganz unbekannt vor. Wann war denn Coote, der Fischer, von Castledermott nach Americky und auf die Ninth Avenue gekommen? Annie stieg in ihren zerfetzten Röcken über die Kisten und rief hinter dem blauen Wagen her, damit sie mit dem Fischer reden, ihn nach dem König fragen konnte. »Coote«, sagte sie, »warte auf mich.«

Der Wagen hielt am Ende des Blocks. Annie, die Hexe, ging hin und steckte ihren Kopf zum Fenster hinein. »Wie geht es Ihnen, Mr. Coote?«

Der Fischer lächelte. »Fit wie ne Fiedel«, sagte er. »Und wie geht's dir, meine Liebe? In letzter Zeit mal wieder im Nebel verlaufen?«

»Es nebelt nicht oft in New York«, entgegnete Annie.

»Wirklich zu schade, daß ich dir nicht so helfen kann wie damals in Connemara. Ich hab dich vom Cashel Hill geholt.

Ich und meine Jungs. Aber bei schlechtem Wetter sollte man wirklich nicht picknicken gehen ...«

»Möchten Sie eine Süßkartoffel, Mr. Coote? Ich kann Edna bitten, Ihnen eine zu backen.«

»Danke, meine Liebe, aber ich leide an Verstopfung. Sidel muß mir wohl seinen Wurm vermacht haben.«

»Wer ist Sidel?«

»Du kennst ihn. Der Bursche, der in Pennerklamotten durch die Gegend rennt.«

»Father Isaac«, sagte sie.

»Hast du dich mit ihm unterhalten, meine Liebe? Hast du ihm von Dermott und mir erzählt?«

»Kann mich nicht erinnern.«

»Er ist ein übler Zeitgenosse, dieser Father Isaac. Hat er sich dir unzüchtig genähert?«

»Niemals. Er spendiert mir gern Champagner. Er hält mich für seine Tochter.«

»Du meinst die berühmte Marilyn? Die war schon siebenmal verheiratet.«

»Da muß ihr was jucken ... Ich möchte keine sieben Ehemänner unter meiner Haut stecken haben ... Wie geht's dem König? Hat er inzwischen eine Neue?«

»Nein, nein«, sagte der Fischer. »Du bist seine Süße. Er macht sich Sorgen um dich, Liebes. ›Warum steht meine Annie auf der Straße?‹ fragt er.«

»Ich schulde ihm Geld. Das muß ich zurückzahlen.«

»Was für Geld?«

»Er hat mich für fünftausend Dollar meiner Mutter weggenommen.«

»Fünftausend? Die kannst du dir von mir leihen.«

»Was hätte das für einen Sinn? Ich würde meine Schulden nur herumschieben ... Wenn er seine Annie von der Straße haben will, Mr. Coote, dann soll er mich holen, sagen Sie ihm das.«

»Mach ich«, sagte der Fischer. Er fuhr davon und ließ Annie zurück, der ihr König durch den Kopf schwirrte. Sie aß eine Süßkartoffel mit den Mädchen. Sie soff irischen Whiskey. Sie dachte an Marilyn. Wie war das wohl, siebenmal eine Braut zu sein? Annie war nur einmal verheiratet gewesen, aber damit gleich zweimal zur *Braut* geworden. Dermotts Braut. Brides Braut. Das Ganze war ein Witz. Alles die Schuld des Königs und seines Esels. Der Esel hatte sie in der Kühle einer irischen Kirche weggegeben. Sie mußte den Trauring vom Finger nehmen. In dieser Kirche lag nur wenig Zauber. Sie war immer noch Annie Powell, dieselbe Annie. Dermotts heimliche Braut.

Sie trank Whiskey mit Margaret, Edna und Mary Jane. Die drei Hexen verstanden den ruhelosen Kampf der Knie unter Annies Rock. Sie war wie eine Kuh, wie eine wildgewordene Kuh ohne Gefährten. Der Whiskey hatte sie in ein rauhes Fieber getaucht, von dem sie verrückt wurde. »Bridey«, murmelte sie. »Die Braut von der Little Bride Street.« Oh, sie hatte Halluzinationen. In ihrem wilden Gebrabbel fing sie an, die Straßen von Dublin zu zählen. Sie kletterte über die Barrikaden. Schachteln zerfetzten unter ihren Füßen. Lumpen quollen heraus. »Gute Nacht«, sagte sie, und die Sonne schimmerte auf ihrem Haar. Selbst die Mädchen besaßen noch genug Verstand, um den Unterschied zwischen Tag und Nacht zu erkennen. »Nacht«, sagte sie, »gute Nacht«, und sie schlurfte davon in die Gosse. Annie hatte keinen Penny mehr in ihrem Rocksaum. Sie wollte durch die Bars ziehen und irische Lieder singen, wie eine Straßenmusikerin, alles für ein paar Pint Whiskey für die Mädchen. Aber sie kam nie auf der Südseite der Ninth Avenue an.

Die Mädchen hatten den Verkehr für sie beobachtet. Wie sie da in ihrer Festung hausten, hatten sie eine Art sieb[t]en Sinn entwickelt. Sie konnten die meisten Katastrophen spüren, die Hexen von Clonmel, Wicklow und Dun Laoghaire.

Sie hätten geschrien, wenn sich die Autos vor Annie verdichtet hätten. Aber dann tauchte aus dem Nichts ein Taxi auf und fuhr Annie Powell über den Haufen. Es war nicht aus dem fließenden Verkehr aufgetaucht, diese bösartige, wütende Maschine, die ein Mädchen über den Kotflügel schleudern und verschwinden konnte. Das Blut peitschte in langen, langen Schnüren aus Annies Mund. Sie bebte in der Luft, erhob sich unter der Wucht dieser Maschine, und ihr Rücken zerbarst beinahe in zwei Teile, als sie dann in den Rinnstein stürzte und sich ihre Oberschenkel aus den zerfetzten Röcken lösten. »Heilige Mutter Gottes«, kreischten die Hexen und durchbrachen ihre Barrikade, um zu Annie Powell zu gelangen.

Teil Sechs

24

Er hatte das Mädchen umgebracht, er, Isaac, der große Boß. Er hatte Annie Zweiertrupps wildfremder Jungs aus seinem Büro anvertraut. Er hätte jeden einzelnen Leibwächter persönlich überprüfen müssen, den er zu ihr abkommandierte. Aber er war ja zu blöd, ins Präsidium zu gehen. Er leitete seine Truppe von einem alten Verlies aus, das schon bald Rebecca von den Rockaways gehören würde. Er konnte nicht mehr sagen, wer eigentlich für ihn arbeitete. Er mußte in seinem Büro anrufen, um auf dem laufenden gehalten zu werden. Seine blauäugigen Engel hätten die Geißel der City sein sollen. Aber diese Engel stürzten ab. Sie kamen sich bei verschiedenen Jobs und Nachforschungen gegenseitig in die Quere. Es gab keinen Isaac mehr, der sie verhätschelte und ihre Angriffe koordinierte. Ohne Isaac den Reinen waren sie entwaffnet.

Der Chef hatte einen Wurm in sich. Der Wurm verwirrte ihm den Verstand. Er hatte sich zurückgezogen, lebte in einem verratteten Hotel, um den Nuttenmarkt New Yorks offenzulegen. Seine Pennerklamotten hatten ihm gar nichts genutzt. Die Luden machten sich über die Holzkohle auf seinen Gesicht lustig. Sein Hotel war eine Kantine für zwölfjährige Prostituierte aus dem Mittelwesten. Er bekam kein Bein in die Tür. Er schaute sich hier und da um, und darüber vergaß er, Annie am Leben zu halten.

Nachdem sie nun tot war, wurde Isaac aktiv. Es gelang ihm nicht, das Taxi aufzustöbern, das sie überfahren hatte, aber er setzte sich mit Annies Mutter in Verbindung. Mrs. Powell verfluchte ihn am Telefon. Sie wollte nicht ins Leichenschauhaus, um Annie zu sehen. »Meine Tochter ist in Irland. Sie ist mit einem lausigen Dieb abgehauen. Ich wünschte, ich könnte sagen, er ist ein Jud. Aber er ist so irisch wie Kardinal Cooke. Dermott Bride hat meine Annie ... er hat meine Tochter. Also erzählen Sie mir nichts von dieser Leiche, die Sie da aufgegabelt haben. Ist mir egal, und wenn Sie der Commissioner des heiligen Patrick persönlich wären. Wenn Sie mich noch mal belästigen, verklag ich Sie.«

Sie legte einfach auf. Sollte Isaac ihrer Tochter ein katholisches Begräbnis organisieren? Der Wurm zappelte nein. Irgendeine Trauerfeier mußte er aber für Annie Powell arrangieren. So sehr vom Glauben abgefallen, wie er war, gehörte er doch immer noch den *Händen von Esau* an, der Bruderschaft jüdischer Cops. Seinen Blue Eyes Manfred Coen hatte Isaac mit Hilfe der *Hände von Esau* begraben lassen. Er luchste ihnen auch ein Grab für Annie ab. »Jüdisches Mädchen«, nuschelte er. »Vergeßt ihren Namen ... ich brauche ein hübsches Fleckchen.«

Die *Hände von Esau* heuerten rechtgläubige Männer an, um das Kaddisch für Annie Powell zu sprechen. Isaac fuhr im Leichenwagen mit hinaus nach Queens. Er warf Erdklumpen auf Annies Sarg, als sei er ihr ein Vater gewesen. Die Totengräber hatten Mitleid mit Isaac. Sie boten ihm eine Zigarette an. Aber der First Dep wollte nicht an Annies Grab rauchen.

Er kehrte nach Manhattan zurück und setzte seine Apostasie für sieben Tage aus. Er campierte bei den Hexen von Clonmel, Wicklow und Dun Laoghaire auf der Ninth Avenue. Er saß Schiwa hinter ihrer Barrikade, hielt die vorgeschriebene Trauerzeit ein, und die Hexen kreischten. Mit ihrem langanhaltenden Geschrei verschreckten sie Händler und Cops. Als sie des Jammerns müde wurden, stopfte Isaac ihnen Kartoffeln in den Mund. Er ließ die Hexen nicht verhungern.

Er hockte auf seiner Kiste und rührte sich nur, wenn er Kaffee wollte oder seine Blase entleeren mußte. Er wusch sich nicht. Er hatte keinen Stuhlgang. Er fütterte den Wurm nicht. Sein Kinn wurde ganz dunkel von den Stoppeln, die dort wuchsen. Er magerte entsetzlich ab.

Nach diesen sieben Trauertagen stand er auf und ging in sein Hotel. Er war mitten in einer Krise heimgekehrt. Die schwarzen Nutten, neunzehnjährige Mädchen, hatten eine Rebellion angezettelt. Sie fühlten sich von ihren Luden betrogen, die Zwölfjährige ins Haus holten, weißer Abfall aus den Scheunen von Minneapolis und St. Paul. Die schwarzen Nutten konnten keinen Mann von der Straße locken. Ihr Geschäft war völlig zusammengebrochen. Nur die Freaks wollten noch was von ihnen. Alle verlangten nach den kleinen Schneeköniginnen mit ihren Babytitten. Also mußten die schwarzen Nutten in den Hotelfluren mal böse werden. Sie stürzten sich auf die kleinen »Quarkgesichter« und rissen ihnen die Klamotten von ihren mageren Leibern. In zerfetzter Unterwäsche konnten die Schneeköniginnen ja schlecht auf Freierjagd gehen. Sie versteckten sich zu fünft und sechst auf einem Zimmer und zitterten im Angesicht des heiligen Zorns der schwarzen Nutten, die mit glühenden Augen durch das Hotel patrouillierten.

Das konnte nicht lange gutgehen. Die Luden stiegen aus ihren roten Cadillacs, als sie nicht ein einziges kleines Quarkgesicht mehr auf der Straße entdeckten. Sie marschierten ins Hotel und beendeten die Rebellion. Sie befreiten die Kleinen aus ihren Zimmern, zogen ihnen andere Sachen an und schubsten sie hinaus, um Freier anzulocken. Sie wirkten wie große, übel malträtierte Puppen. Und dann übten die Luden Rache.

Als Isaac das Hotel betrat, waren sie gerade dabei, die schwarzen Nutten zusammenzuschlagen und auf sie einzutreten. Die Luden kümmerten sich nicht um den alten Penner, der sieben Tage Schiwa gesessen hatte und nun zugestaubt war und schwarze Stoppeln im Gesicht trug. Wohin er auch schaute, entdeckte er blutige Münder. Die schwarzen Nutten verloren fast alle Zähne. Es sah so aus, als wäre Isaac in ein Massaker an zwanzig Kühen geraten. Genauso hörte es sich auch an. Das Jammern war schrecklich für ihn. Der Angriff der Luden auf die schwarzen Nutten ließ ihn die Denkweise eines Cops vergessen. Er hätte gar nicht genug Handschellen für alle Luden im Hotel gehabt. Das Stöhnen, das ständige Kuhgeblöke, fuhr Isaac in den Magen und machte ihn verrückt vor Wut. Der Wurm feuerte ihn dabei noch an. Isaac raste durchs Hotel und drosch blindlings auf jeden Luden ein, dem er begegnete. Er schlug ihnen die Hüte zu Boden. Er biß ihnen in seiner blinden Wut in die Ohren. Er ruinierte ihre Fünfzig-Dollar-Westen. Die schwarzen Huren waren perplex. Noch nie hatten sie einen solchen Rächer wie diesen alten Penner gehabt. Isaac murmelte vor sich hin, während er einen Luden nach dem anderen zu Boden schleuderte. »Betet zu Dermott, ihr reizenden Jungs ... Ich mach dieses beschissene Hotel dicht ... Annie ist wegen mir und euch gestorben ... Jetzt kann euch der König nicht mehr beschützen.«

Die Luden, die letzten von ihnen, diejenigen, die noch auf den Beinen waren, taten das Bestmögliche: Sie verständigten die Muschipatrouille des Reviers Midtown South. »Schickt die Cops, Mann ... Bei uns tobt ein Irrer herum. Der bringt noch alle um, ich schwör's bei Moses, der bringt hier noch alle um.«

Acht Detectives kamen. Sie gehörten zum Büro des First

Deputy. Isaac selbst hatte diese Sondereinheit ins Leben gerufen, um die Luden daran zu hindern, ihren eigenen Frauen weh zu tun. Allerdings litt die Muschipatrouille unter der Abwesenheit ihres Chefs. Für sie war Isaac nur noch ein Phantom. Niemand in der Einheit hatte den First Dep je zu Gesicht gekriegt. Die Moral der Truppe war schlecht. Statt die Huren zu beschützen, hatten sie sich mit den Luden verbündet.

Die acht Beamten waren entsetzt über das Blut und den Dreck in dem Hotel. Sie hatten die letzten zwei Tage in ihrem Dienstzimmer geschlafen. Sie verachteten alles, was mit dem widerlichen Gestank der Straße zu tun hatte. Sie waren vom Einbruchsdezernat abkommandiert worden. Irgendein Idiot aus Isaacs Büro hatte ihnen das Leben versaut. Sie hingen quasi in der Luft, waren Cops auf Abruf. Ein Anruf aus dem Präsidium hatte sie zur Muschipatrouille versetzt. Es gab keine schriftliche Order. Ein weiterer Anruf konnte sie wieder abziehen und über der Bronx abwerfen. Wenn man »auf Abruf« bereitstehen mußte, konnte man sich auf nichts verlassen.

Sie waren nicht in der Stimmung, einen randalierenden alten Penner zu besänftigen. Sie wollten wieder zurück in ihre Diensträume auf dem Revier Midtown South, um den restlichen Nachmittag zu verpennen. Sie erwischten Isaac im ersten Stock, wie er gerade das Ohr eines Luden zwischen den Zähnen hatte. Das war völlig blödsinnig. Diese Sache ließ sich nicht friedlich schlichten. Sie würden den verrückten Hurensohn verhaften müssen. Sechs von ihnen stürzten sich auf Isaac. Die anderen beiden packten seine Beine. Sie konnten ihn entweder umbringen oder in Handschellen aufs Revier mitnehmen. Auf dem Flur standen jede Menge schwarzer Nutten herum. Die Huren behielten Isaac scharf im Auge. Jetzt mußten sich die Detectives streng an ihre Vorschriften halten und den Penner offiziell einbuchten. Der Älteste unter ihnen, ein Detective Sergeant, zog die »Rechte«-Karte aus seiner Brieftasche und begann, Isaac vorzulesen.

»He, du Wichser, du bist verhaftet. Du hast das Recht zu schweigen und die Aussage zu verweigern. Hast du das kapiert?«

Isaac knurrte ihn an. »Friß deinen Arsch«, fauchte er.

»Wie heißt du, du ...?«

»Moses Herzog McBride.«

»Hör zu, McBride, alles, was du sagst, kann vor Gericht gegen dich verwendet werden. Wieder verstanden?«

»Friß deinen Arsch.«

Der eine oder andere Detective bohrte Isaac sein Knie in den Unterleib.

»Du hast das Recht, einen Anwalt zu konsultieren, bevor du mit der Polizei sprichst. Außerdem hast du das Recht, jetzt und in der Zukunft bei allen Befragungen einen Anwalt dabeizuhaben. Wieder verstanden?«

»Mein Anwalt ist Tiger John. Geht mit dem Tiger spielen.«

»Ein Scherzkeks«, meinte der Detective Sergeant. »Und ein verdammter Irrer obendrein ... Du hast das Recht zu schweigen, bis du Gelegenheit hast, mit deinem Anwalt zu sprechen. Also mach's mir nicht so schwer. Bist du bereit, unsere Fragen zu beantworten, oder nicht?«

»Friß deinen Arsch.«

Sie schleiften Isaac aus dem Hotel, verfrachteten ihn in einen ihrer Wagen und fuhren ihn aufs Revier. Die Muschipatrouille schaltete und waltete dort völlig autonom. Schließlich waren sie Spezialisten, extra vom Präsidium eingesetzt. Der Diensthabende konnte ihnen scheißegal sein. Sie konnten alle Cops ignorieren, die sich außerhalb ihres Dienstzimmers befanden. Also schleiften sie Isaac am Diensthabenden vorbei und brachten ihn nach oben. Der Penner weigerte sich, sich für eine Leibesvisitation auszuziehen. Sie schlugen ihn und schüttelten ihn aus seinen Klamotten. Sie machten Fotos von Isaac, wie er mit seinem nackten Schwengel dastand. Sie zerrten ihn über einen Tisch, spreizten ihm die Arschbacken und suchten in seinem Rektum nach verdächtigem Material. Vielleicht hatte dieser Moses Herzog McBride ja Diamanten oder Koks in seinem Hintern. Der Penner war sauber, aber er war mit Pocken und vielen Narben übersät. Auf Isaacs Rücken und Brust waren die verschiedenen Kriege nachzuverfolgen. Der Penner mußte an die dreißigmal niedergestochen worden sein. Unter der rechten Brustwarze hatte er eine Narbe, einen kreisrunden Hautknubbel, der so aussah, als hätte ihm jemand einen Eispickel hineingerammt. Die Polizisten befingerten Isaacs wundersame Narben. »He, McBride, warst du in Korea? ... Haben dich die Schlitzaugen in die Mangel genommen?«

»Nein«, meinte Isaac mit dem Arsch in der Luft auf dem Tisch. »Ich bin auf der Polizeiakademie aufgemischt worden, als ich mit den Rekruten gespielt habe.«

Sie kriegten aus dem Witzbold nichts heraus. Sie sperrten ihn in den Käfig und gaben ihm seine Sachen nicht zurück. Sollte der Mistkerl doch eine Weile bibbern. Sie wollten erst mal ihre Ludenakten durchgehen und nach Gesichtern suchen, die dem des alten Penners ähnelten. Vielleicht war er ja ein Psycho, der was gegen Luden hatte. Wenn sie seine typische Arbeitsweise herausbekamen und seinen Stammbaum kannten, machten sie mit diesem Penner vielleicht doch noch einen großen Fang und erhielten eine Belobigung von dem mysteriösen First Dep, der überall und nirgends war.

Der Penner pißte in den Käfig. Die Polizisten waren stinksauer auf ihn. Sie wollten ihn gerade auf den Kopf stellen und seinen Schopf als Mop benutzen, als sie einen weiteren alten Mann im Raum bemerkten. Der Mann sah aus wie ein

Detective, der vor die Hunde gegangen war. Seine Jacke war speckig und ausgebeult, und er brauchte dringend eine Rasur. Isaac erkannte ihn: Mangens Schmeißfliege, Captain Mort.

»He«, fauchte der Detective Sergeant, »was zum Teufel haben Sie hier zu suchen?«

»Ich will den Häftling«, sagte Morton. »Ziehen Sie den Kerl an, und übergeben Sie ihn mir.«

Die Muschipatrouille brüllte Captain Mort unisono an. »Wir haben ihn noch nicht offiziell eingelocht. Wir plaudern nur in aller Freundschaft miteinander. Wir müssen ihn runter zur Elizabeth Street bringen.«

Die Schmeißfliege fixierte sie wütend. »Ich an eurer Stelle würde ihn nicht einbuchten ... hinterher ist es euch nur peinlich.«

»Wie sind Sie überhaupt hier reingekommen?«

»Ich klebe der Muschipatrouille immer an den Hacken«, meinte Morton. »Das ist meine Spezialität.«

Das Gebell der Detectives war nicht mehr so laut. »Wer sind Sie?«

»Schapiro. Ich arbeite für Dennis Mangen.«

Die allmorgendliche Pennerei im Dienstzimmer hatte ihren Verstand noch nicht völlig getrübt. Sie wußten alle vom Sonderstaatsanwalt. Mangen. Allein der Name genügte, um einem die Eier grau werden zu lassen. Kein Commissioner konnte einen vor dem großen Gott Dennis bewahren. Aber nur mal angenommen, dieser Schapiro hier erzählte Lügengeschichten? Konnte schließlich jeder mit Mangens Namen bluffen.

»Warum sind Sie denn so scharf auf diesen Kerl?« murmelte der Detective Sergeant bereits etwas respektvoller.

»Ich bin nicht scharf auf ihn«, sagte Schapiro. »Er ist Mangens Baby.«

Die Cops linsten in den Käfig und beäugten Isaacs Narben und seinen Schwanz. »Wer ist dieser verschissene Penner?«

Captain Mort ließ all seine Verachtung für die Muschipatrouille erkennen. Er grinste ekelhaft und verschluckte dabei fast seine Ohren. »Euer Chef. Isaac der Mutige.«

Die Detectives erstarrten in ihrem eigenen Dienstzimmer. Ihre Münder waren urplötzlich trocken und weiß geschwollen.

»Hört nicht auf den«, brüllte Isaac aus dem Käfig. »Bringt mich in die Elizabeth Street. Ich will nackt eingebuchtet werden.«

Die Muschipatrouille wußte nicht, was sie nun glauben sollte. »Wir haben ihn gefilzt ... Die Dienstmarke eines Commissioners haben wir bei ihm aber nicht gefunden.«

»Glaubt ihr, er ist so blöd wie ihr?« meinte Morton. »Der First Dep trägt kein Abzeichen bei sich, wenn er auf geheimer Mission ist.«

Die Detectives waren verzweifelt. Dann betrat Dennis Mangen persönlich das Dienstzimmer. Das war der Beweis, um den sie gefleht hatten. Sein Pelzkragen und seine aristokratische irische Nase waren unverkennbar. Sie balgten sich förmlich darum, Isaac aus dem Käfig zu lassen.

»Chef«, sagten sie, »Chef, tut uns leid ... Sie hätten was sagen sollen ... Wir hätten Ihnen doch sofort geholfen, jeden Luden in New York kleinzumachen.«

Isaac stieg in seine Hose. Wer hatte diese Schlaftabletten nur zur Muschipatrouille versetzt? Isaac jedenfalls nicht. Kein Wunder, daß die Luden und Nutten einfach so auf dem Times Square herumspazierten. Isaac verspürte den fürchterlichen Drang, ihnen links und rechts ein paar Ohrfeigen zu verpassen und sie in den eigenen Käfig zu sperren. Wer würde sie schon vermissen, wenn sie einen Monat eingesperrt blieben? Ihre Frauen? Ihre Töchter? Sie hatten verschreckte Karnickelaugen. Sie taten Isaac allmählich leid. Er würde sie im Amt lassen. Waren sie auf der Straße nicht genau deswegen so impotent, weil er sich rar machte?

Mit Mangen und Schapiro verließ er das Revier. »Dennis, scheuchen Sie die Schmeißfliege weg, okay?«

»Isaac, Sie sollten wirklich etwas netter zu Captain Mort sein. Er ist wie ein Schutzengel zu Ihnen gewesen.«

»Blödsinn«, entgegnete Isaac. »Sie haben einen Luden in mein Hotel eingeschleust, das ist alles. Der Lude hat Morton gerufen, und Morton hat sich dann bei Ihnen gemeldet.«

Dennis nickte der Schmeißfliege kurz zu, und Schapiro verschwand blitzschnell die Straße hinunter.

»Mangen, ich wünschte, Sie würden mich mal einweihen ... Suchen Sie unter der langen Unterhose von Tiger John nach dem Bürgermeister?«

Mangen starrte ihn düster an. »Ich steh mich gut mit Sammy. Auf den Tiger habe ich es abgesehen.«

»Und was ist mit McNeill?«

»Der alte Mann? In zwei Wochen geht er in Ruhestand. Was soll ich mit dem Chief Inspector, wenn ich den PC haben kann?«

Isaac trennte sich von ihm. »Bis dann, Dennis ... Ich laß mir nicht gern von aufgedonnerten Staatsanwälten unterm Arm lecken. Wenn Sie reden wollen, rufen Sie mich einfach an.«

»Isaac, passen Sie auf sich auf. Diese Jungs könnten ziemlich unangenehm werden. Der Tiger hat seine eigene Schrotflintentruppe.«

»Ich paß schon auf, Dennis. Glauben Sie mir. Ich brüll nach Captain Mort, wenn's kracht. Machen Sie's gut.«

25

Isaac war viel zu aufgekratzt, um in sein Hotel zurückzukehren. Er hätte doch nur wieder Luden aufgemischt. Isaac der Mutige, der sich durch die Gesellschaft gestört fühlte, in der er sich befand. Er war in ein Nuttenhotel gezogen und hatte sie alle bemuttert. Die schwarzen neunzehnjährigen Mädchen jammerten über ihr Alter. Die kleinen Schneeköniginnen schleiften ihre zarten Leiber vor ihm auf und ab. Scheiß auf die City of New York. Isaac war der First Dep. Konnte er nicht eine Heilige Schrift fabrizieren, eine heilige Verfügung ohne Richter und Sonderstaatsanwälte? Konnte er nicht Dermott in die Suppe spucken, indem er jede Nutte und jeden Luden von der Straße holte? Natürlich nicht offiziell, das Ganze. Isaac würde die Luden in einem Geheimversteck zwischenlagern und sie mit dem Kleingeld füttern, das dem First Dep zur Verfügung stand. Die Civil Liberties Union würde ihm auf den Rücken steigen und ihn zu Boden ringen. Richter würden ihn mit Unterlassungsverfügungen zuscheißen. Die Luden müßten wieder freigesetzt werden.

Mangen hätte ihn in diesem Käfig lassen sollen. Er hätte mit freibaumelndem Schwengel tanzen können. Wäre doch eine tolle Sache gewesen, den First Deputy Commissioner von New York einzulochen. Zur Anhörung hätten sie ihm allerdings ein Hemd überwerfen müssen. Schließlich ist es nicht erlaubt, nackt vor den Richter zu treten. Welche Kaution würden sie wohl für Isaac den Reinen festlegen? Die Kautionssteller würden ihn anwiehern. Sie würden es eine Travestie nennen. Isaac in Handschellen, weil er in einer miesen Absteige über Luden hergefallen war. Die *Times* blies es vielleicht zu einem sagenhaften Skandal auf. Im Rathaus wäre man ratlos, auf wessen Seite man sich schlagen sollte. Sollte sich der Bürgermeister hinter Isaac oder hinter die Richter stellen? Die Mistkerle würden ihm seine Dienstmarke wegnehmen. Nein, Dennis hätte ihm diesen Spaß wirklich nicht verderben dürfen.

Isaac beschloß, in seinem Büro zu übernachten. Rebecca Karp hatte nicht die Macht, ihn aus der Centre Street auszusperren. Da müßte sie ihm schon die Vollzugsbeamten auf den Hals hetzen. Und die konnte er noch einen weiteren Monat aufhalten.

Die Centre Street war an diesem Abend nicht dunkel. Überall brannten Lichter für Rebeccas Eröffnungsparty. Aus Fenstern und Toren wehten Fahnen. Auf dem alten Balkon des Police Commissioners schwebten Ballons. Isaac umging den Lärm von Beckys Leuten, all die kleinen Demokraten, die sich in ihr Kulturkomitee eingeklinkt hatten. Er nahm den Privateingang des Commissioners auf der Rückseite des Gebäudes und stahl sich unbemerkt von Beckys Spionen hinauf in sein Büro. Die Party raste um ihn herum ihrem Höhepunkt entgegen. Er hörte donnernde Kesselpauken unter seinen Füßen. Tubas dröhnten durch die Wände. Jedes Arschloch in New York machte Party mit Rebecca von den Rockaways.

Demokraten schlichen durch die Flure. Überall gab es Gekicher. Isaac knirschte mit den Zähnen. Der Lärm in seinen Ohren stammte nicht von den Demokraten. Der Wurm sprach mit ihm. Das Miststück sang ihm was vor. Aber wer konnte schon einen Sinn in dem Gequatsche eines Wurms erkennen? Jemand schlich sich in Isaacs Büro. Der First Dep drehte das Licht aus. Er hoffte, dieser wanderlustige Demokrat würde wieder verschwinden. Isaac konnte ihn im Schein des Fensters sehen. Er hatte blaue Augen. Ein Schauder durchfuhr den First Dep. Ein Spuk suchte ihn heim. Der Junge war Manfred Coen.

Isaac gab dem Wurm die Schuld. Dieses Stück Scheiße in

seinem Bauch konnte mit einem völlig bescheuerten Lied die Geister der Toten rufen. Isaac hatte keine Angst, mit einem Geist zu sprechen. »Blue Eyes«, sagte er. »Manfred?«

Der Bursche erschrak fürchterlich. Er hatte den Mann in den Pennerklamotten hinterm Schreibtisch nicht bemerkt. »Entschuldigung ... ich hab die Herrentoilette gesucht.«

»Bist du nicht Manfred Coen?«

»Nein«, antwortete der Bursche. »Ich bin Scamotti, Stellvertretender Bürgermeister für Verbraucherschutz.«

Isaac brüllte ihn an. »Verpiß dich gottverdammt aus meinem Büro!« Scamotti stürzte hinaus. Isaac verfluchte seine einundfünfzig Jahre. Er hatte einen Wurm, der ihm Trugbilder vorgaukelte. Das Miststück konnte ihm mit diesem Gekneife in seinem Bauch einen Star verpassen. Dieser Wurm ernährte sich von Isaacs Blut. Er liebte Zucker und andere Leckereien. Isaac hatte Manfred verloren, seinen Engel. Er hatte niemanden mehr, mit dem er Dame spielen konnte. Warum konnte der Wurm nicht Annie Powell zurückholen?

Die Party ging Isaac dem Reinen gewaltig auf die Nerven. Er konnte vor lauter Kesselpauken und Roastbeefduft nicht schlafen. Die Demokraten verschlangen ihre Sandwiches in der Haupthalle. Isaac ging hinunter und schloß sich der Party an.

Männer und Frauen starrten ihn wütend an. Die Frauen hatten ihre Beine enthaart und trugen Juwelen zwischen den Titten. Die Männer trugen Krawattennadeln und ließen unter ihren Dinnerjacketts Manschetten aufblitzen. Sie waren nicht hergekommen, um sich mit einem Penner zu unterhalten. Isaac stürzte sich auf die Sandwiches. Der Wurm hatte ihn ausgehungert. Er mußte das Miststück füttern oder mit solchen Schmerzen im Gedärm herumlaufen, die ihm die Knie beugten und ihn vor Verzweiflung wimmern ließen. Er schaufelte sich Roastbeef, Schinken und Hühnersalat in den Mund, wie es jedes Schwein von einem First Deputy tun würde. Er stand neben Marshall Berkowitz und seiner Frau. Dann mußte Sylvia wohl zu Marsh zurückgekehrt sein. Der Dekan gönnte Isaac kein Lächeln.

»Marsh?« sagte Isaac. Der Dekan wandte sich ab.

Dann stieß Isaac auf den PC. »Hallo, John.« Tiger John war angeblich sein Chef. Aber der zog in Isaacs Gegenwart nur die Schultern ein und zitterte. Ohne den Bürgermeister von New York war John völlig hilflos. Das Truthahnsandwich zerfiel ihm in den Fingern. Senf tropfte auf seine Schuhe. Isaac fragte sich, wie viele Sparbücher er wohl unter seinem Pullover verstaut hatte. John würde seinem Schicksal nicht entgehen. *Renn, Johnny, renn, bevor sich Dennis auf dich stürzt.*

»Haben Sie diese Woche schon Ihr Bad genommen?«

»Äh, wie bitte?« fragte John.

»Die Sauna im *Dingle* ... haben Sie mal wieder mit Sammy die trockene Hitze genossen?«

»Nein«, stammelte John.

»Gut. Von diesen verdammten Steinen kriegst du nur Herzrasen. Man erzählt sich, daß Leute daran gestorben sind ...«

Isaac ließ ihn mit seinem aus dem Leim gegangenen Truthahnsandwich und dem Senf auf den Schuhen hinter einer Säule stehen. Sylvia Berkowitz ergriff seinen Ellbogen und ließ ihn nicht entkommen. Sie hatte sich wieder mal von ihrem Gatten davongestohlen. Isaac saß zwischen Sylvia und einer Kesselpauke in der Falle. Was für eine beschissene Musik hatte Rebecca engagiert? Isaac sah sich immer wieder um, aber vor seinen Augen erstand keine Band. Tubas und Pauken standen um die Treppe herum wie Waisenkinder. Jedes Instrument atmete seine eigene irre Melodie. Rebecca veranstaltete eine Party, auf der die Tubas sich mit sich selbst unterhielten, Tubas und Pauken. Das verwirrte den First Dep. Er konnte mit all den kreischenden Melodien keinen Frieden schließen. Marshalls Frau war sein einziger Trost. Er lächelte und wollte ihr gefallen.

»Ich bin froh, daß du zu Marsh zurückgekehrt bist ...«

Doch seine Worte verärgerten Sylvia nur, und sie bleckte die Zähne. »Dazu mußtest du mich nicht auch noch entführen«, fauchte sie. »Zwei deiner Bullen haben mich aus deiner Wohnung geholt. Sie haben mich auf Marshalls Schoß gesetzt. Du Mistkerl, du hättest wirklich etwas höflicher sein können.«

»He, das waren nicht meine Leute.«

»Und woher sind sie dann gekommen? Wie viele Leute wußten denn, daß ich auf deiner Matratze schlafe?«

»Mangen ... Mangen war's. Der hat mir seine Schmeißfliegen an die Hacken geklebt. Dennis hat dich entführt, nicht ich ...«

Sylvia glaubte ihm kein Wort. »Schieb das ja nicht Mangen in die Schuhe«, sagte sie. »Der würde nicht mit einer Lady ins Bett steigen und sie dann einfach sitzenlassen.«

Sylvia zog ab und machte sich auf die Suche nach Kanapees. Isaac wünschte sich, er wäre nicht ins Erdgeschoß gekommen. Aber er wollte auch nicht mit dem Geist von Blue Eyes in seinem Büro sitzen. Also kreiste er umher. Er knabberte an verschiedenen Sandwiches. Sein Glück führte ihn direkt vor die Nase seiner neuen Hausbesitzerin Mrs. Rebecca. Sie gackerte ihn nicht an und beklagte sich auch nicht darüber, daß er uneingeladen in ihre Party geplatzt sei.

»Isaac, wie ich höre, ist eine Freundin von dir gestorben ... Ein Mädchen ... Annie Powell.«

»Wer hat dir das erzählt?«

»Der Sonderstaatsanwalt.«

Hatte Mangen einen direkten Draht zu Isaacs Wurm? Das war nicht fair. *Der Mistkerl hat mich in der Hand.* Isaac widerte sich selbst an. Aber es fiel ihm noch ein, sich bei der Hausbesitzerin für ihr Interesse zu bedanken.

»Isaac, warum bist du so dürr geworden?«

»Sieben Trauertage«, sagte er. »Ich hab nicht viel gegessen.«

»Du hast für eine Nichtjüdin Schiwa gesessen?«

»Warum denn nicht?«

Sie drückte dem First Dep einen Kuß auf die Wange. Für eine Vermieterin hatte sie ziemlich feuchte Lippen.

»Isaac, ich hätte nicht gedacht, daß du unter all dem Fell auch ein Herz hast. Ein Cop, der sich seine eigene Religion zurechtschustert ... Das kommt überraschend.«

Isaac mußte fort von ihr, sonst fing sie noch an, mit ihm zu diesen verrückten Tubas zu tanzen. Dann erspähte er diesen Scamotti, den blauäugigen stellvertretenden Bürgermeister. Isaac schüttelte sich. Wer war dieser Scamotti? Es mußte Coen sein. Manfred konnte einfach nicht in Frieden ruhen. Er hatte noch eine Schwalbe zuzustellen, eine Botschaft. Sich selbst. Er mußte Isaac Sidel, seinem Mörder, einen Besuch abstatten. Isaac hatte Coen benutzt, hatte ihn den Guzmanns als Köder vorgeworfen. Coens Lohn war sein Tod gewesen. Isaac wollte diesen Scamotti entzwirbeln und beweisen, daß er Manfred Coen war.

»*Du*«, sagte Isaac scharf. Die Hälfte der Demokraten in der Haupthalle drehte sich nach dem Penner mit dem grimmigen Gesicht um. Scamotti versteckte sich vor ihm. Isaac landete beim Bürgermeister und Mr. und Mrs. Pears. Melvin hatte offenbar seine Differenzen mit Sam beigelegt. Der Anwalt plauderte ungezwungen mit dem Ehrenwerten. Demokraten jedweder Couleur waren wieder unter Sams Regenschirm in der City Hall zurückgekrochen.

»Mutter Gottes«, sagte der Bürgermeister. »Isaac, was ist denn mit dir passiert? Du bist nicht mehr der Mann, der mit mir Wahlkampf gemacht hat. Sind sie dir irgendwo aufs Fell gesprungen? Junge, sieh zu, daß du wieder was auf die Rippen bekommst.«

»Es ist nichts weiter, Euer Ehren. Ich bin in Trauer, das ist alles.«

»Wer ist dir denn weggestorben?« fragte der Bürgermeister.

»Niemand. Nur die Freundin eines gewöhnlichen Diebs. Annie Powell.«

Der Name schien Sam nichts zu sagen. Isaac wollte »Hizzoner« im Beisein von Mr. und Mrs. Pears nicht weiter aushorchen. Jennys grüne Augen machten ihn traurig. Er erinnerte sich an das lebendige Ding, das in ihr wuchs, *sein* Kind. *Lady, ich hab auch ein Ding in mir, einen Wurm, der sich in eine Kanonenkugel verwandeln kann, größer als jeder Fötus auf der Welt. Das Miststück kann kreischen und krallen wie die Hölle. Ich tausche die Bälger mit dir.*

Jennifer konnte das Pfeifen in seinem Schädel nicht hören. Sie fand Isaac in seinen Trauerkleidern attraktiv. In Cop-Hosen mochte sie ihn nicht besonders, wenn er wie ein richtiger Commissioner herumstolzierte. Lieber war er ihr zerzaust und verwirrt. Kummer und Leid und die richtige Art Stoppeln im Gesicht brachten den Charakter auf seinen Wangen zur Geltung. Er wirkte jünger auf sie, wie ein kleiner Junge mit schütter werdendem Haar. Sie trug das Kind dieses Mannes in sich. Mit einem Mal verspürte sie nur noch Verachtung für Mel. Sie wollte sich nicht mehr von ihm anfassen lassen. Ihr Gemahl verbrachte seine Nachmittage mit Rebecca Karp. Das machte Jennifer nicht eifersüchtig. Sollten sie sich ruhig gegenseitig mit ihren bärenhaften Umarmungen erdrosseln, wenn ihnen danach war. Aber Isaac hätte nicht so ausgemergelt zu ihr kommen dürfen. Mel verwandelte sich in ihren Augen in einen dicklichen Dummkopf, einen Anwalt in Cowboystiefeln, der sich bei einem alten irischen Bürgermeister einschleimte, der über den Kindergarten nie hinausgekommen war.

Am liebsten hätte sie sich mitten unter all den Demokraten mit Isaac auf dem Boden gerollt. Politik war ein Witz, fand sie. Vor zwei Monaten noch konnte sich dieser Bürgermeister nur nachts in der Stadt bewegen. Seine Beamten rebellierten gegen ihn. In der City Hall fertigte man ihn wie den letzten Idioten ab. Seine Assistenten plünderten seine Akten. New York hatte einen Schattenbürgermeister: Rebecca Karp. Auf Rebeccas Schoß hockten Richter, Banker, Mel und Sams Assistenten. Sie konnte die Stadt in den Schlaf wiegen oder mit einem Aufschrei und einem Klaps Katastrophen auslösen. Aber der alte Bürgermeister war gerissen. Er nahm Isaac mit in die Synagogen und betrog Rebecca Karp um den Sieg in den Vorwahlen. Jetzt mußten sich die Demokraten überschlagen, um dem Bürgermeister den Arsch zu küssen. Und Melvin hatte sich in der Schlange eingereiht, um auch zu küssen, küssen, küssen.

Nur einer hielt auf Distanz zu Sam. Isaac der Penner. Zwischen ihnen mußte es zu einer deutlichen Abkühlung gekommen sein. Isaac bettelte den Bürgermeister um nichts an. Er sagte kaum hallo zu *ihr*. Wer war dieses Mädchen, um das er trauerte? Irgendeine kleine Gangsterbraut. Er ließ sie stehen, ließ sie mit einem Mann zurück, der sie Sam aufdrängte, damit »Hizzoner« ihre Titten beäugen konnte.

Isaac wollte schon wieder nach oben verschwinden. Er hatte genug von den Demokraten in der Haupthalle. Unter Beckys Leuten konnte er nicht leben. Sie brabbelten genauso vor sich hin wie die Tubas und die Kesselpauken. Er wollte nur diesen Scamotti erwischen. Er wollte einen letzten Blick von Blue Eyes erhaschen. Statt dessen geriet er an Dekan Berkowitz. Marshall war solo.

»Marsh, ich mußte sie von der Straße holen, um Himmels willen ... Sie schlief in Telefonzellen, als ich sie aufgegabelt habe. Ich konnte sie ja wohl schlecht zwingen, zurück in Ihr Bett zu klettern. Was hätte ich denn tun sollen?«

Der Dekan blieb unversöhnlich. »Sie sind eine falsche

Schlange, nichts weiter. Sie haben mich getröstet und gleichzeitig meine Frau vernascht ... und Sie haben mein Amt mißbraucht, um Kriminelle ins Columbia College einzuschleusen. Gott weiß, wie viele Dermott Brides ich Ihretwegen noch gefördert habe.«

»Marsh, ich war nicht Dermotts Rabbi. Haben Sie mir nicht selbst erzählt, wie sehr er auf Joyce abgefahren ist? Er war Ihr Lieblingsschüler, bevor er nach Yale gegangen ist.«

»Das haben Sie ihm alles eingetrichtert, Isaac, Sie haben ihm beigebracht, wie er nach Leopold Bloom schnüffeln muß.«

»Sie sind ja verrückt. Ich habe jede Zeile dieses Buches längst vergessen. Der Mist ist mir schon vor Jahren wieder rausgebrannt worden.«

»Cops vergessen nie etwas«, tobte Marshall. »Und Sie sind der größte Bulle von allen.«

Isaac war die Schlange auf Rebeccas Party. Demokraten blinzelten ihn an. Frauen zerrten ihre Männer aus seiner Reichweite. Brot verwandelte sich in seiner Hand in Watte. Er konnte nicht mal ein Sandwich essen. Die Schlange hatte kein Glück. In einer Gruppe junger Anwälte stolperte er dann zufällig über Dennis. Mangen war gekommen, um Rebecca die Hand zu schütteln und ihr in Isaacs Gebäude Erfolg zu wünschen. Isaac packte ihn und zerrte ihn von den Anwälten fort. Sie waren entsetzt. Sie konnten nicht glauben, daß der Sonderstaatsanwalt es zuließ, von einem Penner angefaßt zu werden.

Isaacs Augen loderten. Er sah aus wie Ahab, der in einem alten Trockendock auf der Jagd nach Walen war. Auf seiner Stirn erschien eine tiefe Furche. Seine sieben Trauertage hatten ihn von der ganzen Menschheit entfremdet. Die Haare auf seinem Schädel standen ihm wie ein wirrer Knoten zu Berge.

»Sie Dreckskerl ... *Sie* haben Sylvia Berkowitz gekidnappt.«

»Ich habe nur zurückgebracht, was Sie gestohlen haben. Wo ich herkomme, hat ein Mann ein Anrecht auf seine Frau.«

»Dennis, Sie leben schon zu lange nur mit Ihren Vorladungen. Sie glauben, Sie könnten sich einfach jemanden schnappen und ihn irgendwo abliefern. Bei Gericht, in einem Ihrer Gefängnisse. Sylvia ist eine freie Frau. Sie gehört keinem Dekan des Columbia College ... Das nächste Mal, wenn Ihre Schmeißfliegen in meiner Wohnung auftauchen, brech ich ihnen das Genick. Sie haben Stinktiere und verpißte alte Männer um sich geschart. Ich bin nicht wild auf Ihre Rattenarmee.«

»Das sollten Sie aber, Isaac. Diese Rattenarmee hat Ihnen bisher das Leben gerettet.«

»Und ich habe auch die Schnauze voll von Ihren Ammenmärchen. Gott bewahre mich vor Beschützern wie Morton Schapiro ... Sie spielen gern Geschichte. Erzählen Sie mir doch noch mal, wie Dermott dazu kommt, Polizeispitzel zu sein?«

»Fragen Sie den König. Er kann für sich selber antworten.«

»Wie denn, wenn er in Dublin sitzt?«

»Dermott ist in New York.«

»Ich habe ihn nicht gesehen«, meinte Isaac.

»Werden Sie schon noch. Er wird das Land nicht verlassen, ohne sich bei Ihnen zu bedanken. Schließlich haben Sie seine Frau für ihn begraben.«

Mangen verschwand und mischte sich wieder unter seine jungen Anwälte. Isaac schmorte langsam das Hirn durch. Warum erfuhr *er* Neuigkeiten immer als letzter? Isaac befehligte ein Riesenheer an Spitzeln und Cops, die durch die City trampelten. Keiner von denen hatte Dermott Bride auch nur mit einer Silbe erwähnt. Scamotti streifte ihn. Isaac hielt Blue Eyes fest. »Manfred, verarsch mich nicht.«

Scamotti lachte.

Isaac erkannte Coens Zähne. Coens roten Mund. »Wenn du mich haßt, Manfred, dann sag es mir ins Gesicht. Ich tanze nicht gern mit Gespenstern.«

»Sie tun mir weh«, sagte Scamotti. »Loslassen.«

Es hatte keinen Zweck. Manfred wollte nicht zugeben, daß er es war. Isaac mußte weiter mit einem Gespenst leben. Er verließ die Demokraten und stapfte nach oben.

26

Die Party tobte weiter unter Isaac. Beckys Leute schienen kein Zuhause zu haben. Würden die Demokraten an der Wand stehend schnarchen? Isaac hörte komische knabbernde Geräusche. Irgendwer fraß das Holz außerhalb seines Büros. Isaac war das egal. Der Mistkerl konnte seine Schränke und Besen ruhig angreifen. Isaac fiel in einen Traum über Blue Eyes. Blue Eyes und Annie Powell. Die beiden waren in Dublin. Isaac wimmerte, wie er Blue Eyes und Annie mit den Enten durch Stephen's Green waten sah. Es mußte Sommer sein. Manfred trug kein Hemd. Die blonden Brusthaare wurden naß. Annie hatte ihr Kleid bis weit über die Knie gerafft. Die Enten wurden ganz wild beim Anblick ihrer Schenkel. Sie quakten die Narben an, die von ihrem Unterleib bis zu den Kniescheiben reichten. Sie saßen tief, wie zauberhafte Geburtsnarben, so, als ob Frauen ihre Kinder aus den Oberschenkeln bekamen.

Isaac stöhnte in seinem Sessel. Das knabbernde Geräusch war näher gekommen. Die Party hatte sich schlafen gelegt. Die Demokraten waren wohl woandershin weitergezogen.

Isaac fand endlich Ruhe. Er schlug ein Auge auf und sah zwei kleine alte Männer in der Dunkelheit kauern. Mitten im Oktober trugen sie Wollkäppis und breite Halstücher, unter denen man das Gesicht eines Mannes hätte verbergen können. Das bißchen Licht, das von den Straßenlaternen hereinfiel, verlieh ihnen fette Schatten, die sich an Isaacs Wand hochbuckelten. Die Schatten schwankten unter der Last der Gegenstände, die die alten Männer auf ihren Armen trugen. Es hätten zwei Babys mit langen Köpfen sein können. Profis, murmelte Isaac bei sich. Nur ein Bulle oder ein Killer würde eine Schrotflinte mit derart inniger Zärtlichkeit halten. Er duckte sich hinter seinen Schreibtischsessel.

Die Schrotflinten fetzten Bleistifte und Tassen vom Tisch. Holz zersplitterte über Isaacs Ohren. Die Explosionen hätten eine ganze verdammte Ewigkeit um Isaac aufreißen können. Das war die Folter für das, was Isaac Coen angetan hatte. Er würde mit dem Krachen zweier Schrotflinten im Ohr leben müssen. Sie ließen den blöden Kerl nicht mal sterben.

Dann wurde es wieder still. Isaac hörte einen der alten Männer sagen: »Scheiße.« Sie schlurften davon. Isaac kroch unter seinem Schreibtisch hervor und richtete sich an der Vorderseite auf. Die Schrotflinten waren fort. Da waren keine alten Männer mit Wollkäppis mehr, die Bleistifte von seinem Tisch ballerten. Morton Schapiro stand über ihm, Captain Mort. »Die Wichser sind entkommen«, sagte er. »Ich konnte es nicht mit beiden aufnehmen.«

»Wer war das?«

»Keine Ahnung. Für mich sahen die aus wie Cops.«

»Du warst doch auf den meisten Revieren, Mort ... Hast du sie nicht erkannt?«

»Ging nicht«, sagte Morton. »Sie waren vermummt.«

»Komische Kerle waren das ... Mit Wollkäppis auf den

Schädeln. Morton, was zum Teufel hast du auf meiner Etage zu suchen?«

»Mangen hat mir gesagt, ich soll hierbleiben. Er meinte, vielleicht würde Sie heute nacht noch Besuch kriegen.«

Dennis war tatsächlich sein Rabbi. Und Isaac hatte einen neuen Engel, Captain Mort. Er war nicht sicher, ob es die beiden alten Männer mit ihren Flinten ernst gemeint hatten. Sie hatten eine Menge Holz getroffen, aber Isaac hatte nicht einen Kratzer abbekommen. Kein Haar hatten sie ihm versengt. Captain Mort hatte sich ihnen in den Weg gestellt, hatte ihre Halstücher und diese verteufelten Flinten gesehen. Isaac mußte sich bei der Schmeißfliege bedanken.

Morton war entzückt über das spröde Lob, das Gemurmel aus Isaacs Mund. »Jetzt kannst du nach Hause gehen«, sagte Isaac.

Morts Gesicht verdüsterte sich. »Und wenn sie wiederkommen?«

»Bestimmt nicht. Morton, die haben Angst vor dir.«

An dem zersplitterten Holz konnte er nicht viel ändern. Er würde in einem Meer aus Spänen arbeiten müssen, bis Rebecca ihn vor die Tür setzte. Er sammelte die zerschossenen Bleistifte und Tassen vom Boden auf. Dann setzte er sich hinter seinen Schreibtisch. Er fühlte sich so behaglich wie nur was. Die Ankunft der beiden alten Männer war nur ein Vorgeplänkel gewesen. Der ganze Unsinn nur, um Isaac zu Tode zu erschrecken. Er wußte, was als nächstes passieren würde. Er würde nur ein wenig warten müssen. Der Hauptakt würde beginnen, sobald sich der Flintenrauch gelegt hatte.

Ein Mann tauchte in der Tür auf. Isaac mußte nicht mal blinzeln. »Dermott«, meinte er. »Nicht so schüchtern. Komm rein.«

Der König betrat Isaacs Büro. Er war klein, und so erinnerte sich Isaac auch an ihn. Er hatte krähenschwarzes Haar und für einen Iren recht eigenartige Gesichtszüge. Woher hatte er nur diesen dunklen Teint? Gab es in der Bronx Zigeuner, die sich unter die Baracken-Iren der Clay Avenue und von Crotona Park North mischten? Oder reichte seine Blutslinie noch weiter zurück? Vielleicht stammte er von einer geheimen Rasse dunkelhäutiger Iren ab, von Seefahrern aus der Levante, die vor vierhundert Jahren die Liffey hinaufgesegelt waren und sich in Blackrock angesiedelt hatten. Isaac schaltete das Licht ein. Die Augenbrauen des Königs bauschten sich auf seiner Stirn. Dermott hatte die richtigen Leute, um Isaac auseinanderzunehmen. Aber niemand schien gewillt, ihn zu ermorden.

»Da hast du mir ja ein hübsches Pärchen geschickt. Hast du sie mit den Halstüchern und allem ausstaffiert?«

Die käferschwarzen Augen starrten Isaac ausdruckslos an, bis sie das halbe Gesicht des Königs einnahmen. »Isaac, O'Toole ist die einzige Gang, die ich je hatte. Und der ist fort.«

»Und was ist mit den Clay Avenue Devils?«

»Himmel, ich bin von den Devils abgehauen, da war ich noch keine achtzehn. Wenn Sie schon wollen, daß ich meine Vergangenheit auskotze, Isaac, dann könnten Sie mir wenigstens einen Platz anbieten.«

»Setz dich«, sagte Isaac, und der König hockte sich auf den einzigen anderen Stuhl im Büro. Der First Dep hatte es nicht so mit der Gastfreundschaft. Ein kahles Zimmer war ihm lieber.

»Also, wenn die Halstücher nicht zu dir gehörten, was sollte dann der ganze Witz? Du bist doch nicht blind, Dermott. Du bist über den Schutt gelaufen, den sie hinterlassen haben. Zwei alte Männer mit Wollkäppis haben vor zwanzig Minuten mein Büro zerschossen.«

»Zu mir gehören sie nicht, das sagte ich doch schon.«

»Und warum bist du dann hier? Hat Tiger John dich geschickt? Sollst du mich warnen, daß ich ja nie wieder in

Mangens Nähe auftauche? Weißt du, Dennis behauptet, du wärest sein Spitzel. Ich hab ihm gesagt, er hätte nichts als Scheiße im Hirn.«

Der König lachte. »Seit wann sind Sie mir gegenüber denn so loyal?«

»Mach dir doch nichts vor«, brummte Isaac. »Ich habe achtzehn Sondereinheiten. Ich hätte es längst spitzgekriegt, wenn irgendein Cop dich auf der Liste führen würde. Dermott, mich interessiert eins. Sieht so aus, als hätte ich dich ins Columbia College gebracht. Ich hab den Bericht gelesen, den ich damals für Marshall Berkowitz geschrieben habe. Du kannst mich umbringen, aber ich kann mich beim besten Willen nicht mehr erinnern, dir je begegnet zu sein.«

»Oh, das sind wir aber. Oft sogar. Wir haben lange Gespräche geführt, Sie und ich, als ich noch bei den Devils war.«

»Ich habe mich mit Arthur Greer unterhalten. Er war Präsident des Clubs.«

»Aber Arthur ist nicht aufs Columbia College gegangen.«

Isaac klingelte immer noch die Musik der Schrotflinten im Ohr. Sein Kopf war ein einziger Trümmerhaufen aus Knochen und Blut. Wieso konnte er sich an Arthur erinnern, den sie vom Dach geschubst hatten, aber nicht an den kleinen Dermott?

»Worüber haben wir uns denn unterhalten?«

»Immanuel Kant.«

Der König log. Bronx-Ganoven mit schwarzen Haaren konnten unmöglich auf Kant stehen.

»Sie haben mir Bücher zu lesen gegeben«, sagte Dermott. »Dostojewski ... Kant ... James Joyce ... aber nicht nur Literatur. Wir haben über die South Bronx geredet ... über den Untergang von Crotona Park.«

Isaac mußte altersschwach geworden sein. Schlägt die Senilität schon mit einundfünfzig zu? Die Guzmanns, diese

Luden von der Boston Road, hatten ihn ruiniert. Sie hatten ihm eine clevere Dosis an Geschlechtskrankheit verpaßt: einen syphilitischen Wurm, der ihm Schwanz und Hirn wegfraß. Isaac hatte dem kleinen Dermott also Kant und Dostojewski nahegebracht, konnte sich aber an kein einziges Wort mehr erinnern.

»Mit welchen anderen Cops hast du geredet?«

»Wieso?«

»Weil es eine Notiz von O'Roarke, meinem toten Chef, gibt, in der er mich bittet, dich aufs College zu bringen.«

»Dieser O'Roarke ist nie in unserem Clubhaus aufgekreuzt. Ich schwör's. Er hat sich nicht mit den Devils getroffen.«

»Und wer hätte ihm von dir erzählen können?«

»Jeder ... damals waren wir stadtbekannt. Die Devils gingen in der Bronx Streife.«

»Und du, du bist von der Columbia nach Yale gewandert, hast hallo und auf Wiedersehen zu Marshall Berkowitz gesagt, durch Marsh hast du von Shem und Shaun und den Mächten der Liffey erfahren, und du hast Marshalls Seminar erfolgreich abgeschlossen, um danach der Kriegsherr aller Luden in Manhattan zu werden.«

»Und was haben Sie bei Marsh gelernt? Durch die Straßen zu stürmen und Leuten die Köpfe einzuschlagen? Der große Bulle, der im Dreck stochert und sich verkleidet, damit er irgendeinem Gauner an die Wäsche kann. Das Problem mit Ihnen ist, Isaac, Sie haben keinen Dichter, der Ihre Taten feiert.«

»Ich bin ja auch nicht scharf darauf, berühmt zu werden«, entgegnete Isaac. Er mochte diesen dunkelhaarigen Kerl immer weniger, diesen Zigeuneriren von der Clay Avenue. Er verspürte den Drang, den König an den Ohren zu packen und ihn gegen die Wand zu schleudern.

»Was ist dein Geheimnis, Mr. Bride? Wie konntest du

siebzehn Jahre lang unsichtbar bleiben? Ein Nuttenchef ohne Gesicht. Warum haben wir deinen Stammbaum nicht bei den Akten? Wir hatten Seiten um Seiten über Arthur Greer … Ich hätte dir alles über jede einzelne Furche auf seinen Knöcheln oder die Länge seines Schwengels sagen können.«

»Arthur war nicht glücklich, wenn er nicht im Mittelpunkt stand. Er hatte Richter und Filmbosse zu Gast. Ich war der Stille. Ich hab mein Näschen saubergehalten.«

»Hübsche Geschichte«, sagte Isaac. »Aber großteils Scheiß. Irgendein Cop muß dich gedeckt haben … Du hast schlechte Angewohnheiten für einen König. Ein König sollte gnädig zu seinen Freunden sein. Er sollte nicht still dasitzen, wenn sie sterben.«

»Isaac, was zum Teufel geht in Ihrem Kopf vor?«

»Ich habe nicht mitbekommen, daß du um Arthur und deinen O'Toole trauerst.«

»Es geht Sie überhaupt nichts an, wie ich trauere und um wen.«

»Dein Onkel, der Geldeintreiber McBride. Wo zum Teufel steckt der?«

»In Sicherheit«, sagte Dermott. »Der Onkel kommt Ihnen nicht unter die Finger.«

»Und Annie Powell? Wenn du erst mal eine Geliebte abgelegt hast, dann war's das auch, nehme ich an.«

Isaac lächelte, als Dermott in die Tasche griff. Er konnte schon vorhersagen, daß da ein Messer wie ein langer Zahn zum Vorschein kommen würde. Der Ellbogen des Königs bildete eine perfekte Linie. Diese Linie schwankte nicht, sie wich nicht ab.

»Willst du mir das Gesicht zerschneiden, mein Lieber?«

»Nein«, meinte der König. »Ihr Gesicht interessiert mich nicht. Auf Ihre Kehle hab ich's abgesehen.«

Isaac rührte sich nicht. Er pokerte, daß Dermott noch

nicht soweit war, ihn mit dem Zahn zu stechen. »Arthur hat für dich gelogen, als ich ihn das letzte Mal sah. Er meinte, du seist der Unterhändler für die Devils gewesen, und ich hab es ihm abgenommen. Der König hat sich mit der Zunge seinen Namen gemacht. Nein, nein. Du warst seine Klinge. Der stille Junge, der einen fürs Leben zeichnet. Auf diese Weise hast du gesprochen ... Der arme Arthur war nur Präsident des Clubs. Du warst der König.«

Der Zahn verschwand mit einer kurzen Bewegung des Handgelenks. »Wo haben Sie Annie begraben?«

»Ihre Mutter wollte sie nicht«, sagte Isaac. »Ich mußte selbst einen Platz für sie finden. Sie liegt auf einem jüdischen Friedhof in der Nähe von Floral Park. Esau Woods.«

Die schwarzen Augenbrauen zuckten wie verrückt, als habe der König einen Anfall im Kopf, von dem man nichts sah, nichts außer dem Zucken über seinen Augen. Er sah zu Isaac hinüber. »Sie hätten sie nicht auf der Straße lassen dürfen. Ich hab versucht, O'Toole dazu zu bringen, sie nach Brooklyn Heights zu bringen. James hat es nicht geschafft. Aber Sie waren ja in der Nähe. Der große Rabbi aus dem Polizeipräsidium, Isaac Sidel ... Warum haben Sie mich nicht gefragt, woran ich mich erinnere, was Sie betrifft?«

Der König wollte ihn reinlegen. Isaac erkannte es am Zittern seiner Stimme. Der kleine Dermott verfügte nur über ein grobes Vokabular. Seine Worte würden Isaac zum Rotieren bringen. »Ich dachte nicht, daß du dich an viel erinnern würdest. In Dublin hast du mir nicht mal zugenickt.«

»Dublin war was anderes ... Isaac, ich habe Sie immer abgrundtief gehaßt. Sie waren von Anfang an eine fürchterliche Nervensäge. Sie mußten unbedingt kleine Jungs aus der Bronx bessern. Uns vor der Wildnis von Crotona Park retten. Wie viele von uns haben Sie ins Columbia College gesteckt? Wilde, denen man das Schnurren beibrachte. Wir konnten alle möglichen Zaubersprüche aufsagen. Diderot gab's zum Frühstück, Molière zum Mittagessen. Arschloch, wer hat Sie eigentlich gebeten, sich einzumischen? Ich bin doch nicht Ihre Babypuppe ... Warum mußten Sie sich ausgerechnet Annie aussuchen? Konnten Sie nicht ein anderes Mädchen bessern? Sind Sie immer noch nicht drauf gekommen, Isaac? Die Leute sterben, wo immer Sie sich einmischen. Hätten Sie sich von Annie ferngehalten, dann bräuchte ich jetzt nicht in Ihrem Esau Woods nach ihr suchen ...«

Der König war fertig mit ihm. Er wollte von Isaac nur den Namen des Friedhofs erfahren. Er selbst hatte dem First Dep nichts verraten. »Isaac, ich hätte dafür sorgen sollen, daß die Jungs Ihnen schon in Dublin die Fresse rausreißen, als sie Sie im Wagen hatten.«

»Und warum hast du nicht?«

»Ich bin kein Unmensch«, sagte der König. »Ich würde doch meinem alten Lehrer nichts tun.« Und schon war er verschwunden. Isaac steckte immer noch in demselben verdammten Schlamassel. Er konnte sich einfach nicht an den König erinnern.

Die Treppe war mit kaputten Luftballons und Roggentoastscheiben übersät. Der König trat über die Reste von Rebeccas Party. Es stank nach Demokraten: Richter, Anwälte und Clubnutten, Männer und Frauen, die Dermott mit Geld schmieren mußte. Er hatte den kleinen Bürgermeister und den Polizeichef gekauft. Gott allein weiß, die halbe Stadt lebte von Dermott Bride. Ohne die Mädchen von der Nuttenmeile würde Manhattan einfach untergehen. Der König bezog seine Steuern von den Mädchen, die eine ganze verdammte Insel unterhalten konnten. Die Wirtschaft der Stadt stieg und fiel mit ihren Nutten und was diese auf dem Rükken verdienen konnten. Dermott zertrat auf dem Weg hinaus mit beiden Füßen Pappbecher.

Der König stieg in einen schwarzen Mercury. Es handelte sich um Tiger Johns Dienstfahrzeug. Die Luden hatten ihre Cadillacs, und der PC nahm eine schwarze Maschine, die aussah wie ein fettes, gepolstertes Spielzeugauto. Alle möglichen Spielereien waren in den Sitzen eingebaut, Telefone, die den Tiger mit seinen Leuten an der Front verbanden. Er benutzte sie nur selten. Er fürchtete sich vor ihrem Summen. Wenn er im Wagen saß, hatte er es lieber still. Tiger John sinnierte gern über die Sparbücher in seiner Tasche.

Dermott war ihm gegenüber recht kurz angebunden. Es machte ihm keinen Spaß, sich mit Sammys Kröte abgeben zu müssen. »Wo ist der Fischer?«

»Bist du blöd?« erwiderte der Tiger. »McNeill kann sich nicht mit dir sehen lassen. Nicht in diesem Land.«

»Erklär mir das doch bitte mal, Tiger John. Warum kannst du hier mit mir sitzen, aber McNeill nicht?«

»Ich bin der PC. Ich kann tun und lassen, was ich will.«

Dieser Idiot hatte dreißigtausend Cops unter seinem Kommando. Er konnte einen verbeamteten Inspektor nehmen und ihn zusammenfalten, ihn zum Streifenpolizisten degradieren, wenn ihm danach war. Er konnte eine Abteilung schließen, eine Einheit dezimieren. Er war so einfältig wie ein Affe im Bronx-Zoo. Man fütterte ihn einmal im Monat mit Sparbüchern, wie mit Bananen, und er hatte seinen Spaß. Er donnerte durchs Polizeipräsidium und richtete in den Büros nur Unheil an. Seine Wutanfälle waren reiner Bluff. Der PC hatte nichts zu tun. McNeill leitete die Polizei für ihn.

»Er ist sauer auf dich«, sagte der Tiger, »weil du nach Amerika zurückgekommen bist, ohne ihn zu fragen.«

»Seit wann brauche ich Cootes Erlaubnis, um zu fliegen?«

»Ach Jungchen, so lautet eure Abmachung.«

Für einen Idioten war der Tiger gar nicht mal so schlecht.

Bürgermeister Sam mußte ihm Nachhilfeunterricht in der Kunst der irischen Überzeugung gegeben haben.

»Coote muß sich keine Sorgen machen«, meinte der König.

»Du wirst ihm noch den Ruhestand verderben, wenn du nicht schleunigst von hier verschwindest.«

»Morgen abend bin ich wieder zu Hause in Dublin.«

Der Tiger sah ihn aus winzigen, nervösen Augen an. »Junge, morgen könnte vielleicht schon zu spät sein. Itzig Isaac kriecht herum. Er ist mir und Sam in die Sauna im *Dingle* gefolgt. Er hatte nicht mal den Anstand, sich auszuziehen. Und die ganze Zeit sprach er nur von Dennis Mangen.«

»Er ist dein First Dep. Kannst du ihn nicht zum Schweigen bringen?«

»Himmel, das würde ich ja gern. Aber er ist nun mal der Liebling der Presse. Die Zeitungsschmierer laufen sich die Hacken wund und flehen ihn um ein Interview an.«

»War das deine Schrotparty, über die sich Isaac bei mir beschwert hat?«

»Meine nicht«, antwortete der Tiger. »McNeills. Der Fischer hat zwei pensionierte Sergeants hingeschickt, um eine hübsche Nachricht in Isaacs Büro zu hinterlassen. Aber Mangen hatte seine Schmeißfliegen im Flur postiert. Die beiden Sergeants können von Glück reden, daß sie da überhaupt wieder lebend rausgekommen sind.«

Der König lachte leise. Die New Yorker Bullen waren schon ein verrückter Haufen. Mangen trat allen in den Arsch. Außer Isaac. Isaac war der große Überlebenskünstler. Er konnte in seiner stinkenden Hose aus einem dichten Rauchvorhang nach massivem Schrotfeuer hervortreten. Der First Dep war so klug und so blöd zugleich. Er hatte jeden einzelnen Punkt von Dermotts Vergangenheit in seinem dicken Schädel, aber er kriegte sie nicht auf die Reihe. Die Devils waren ein lokaler Club. Sie hatten nicht die Feuerkraft, einen ganzen Borough von Gangs zu terrorisieren. Sie hätten gar nicht auf wilde Friedensmissionen gehen können, wenn sie nicht ein wenig Unterstützung von den Cops bekommen hätten. McNeill lieh seine eigene Truppe gegen die Jugendkriminalität an die Devils aus. Die Gang war quasi eine Babyabteilung des NYPD. Coote verhandelte nicht mit Arthur Greer. Er legte Dermott eine Hand auf die Schulter und machte ihn zum König.

»Jungchen«, sagte der Tiger, »wo fahren wir jetzt hin?«

»Zu einem Friedhof in Queens.«

»Um diese Uhrzeit?« Tiger John fröstelte es in seinem Mantel. »Warum fahren wir ausgerechnet zu einem Friedhof? Die Harpyien wandern umher?«

»Um eine meiner Ladys zu treffen.«

Isaac hatte was von Gedächtnisverlust gefaselt. Der arme Blödmann konnte Dermotts Gesicht unter den Devils nicht entdecken. Der König erinnerte sich an die alte Gang. Sie mußten einen Schuppen im Claremont Park als Clubhaus nehmen, die Devils von der Clay Avenue. Sie hatten nicht das Geld, um sich farbige Trikots zu kaufen. Die Devils waren nichts, bis die Cops sie sich krallten. Sie mußten sich in Kellern und auf Bäumen verkriechen, wenn die Fordham-Glatzen auf der Clay Avenue auftauchten. Noch die abgerupfteste Niggergang hätte sie im fairen Kampf vernichtet.

Die Devils trugen nicht ein einziges Ehrenabzeichen. Nur der letzte Abschaum kam zu ihnen, Ausgestoßene und Irre. Die Devils konnten nicht mal die Narben eines offenen Kampfes Mann gegen Mann vorweisen. Sie stürzten sich auf einzelne Mitglieder einer anderen Gang, die noch verkommener war als sie. Zu zwölft droschen sie einen Burschen zusammen. Sie johlten und schrien, rissen dem Kerl eine Tasche vom Hemd und verschwanden wieder in ihrem Clubhaus im Park. Sommers wie winters zitterten sie mit der für Feiglinge und Schwächlinge typischen hysterischen

Leidenschaft. Sie fürchteten sich vor der Vergeltung eines Feindes, der ihre jämmerliche Hütte niederbrennen könnte. Aber nur die wenigsten Gangs gaben sich überhaupt mit ihnen ab.

Dann brachte McNeill seine Cops ins Spiel. Die Devils waren die einzige Jugendbande, die die Bullen kontrollieren konnten. Er verpaßte den Devils ein wenig Kampfesblut. Seine Wagen fuhren sie zu verschiedenen Orten der Bronx, so daß sie eine ahnungslose Gang überfallen und blitzschnell wieder verschwinden konnten. Die Devils wurden für diese blitzartigen Überfälle bekannt. Sie hätten trotzdem nicht gewinnen können, hätte McNeill nicht seine härtesten Jungs in Devils-Jacken gesteckt, um den Fordham-Glatzen eins überzuziehen. Der König machte sich allmählich einen Namen mit seinem Messer. Mit Cootes Männern im Rücken konnte er zuschlagen und jemandem den Ärmel aufschlitzen oder den Schädel rasieren.

Die Dinge entwickelten sich ganz nach McNeills Plan. Mit Hilfe des kleinen Dermott und der Devils von der Clay Avenue konnte er jede Gang der Bronx schlagen. Aber der König hatte eigene Pläne. Er war nicht zufrieden damit, das Messer und der Knüppel von Coote McNeill zu sein. Er traf sich heimlich mit dem Mann. Sie standen vor der *Schul* auf der Webster Avenue und rauchten. Niemand hätte erwartet, daß sich ein irischer Captain und ein irischer Schläger im Schatten einer Synagoge über eine neue Politik unterhielten.

»Du undankbarer Balg«, sagte McNeill. »Habe ich dich nicht schon genug protegiert? Ich hab dich diesem Affen, Arthur Greer, vorgezogen. Du bist der verdammte Herrscher der Bronx. Die Glatzen pissen sich auf die Zehen, wenn der König sein Messer zückt.«

»Ich will mehr«, zischte Dermott aus dem Mundwinkel.

»Na toll. Soll ich dir vielleicht ein Abzeichen an die Brust heften und dich Sergeant McBride nennen?«

»Nein. Sie sollen mir eine Collegeausbildung verschaffen.«

McNeill hatte auf den Stufen der alten *Schul* einen Lachanfall. Er wischte sich die Augen mit dem Taschentuch. »Esel lassen sie nicht aufs College. Du bist zu alt. Du bist doch mindestens zwanzig, um Himmels willen.«

»Ich bin siebzehn.«

»Du hast nie die High-School zu Ende besucht.«

»Na und? Ich will ein College von Ihnen, Captain McNeill. Sonst können Sie sich ein anderes Baby suchen.«

Sie lächelten sich an. Der Bursche bluffte. Sie wußten es beide. Der kleine Dermott konnte gar nicht weg von der Hütte. Wohin auch? Aber Coote gefiel die Idee von dem kleinen Gangster im College. Die Polizei konnte sich einen netten, gebildeten Spitzel ranziehen. Coote ging damit zu seinem Chef, zu First Deputy O'Roarke. »Ned, dieser dunkelhaarige Mistkerl wird uns nützlich sein. Wir hätten einen Halsabschneider mit Collegeabschluß.« Doch selbst der große O'Roarke konnte kein College überreden, ihn zu nehmen. Sie mußten ihn erst aufpäppeln. Und in Neds Büro gab es nur einen Kerl, der über Karl Marx quatschen konnte. Der junge Deputy Inspector Sidel. »Ned, leihst du uns das Superhirn mal aus?«

»Du kannst ihn haben«, meinte O'Roarke.

Isaac war dafür wie geschaffen. Das Hirn hatte Verbindungen zum Columbia College. Sie konnten den König in die richtige Richtung schieben. Aber sie verrieten Isaac nichts von ihren Absichten, den kleinen Dermott voranzubringen. Sie schickten Isaac zu den Devils. Er brachte ihnen Dostojewski ins Clubhaus. Die meisten Devils gähnten. Sie wollten sich lieber ein paar Skalps holen. Nur der König sog Isaacs Gequatsche auf. Er mußte jahrelange Vernachlässigung ausgleichen. Er lernte jeden Mord des Prinzen Hamlet von Elsinore auswendig, und er schaffte es aufs Columbia College.

»Friedhöfe«, meinte Tiger John in seinem Mantel verächtlich. Sie brauchten Stunden, den Friedhof bei Esau Woods zu finden. John wollte nicht aussteigen. Er schlenderte doch nicht auf einem jüdischen Friedhof zwischen den Grabsteinen herum und ließ sich von den Harpyien krallen, die sich hinter den Bäumen versteckten. Warum lag diese Annie Powell eigentlich bei den Juden vergraben?

»Ein komischer Priester, der sie hier in Esau Woods begräbt«, meinte er zu Dermott.

»Der Priester war Isaac.«

Dermott ging zur Hütte des Friedhofswärters und klopfte ans Fenster. Der Mann wollte nicht öffnen. Dermott schob fünfzig Dollar unter der Tür hindurch. Der Wärter beschnüffelte das Geld und steckte den Kopf zum Fenster hinaus. Er trug eine dicke Wollmütze. »Was wollen Sie?«

»Ein Grab«, sagte Dermott.

»Für Sie?«

»Nein. Eine Frau liegt hier begraben.«

»Unter welchem Namen?«

»Keine Ahnung. Sie ist mit Isaac Sidel hergekommen.«

Ein Anflug von Wissen tauchte unter der Mütze auf. Der Wärter lächelte. »Die Christin, meinen Sie ... Diese großen Commissioner können uns nichts vormachen. Sie liegt in Feld 11, Reihe B ... Sie finden dort eine Markierung mit einem roten Wimpel.«

Dermott ließ die Hütte hinter sich. Der Wärter rief ihm mit tiefer Verachtung hinterher. »Was ist mit Ihnen los? Sie können doch nicht einfach so nackt da rein. Das hier ist heiliger Boden.«

Er gab dem König eine Jarmulke. Er drückte Dermott außerdem eine riesige Taschenlampe in die Hand. Auf der Hälfte aller Friedhöfe in Queens hätte man das Geklapper dieser Batterien hören können. Dermott stapfte mit einem riesigen lauten Metallkanister durch Esau Woods, und er hätte sich nicht mal die Schuhe beleuchten können: Die Glühbirne glomm nur noch. Er fand die Markierung in Feld 11, Reihe B. Es handelte sich um einen Stock auf einem Stückchen Dreck, an den ein schmieriger Lappen geknotet war. Mehr war von Annie Powell nicht übrig. Der König zitterte am Grab. Die Kälte bohrte sich in ihn. Warum? Es war doch noch gar nicht Winter?

Dieser an einen Stock gebundene Lumpen war sei königliches Herrschaftszeichen: Er war ein schmutziger, wehleidiger Gauner mit Seidenkrawatte, der wie eine Kanonenkugel aus der Bronx geschossen war, mit Polizeigeld und Polizeiwitz, der einen Richter in Connecticut bestochen hatte, seinen Namen zu verkürzen, damit er nicht mehr wie der eines abgerupften irischen Bengels klang. Dermott Bride. Dermott Bride. Komische Hautfarbe für einen Iren. Dunkle Haare und dunkle Augen. Kann man sich so was vorstellen? Jetzt gibt es in der Neuen Welt sogar irische Neger. Die leben in einem Land, das heißt Bronx. Sein Dad hatte keine Erklärung für die Hautfarbe der männlichen McBrides. Der alte Mann war ein dunkelhaariger Hausmeister gewesen. Er ging mit seiner Familie nicht in die Kirche. Er wollte nicht, daß der kleine Dermott von irgendeiner kahlköpfigen Nonnenhexe geschlagen wurde. Der Junge ging auf eine Privatschule. All die anderen Iren in seiner Klasse waren so rotbäckig. Grünäugige Mädchen. Sie wurden größer als der kleine Dermott. Er kämpfte mit diesen großen irischen Maultieren, mit Mädchen und Jungen, biß, kratzte, quetschte mit seinen Daumen Augen aus, sonst hätten sie ihn lebendig verspeist. Trotzdem wollten sie nichts mit ihm zu tun haben. Keiner nahm ihn auf, nicht die *Salters*, die *Green Bays*, die *Emerald Knights*. Er mußte mit den *Devils* losziehen, einem räudigen Haufen ohne Clubhaus, der auch Iren aufnahm und einen Nigger zum Präsidenten hatte.

Die Devils waren nicht in der Lage, seine Herkunft für

ihn herauszufinden. Dermott stürzte sich auf die Geschichtsbücher. Wie schlägt man *Ire, dunkelhaarig* nach? Er las über die Gälen und die wilde Insel, die Cäsar links liegenließ, als er die Welt eroberte. Eine Insel voller wilder Menschen mit Bullen und Kühen. Aber wo, wo waren die dunklen Augen? Er las weiter. Die englischen Eroberer und das Gau, *the Pale*, das sie rings um Dublin errichteten, das nur Engländer betreten durften. Die irischen Könige mußten mit ihren Kühen und ihren Priestern in den Schafställen frieren. Und dann fand der kleine Dermott seine eigene Geschichte im Untergang der Spanischen Armada wieder. Ein paar Schiffe wurden im Sturm an die irische Küste gespült. Das war 1588. Bewaffnete anglo-irische Truppen warteten mit Knüppeln in der Hand am Strand. Die dunkelhaarigen Seeleute, die aus ihren Schiffen krochen, wurden einer nach dem anderen erschlagen. Einer Handvoll gelang die Flucht ins Landesinnere, wo sie in irgendeinem unbekannten Dorf jenseits des Pale versteckt wurden. Dermotts wahre Väter entstammten solch einer Handvoll. Er war spanischer Ire, ein *Mick* mit Augenbrauen. Er hatte das Rätsel seiner Herkunft gelöst. Es war völlig egal, was sein Vater in der Bronx tat. Der Junge stammte von spanisch-irischen Schweinehütern oder etwas ähnlichem ab. Die McBrides waren zweihundert Jahre lang durch Schweinescheiße gewatet. Dermott schwor sich, daß er aus dem Modder kriechen würde.

»Johnny, schläfst du?«

Der König erschreckte John zu Tode. Der Tiger schloß die Augen, während der kleine Dermott auf dem jüdischen Friedhof herumkroch und nach seiner Anne suchte, und Heilige Mutter Gottes, ehe John auch nur einmal blinzeln konnte, war der Bursche auch schon wieder zurück!

»Hast du zwischen den Bäumen Harpyien gesehen?«

»Nicht eine einzige.«

»Schade«, meinte der Tiger. »Wenn sie einem an den Augenbrauen zupfen, soll's einen Monat lang Glück bringen. Aber Harpyien können auch gefährlich sein. Gott steh dir bei, wenn sie in deinen Haaren nisten.«

»Heute nacht waren keine Harpyien unterwegs.«

»Das liegt an der Wärme«, sagte Tiger John. »Im Oktober lassen sie einen in Ruhe.«

Der Commissioner hatte sich eine völlig beknackte Mythologie für jedes Biest zurechtgelegt, das durch die Wälder schlich. Sollten die Harpyien ruhig in Dermotts Haar nisten. Er würde sie mit nach Dublin nehmen und in den Schlaf kitzeln. Dann würde er sie mit Stumpf und Stiel abschneiden.

»Hat Isaac für die Lady gesorgt?«

»Hat er. Einen Lumpen und einen Stock auf einem Haufen Lehm.«

»So sind die hebräischen Rituale. Als Commish kommt man auf eine Menge jüdischer Beerdigungen. Wir haben jede Menge Judenbengel in der Polizei, mußt du wissen. Tausende. Es dauert Jahre, bevor die einen Grabstein setzen. Also muß für Annie Powell erst mal ein alter Lappen reichen.«

»Ich werde morgen einen Stein bestellen«, sagte der König und saugte scharf zwischen den Zähnen Luft ein.

»Die Juden werden keinen liefern. Die nächsten sechs Jahre nicht.«

»Ich heuere meine eigenen Leute an.«

»Die Rabbis werden sie vom Friedhof jagen.«

»Dann kauf ich mir Rabbis, die gegen die Rabbis von Esau Woods angehen.«

Der Tiger kicherte vor sich hin. »Das wird was geben. Rabbis, die sich gegenseitig an die heilige Wäsche gehen … Jungchen, für so was fehlt dir die Zeit. Keine Spielchen mit den Rabbis. Mangen ist kein Dummkopf. Er wird sich fragen, was du hier machst. Mangen könnte dafür sorgen, daß du womöglich nie mehr nach Dublin zurückkommst. Seine

Vorprüfungsgerichte sind berüchtigt dafür, sich in Burschen wie dich festzubeißen, damit sie ja nicht das Land verlassen können.«

»Dennis wird mich nicht finden.«

»Schön zu hören«, sagte der Tiger. »Ich werde für dich beten.«

Du bist hier derjenige, für den besser einer betet, dachte der König, so viel hatte er schon mitbekommen. Irgend jemand mußte den Kopf hinhalten. Und das war nicht Sam. Die Banker würden aufschreien bei der Aussicht auf einen Bürgermeister im Knast. Das konnte leicht den Wert kommunaler Wertpapiere angreifen. Ein korrupter Police Commissioner jedoch war nicht so schlimm. Man konnte ja stets eine andere Kröte auf seinen Posten setzen.

Diese hier, John die Tigerkröte, betrachtete Dermott mit einem merkwürdigen Mitgefühl in den Augen. Dann blinzelte er und putzte sich die Nase. »Ich kann die Rabbis für dich beruhigen. Ich bin der PC ... Du kriegst deinen Stein für Annie Powell.«

Der König nickte kurz. Der blöde, alte Commissioner richtete keinen Schaden mehr an. Wer war denn schuld, daß er weder die Schläue von Sammy noch den Verstand des Fischers hatte? Er konnte nur durchs Präsidium toben und seinen Tigertanz veranstalten. Dermott hatte sich bereits ganz tief in seinen spanischen Schädel verkrochen. Das Geholper des Mercury drang nicht mehr bis zu ihm durch. Der König verachtete sich. Er war nicht besser als ein Lude, der seine Frau wegen einer läßlichen Sünde brandmarkt, zum Beispiel, weil sie fünf Dollar für sich behalten oder es gewagt hatte, in einem Nachtclub mit einem der Freier zu reden. Ein Lude nahm sich einen Drahtbügel, verdrehte ihn zu seinem Initial, glühte den Draht auf dem Brenner am Herd seiner Frau durch und drückte ihn ihr ins Gesicht. Dermott benutzte dafür ein Messer.

Das Ganze war ein altes Ritual aus der Bronx, das es schon gab, lange bevor die Devils überhaupt aufgetaucht waren. Mädchen besaßen in keiner Gang einen eigenen Status, ganz gleich, wie tough oder schön sie auch waren. Ein Mädchen galt als Eigentum. Wie ein Eispickel oder eine zahme Taube. Und wenn sie dich »verletzte«, wenn sie dich eifersüchtig machte, wenn sie dir in den Augen der Gang Schande machte, dann ritzt du sie mit einem Messer, um ihr und allen anderen in der Bronx zu zeigen, wo die Grenzen deines Territoriums anfingen und wo sie aufhörten.

Es war ziemlich dumm von einem König, sich an ein solches Ritual zu halten. Er war schon seit sechzehn Jahren nicht mehr bei den Devils. Er hätte seine Eifersucht im Zaum halten müssen. Annie Powell. Er hatte sie mit diesen uralten Leibwächtern allein in Dublin zurückgelassen, während er mit dem Fischer in Connemara hockte und durchdeklinierte, wie viele Stücke sie aus dem Nuttenkuchen kriegen konnten und wohin diese gehen sollten. Was hatte er von Annie erwartet? Coote hatte Jamey aus Irland verbannt. Sie hatte nicht mal mehr den Esel des Königs, der auf sie aufpassen konnte. Wie mutig, seiner Frau eine Narbe zu verpassen und sie dann nach Americky zu schicken. Er war so ein Arschloch, er hätte sich lieber selbst das Gesicht verstümmeln sollen.

Lärm durchfuhr den König. Tiger Johns Funktelefon. Es klingelte endlos lange in einer Spalte des Polsters. »Geh endlich ran«, knurrte der König. »Na los, Johnny. Brüll schon dein Hallo.«

Dermott nahm den Hörer ab und drückte ihn an Johns linke Kopfhälfte. John murmelte: »Ja ... nein ... ja ...«

Dann legte John auf. Aber er sagte dem kleinen Dermott nicht, worum es gegangen war.

»Wer war dran ... Coote?«

»Nein.« Tiger John flüsterte im Fond seines eigenen Wagens. »Das war Bürgermeister Sam.«

»Und warum wollte er nicht mit mir sprechen?«

»Himmel, du bist Gift für Sam. Der Bürgermeister will dich mit dem nächsten Flieger außer Landes haben.«

»Der Bürgermeister kann sich mal ins Knie ficken. Ich gehe erst, wenn ich der Mutter von O'Toole mein Beileid ausgesprochen habe.«

John war überzeugt, der König hatte sie nicht mehr alle. »Mangen rückt immer näher, und du kannst erst verschwinden, wenn du die Mutter von O'Toole geküßt hast? Wir schicken der alten Schlampe in deinem Namen Blumen.«

»Aber schick keinen Mist. Der Fischer hat meinen Mann umgebracht.«

»Ich schwöre bei Gott, Dermott, es mußte sein. Dein Mann hat sich einen Bart stehen lassen und ist durchgedreht. Er wollte zu Isaac laufen und uns alle verpfeifen.«

Coote hatte recht, was den kleinen Dermott betraf. Der König hatte keinen Biß mehr. Ein Mann mit Geschäftssinn wäre nicht nach New York gekommen, um einer irischen Schlampe Grabsteine zu kaufen. Welchen Wert sollte das haben? Das Mädchen lag doch schon unter der Erde.

»John, fährst du mich jetzt zu der alten Frau oder nicht? Wenn ich nach Chelsea laufen muß, bin ich frühestens übermorgen in Dublin.«

Gott bewahre. »Immer langsam mit den jungen Pferden«, sagte der Tiger. »Ich hab ja nicht gesagt, ich fahr dich nicht, oder?« Er mußte sich auch eine Burg kaufen, genau wie Coote. Denn könnte er den Mercury zurückgeben und sich nach Kerry und Dingle Bay zurückziehen.

27

Der König war nie ein Shylock, ein Wucherer und Maggler gewesen wir Arthur Greer. Er hatte kein Kassenhaus in Dublin oder New York. Sein Geldeintreiber sammelte eine Gebühr von den Luden in Manhattan und der Bronx ein, und der König nahm sein Ludengeld und wusch es, so gut er konnte. Er steckte es in Restaurants, Bowlingbahnen, Chauffeurdienste und seltene Bücher. Ein Gutteil davon floß zurück, so daß der König für Coote McNeill einen gelben See mit Lachsen füllen konnte, eine geheime Pensionskasse für den Bürgermeister anfütterte und Sparbücher für den hübschen John anlegte.

Die Arbeit ging leicht und glatt von der Hand. Die Luden stolzierten in ihren langen Mänteln umher, weil Mr. Dermott Bride mit der Polizei eine Reihe von Privilegien ausgehandelt hatte. Sie waren klug genug, nicht nach den Einzelheiten dieses Abkommens zu fragen. Noch der klügste Lude tat auf dumm. Schließlich hatte er einen Harem zu beschützen, einen Stall voller Bräute, kleinen Schneeköniginnen und all seinen erstklassigen Ladys, die sich seinetwegen buchstäblich den Arsch aufrissen. Die Luden ahnten schon, daß ein Teil ihres Kleingelds beim Police Commissioner landete. Und wenn Tiger John Rathgar von der Beute lebte, was sollte ihnen dann schon passieren?

Dann erschien der Sonderstaatsanwalt auf der Nuttenmeile. Mangen legte einen verdammten Belagerungsring um das Polizeipräsidium. Cops kauten Nägel und rannten vor ihm davon wie ein Schwarm Küchenschaben. Mangen besaß die Macht, Bischöfe, Nutten, Bürgermeister und Luden unter Strafandrohung vorzuladen. Der König konnte nicht mehr mit Privilegien handeln. Er zog in ein nobles Hotel nach Dublin um, und die Cops fingen an, ganze Harems von der Straße zu holen. Es wurde schwer, an Kautionsgelder zu kommen. Der Luden-Maggler Arthur Greer war von einem Dach gefallen. Der König mußte seinen alten Onkel Martin verstecken, sonst wäre der Geldeintreiber auch tot. Seine irische Schlampe konnte er allerdings nicht beschützen …

Der König fuhr in Tiger Johns Wagen nach Chelsea. Dermott wollte Mrs. O'Toole ein Bündel Geldscheine bringen, Blutgeld, denn er hatte mit Chief Inspector McNeill ein schmutziges Geschäft abgeschlossen. Der König hatte Jamey zum Tode verurteilt, als er ihn nach New York zurückschickte. Im Hauseingang standen keine Gespenster, keine Cops aus dem Büro des First Dep. *Du bist ein toller Hecht, Dermott McBride, mit deinen schwarzen Haaren und dem Messer. Du kannst einer Frau deinen Namen einritzen, kannst sie brandmarken, um die anderen Kerle zu verscheuchen.* Er war der größte Idiot von allen. *Ein Dieb sollte nicht heiraten. Er ist auch nicht besser als jeder Geschäftsmann, der seine Frau wegen irgendwelcher lächerlichen Geschäfte vernachlässigen muß … Hätte sie niemals bei Cootes Leuten in Dublin allein lassen dürfen … Ich ausgemachtes Arschloch, was muß ich auch den rächenden Moses spielen.* Es war nicht die Abwesenheit ihres Fleisches, was den König so rasend machte. Er hätte jederzeit hundert Doppelgängerinnen von Annie Powell kaufen und wieder verkaufen können. Hätte sich ein anderes Püppchen zulegen können. Aber er mochte ihr dummes Geschwätz, die Art, wie sie um eine Kuh trauern konnte. Seine kindische Frau.

Die Mutter von O'Toole hatte ihre Tür mit einer Metallplatte verstärkt. Die Tür stand offen. Der König spazierte hinein. Mrs. O'Toole saß in einem Schaukelstuhl und trug eine Art Haube auf dem Kopf. Sie hatte ziemlich große Ohren für eine alte Dame. Aber der König war nicht gekommen, um ihr Aussehen zu kritisieren.

Er zog sein Bündel Scheine aus der Tasche, sechstausend Dollar in Hundertdollarscheinen. »Ich bin Dermott Bride«, sagte er. »Ihr Sohn war bei mir beschäftigt.«

Die alte Frau war aufgetakelt wie eine Nutte, und der Lippenstift reichte in roten, viel zu dick aufgetragenen Mondsicheln bis auf die Wangen. Die Fingerknöchel auf ihrem Schoß waren behaart und dick. Ihre Füße steckten in schweren Arbeitsstiefeln. Sie hatte muskulöse Fußgelenke, diese Mutter von O'Toole. Dermott lupfte die Haube von ihrem Kopf. Einen komischen Haarschnitt hatte sie, kurze weiße Stoppeln. Unter ihrer Bluse tauchte eine Detective Special auf.

»Und ich bin Captain Schapiro«, sagte sie. »Keine Bewegung, du mieser Ganove.«

Der König hatte keinen Grund zu zittern. Er hatte eine Klinge dabei, die diese Schönheit im Schaukelstuhl schon zurechtschnitzen konnte. Hinter sich hörte er die Stimme eines Mannes.

»Dermott, laß bitte das Messer stecken ...«

Der Mann trug einen Mantel mit Pelzkragen. Er hielt keine Waffe in der Hand wie Mama O'Toole. »Ich bin der Sonderstaatsanwalt.« Er schickte Schapiro in die Küche, damit er mit dem König allein sein könnte.

»Wo ist O'Tooles Mutter?«

»Der geht's gut«, sagte Mangen. »Wir haben uns schon gedacht, daß du das Land nicht verläßt, ohne ihr Kohle in die Hand zu drücken. Du bist kein nachlässiger Mann ... Wir haben sie in ein Heim auf der Charles Street gesteckt.«

»Sehr nett von Ihnen. Schade, daß ich nicht Jameys Geist herbeirufen kann. Er würde Ihnen schon die Hand schütteln, daß Sie seine Mutter durch die Gegend scheuchen ... Mangen, warum haben Sie Schapiro in Frauenkleider gesteckt? Um einem Jungen aus der Bronx wie mir was zu bieten? Die Mühe hätten Sie sich sparen können. Ich hätte Schapiro auch ohne Häubchen gemocht ...«

»Vergiß diesen kleinen Scherz. Ich wollte nur nicht, daß du dich mit einer ganzen Polizeiarmee anlegst. Du hättest sie vielleicht alle angeritzt, und ich hätte dann die Rechnung bezahlen müssen ... Wie könnte ich mich bei dir bedanken, wenn wir nicht ein Schwätzchen halten können?«

Dermott fixierte diesen Irren mit dem Pelzkragen. »Danken, wofür?«

»Für die Namen, die du in Tiger Johns Sparbüchern verwendet hast.«

»Ach, das war nichts. Ein kleiner Scherz. Ich hatte gehofft, John würde das gefallen.«

»Hat es«, sagte Mangen. »Und mir auch ... Ohne deine *Molly Blooms* und *Gertrude MacDowells* hätte ich seine falschen Unterschriften nie entdeckt. Ich dachte, du wolltest mir damit was sagen ... daß du die Schnauze voll hast von McNeill und dem ganzen verrotteten Sauhaufen.«

»He, Mangen ... Molly Bloom war kein Signal für Sie. Das ist doch nur ein Name.«

Für einen so jungen Millionär hatte er ein ziemlich trauriges Gesicht. Der König steckte in zwei Milieus gleichzeitig fest. Er war ein mieser Gauner mit einer Liebe zur Literatur. Was konnte ihm das Geld bringen? Er gehörte nirgendwo hin. Nicht zu Isaac, nicht zu Marsh, nicht zu Coote McNeill.

»Dermott, du mußt nicht nach Dublin zurück. Ich könnte dir eine Suite in einem guten Hotel besorgen ... mit Leibwächtern und allem.«

»Klar, und dann sing ich schön. Vielen Dank, aber ich nehme lieber Stephen's Green.« Er verbeugte sich vor dem Sonderstaatsanwalt und hielt ihm das Bündel hin. »Sie könnten mir einen Gefallen tun und das hier Mrs. O'Toole geben ... Mit dem größten Bedauern für das Ableben ihres Sohnes.«

Mangen nahm die Sechstausend. »Ich könnte das Geld konfiszieren, einen Zettel dranpappen und es für meinen Vermögensverwalter aufheben.«

»Ich weiß«, sagte der König. »Aber das werden Sie nicht tun.« Er ging zur Tür hinaus, und Mangen kam sich wie ein Idiot vor, wie er mit dem Bündel Nuttengeld in der Hand dastand. Er rief Schapiro aus der Küche.

»Du mußtest ihm unbedingt deine Detective Special unter die Nase halten ... Richte niemals deine Waffe auf einen Mann, wenn du sitzt. Er hätte dir die Nase abschneiden können. Na los, Morton, komm endlich aus dem Rock raus. Wisch dir den Lippenstift ab, verdammte Scheiße. Die denken sonst noch, wir hätten auf der Treppe geknutscht ...«

Teil Sieben

28

Es war Mitte Oktober, und Sam war nirgendwo auf den Straßen zu finden. Niemand war darüber weiter beunruhigt. Der Ehrenwerte hatte die Vorwahlen gewonnen. Er mußte nicht mehr um Stimmen betteln. Aber wo steckte der alte Mann aus der City Hall? War er zu irgendwelchen Manövern aufs Land gefahren? Sammy verließ die Stadt doch sonst nie. Die Jungs und Mädchen aus Dennis Mangens Büro flitzten in die Räume des Bürgermeisters und huschten wieder heraus. Sie waren absolut makellos. Sie kamen frisch von der Uni, mit ihren schweinsledernen Aktenkoffern und Theorien darüber, mit welchen Mitteln und auf welchem Wege man das Verbrechen in der City of New York ausrotten könne. Die jungen Staatsanwältinnen waren härter als die Männer. Mangens Mädchen hatten nicht mal für einen stellvertretenden Bürgermeister ein Lächeln übrig.

Eines Morgens tauchten sie aus Sammys Räumen auf, den alten Mann im Schlepptau. Er sah aus wie ein schlafwandelnder Bürgermeister. Sein Blick ging zur Zimmerdecke und blieb dort. Er trug Schlappen, keine Schuhe. Alle Gerissenheit war von ihm gewichen. Warum war er der Gefangene von Mangens Mädchen, warum war er in ihrer Gegenwart so unterwürfig? Die Mädchen zerrten die Reporter aus ihrem Kabuff, und der alte Mann hielt eine Pressekonferenz auf den Stufen der City Hall. »Es ist ein Jammer«, sagte er.

»Jungs, es ist schlecht bestellt um meine Gesundheit. Der Bürgermeister verträgt kein dunkles Fleisch mehr. Man gibt mir Gras zu kauen. Ich werde noch daran ersticken, wenn ich diese Stadt regieren soll.«

Die Reporter sahen Sam an, wippten auf ihren Zehen und versuchten, einen Sinn in all dem Gequatsche von Gras und dunklem Fleisch zu erkennen. »Euer Ehren, heißt das, Sie ziehen sich zurück?«

»Das ist die ganze scheußliche Wahrheit.«

Die Reporter rückten näher. »Und was wird aus den Demokraten?«

»Ach«, winkte der Bürgermeister ab, »die werden's schon überleben.«

Die Demokraten versammelten sich noch am selben Nachmittag. Die Parteichefs brauchten eine ganze Stunde für ihr Loblied auf den alten Mann. »Wunderbarer Bürgermeister. Der beste. Wir werden ihn schmerzlich vermissen. Bestimmt.« Dann suchten sie nach einem neuen Kandidaten. Wozu sie nicht sehr lange brauchten. Die naheliegende Kandidatin war wie ein Donnerschlag in sie gefahren. Es war ... Rebecca von den Rockaways.

Sie traf im alten Polizeipräsidium ein und umarmte Isaac den Mutigen. Isaac war verdrossen. »Rebecca, ich bin weg, sobald ich dazu komme, meinen Schreibtisch zu räumen.«

»Bleib«, sagte sie. »Das Kulturkomitee kann schon ein kleines Zimmerchen abzwacken ... Isaac, wir müssen uns mal unterhalten. Ich werde einen guten Bullen brauchen. Ich möchte, daß du bei der Polizei bleibst.«

Isaac wurde immer deprimierter. Welcher Bürgermeister erklärt ein paar Wochen vor dem Wahl-November seinen Rücktritt von der Kandidatur? Nur Sam. Der Wahlausschuß mußte Sammy von der Liste streichen und Rebeccas Namen einsetzen. Der Ausschuß war ein altes Nilpferd. Von selbst hätte es sich niemals gerührt. Der Ausschuß mußte schon seit einem Monat wissen, daß Rebecca zur Wahl stehen würde. Und dieses Nilpferd nahm seine Instruktionen direkt von Sam entgegen.

Isaac rief die City Hall an. Es war sinnlos. Sammy war nicht ans Telefon zu kriegen. »Wie lautet noch mal der Name, Sir? Sidel, Sir? Wir werden ihm ausrichten, daß der First Deputy angerufen hat.« Isaac war klar, daß ein Großteil dieses Quarks nicht von Sam stammte. Der große Gott Dennis steckte dahinter. Mangen hatte Sam überredet, seine Zelte abzubrechen. Sie mußten miteinander gekungelt haben, als das Nilpferd mit den Wahlunterlagen zum Drucker marschierte. Und wen hatte der Bürgermeister Dennis zum Fraß vorgeworfen? Es mußte Tiger John sein.

Aber noch immer gab Tiger John von One Police Plaza seine Memos aus. Sie hätten auch genausogut für irgendwelche Cops in Peoria, Illinois, sein können. Der Tiger faselte von Schlagstöcken, Gasmasken, Allwetterstiefeln. Isaac nahm die Memos voller Abscheu in die Hand. Cops starben, und der Tiger wollte Gasmasken und eine ganz bestimmte Sorte Stiefel.

Zwischen den Zeilen lesen zu müssen, verstärkte nur den Wahnsinn in einem selbst. John war wegen irgendwas vollkommen außer sich. Isaac mußte nicht lange raten, weswegen: Mangens *Grand Jury* hatte sich wieder in volle Rüstung geworfen. Alle vierzehn Tage sperrte Dennis dreiundzwanzig Männer und Frauen in einen geheimen Raum im World Trade Center. Er ließ sie erst wieder raus, wenn sie Anklageerhebungen für ihn produziert hatten. Und wenn sich die Türen der Jury öffneten, durchfuhr ein Zittern Richter, Anwälte und Cops. Man konnte nie sicher sein, wo Dennis diesmal zuschlug.

Der Mann besaß keinerlei Scham. Er spazierte mit seinen Mädchen und zwei City Marshals ins One Police Plaza. Sie fuhren in den dreizehnten Stock hinauf und verhafteten Tiger John. Der PC mußte vor seinen Lieutenants und Angestellten in Handschellen spazieren.

Die offizielle Festnahme erfolgte auf dem Revier Ericson Place. Polizisten mußten seine Taschen durchsuchen und die Fingerabdrücke des PC nehmen! Sie fotografierten ihn, wie er mit seinen grauen Stützstrümpfen um die Waden dastand. Man steckte ihn nicht in eine eigene Zelle. Er saß bei all den Dieben. Sie wurden in einem kleinen Transporter hinüber zum Manhattan Supreme Court geschuckelt, und man führte ihn vor einen Richter, der den Commissioner mit schiefem Mund anstarrte. Die Anklage gegen Tiger John lautete auf Schutzgelderpressung von Prostituierten und Mißbrauch »seines Amtes, seines Titels und seines guten Namens«, um Luden und anderem Gezücht der Stadt zu helfen. Die Stellung einer Kaution wurde abgelehnt. Der Richter wollte keinen Blutsauger draußen auf den Straßen. John mußte nach Riker's Island.

Der Ehrenwerte Sammy Dunne duldete keinerlei Unruhen bei der Polizei. In der Rotunde der City Hall trat er vor die Fernsehkameras. Der Bürgermeister trug einen dunkelgrünen Anzug. Seine Manschettenknöpfe blinkten kraftvoll in den Kameras und Scheinwerfern. Er schien sich von seinem jüngsten Anfall an Verwirrung erholt zu haben. »Ich werde kein Wort über Johnny Rathgar verlieren«, sagte er. »Wenn er sauber ist, werden wir es herausfinden ... Wenn er schuldig ist, werden wir ihn den Hunden vorwerfen!«

»Euer Ehren, wer wird der nächste Commish?«

»Es gibt nur einen, der diesen Job übernehmen könnte ... Jetzt, wo uns die Korruption derart um die Ohren fliegt. Isaac Sidel.«

Die Reporter brannten darauf zu erfahren, wo Isaac steckte.

»Er wird schon früh genug hier erschienen.«

Isaac konnte Sammys Ruf, Commish zu werden, nicht

entgehen. Alte Fotos von ihm und Sam, wie sie im letzten Juni von einer Synagoge zur anderen gestolpert waren, erschienen in der *Times*, der *Post*, und der *Daily News*. Fernsehteams versammelten sich auf der Centre Street. Das Büro des Bürgermeisters rief viertelstündlich bei dem Burschen an. New York war noch immer ohne Police Commissioner. Der Bürgermeister mußte ihn vereidigen. Sammys Leute schnurrten Isaac übers Telefon an. »Commish, Euer Ehren bräuchte Sie im Blue Room.«

Der Commish mußte in die Rivington Street, um sich Schlips, Hemd und Taschentuch zu holen. Der Wurm zerrte an ihm, als er die Unterwäsche wechselte. Isaac überquerte die Bowery, ging durch Chinatown und erschien in der City Hall. Der Wurm riß Fetzen aus ihm heraus. Er wäre in Ohnmacht gefallen, wenn die Presse nicht aus ihrem Kabuff gekommen wäre, um ihn rechtzeitig abzufangen. Er schob alles auf sein Mittagessen, Bananen mit Sahne. Das war gelogen. Isaac haßte Bananen mit Sahne.

Der Bürgermeister wartete im Blue Room unter dem Porträt von Martin Van Buren. Isaac flüsterte in Sams Kragen. »Tief in Ihrem Herzen sind Sie ein Wichser, Sammy Dunne.«

»Später«, brummte Sammy zurück. »Jungchen, warum schwitzt du so?«

»Weil ich einen Wurm in mir habe, der mir sagt, daß ich nicht Ihr Commissioner werden sollte.«

»Wisch dir die Stirn ab. Man kann nicht immer auf einen Wurm hören.«

Isaac legte seinen Amtseid ab, murmelte Sams Worte nach. Der kleine Bürgermeister hatte Tiger Johns altes Abzeichen mit der blau emaillierten Vorderseite und einem Adler, der auf fünf goldenen Sternen kauerte. Er heftete Isaac das Abzeichen an und setzte ihn damit offiziell ins Amt des Commissioners ein. Die Presse umringte den Commissioner Isaac.

»Commish, was passiert, wenn Becky von Sam das Amt übernimmt? Werden Sie dann Ihren Job wieder verlieren?«

»Wahrscheinlich«, meinte Isaac und stöhnte leise auf. Er spürte, wie sich der Wurm unter seinem Herzen festbiß. »Erst mal muß sie die Wahl gewinnen.« Er preßte die Lippen zusammen. »Dann wissen wir mehr. Ich stehe dem neuen Bürgermeister zur Verfügung.«

»Werden Sie bei den Ermittlungen gegen Tiger John behilflich sein?«

»Sprechen Sie mit Dennis. Er hat mich noch nicht um meine Mitarbeit gebeten.«

»Commish, werden Sie die Nuttenmeile dichtmachen?«

»Ich bin nur ein Bulle«, erwiderte Isaac. »Ich mache nicht die Gesetze.«

Isaac nickte noch ein oder zwei Mal und verließ dann mit Sammy Dunne den Blue Room. Der Ehrenwerte schwieg auf den Fluren. Isaac schüttelte seinen Arm. »Sie haben mit Mangen einen Deal gemacht, stimmt's?«

»Du hast Fledermäuse im Ohr.«

Er folgte dem kleinen Bürgermeister in seine Privaträume. »Gute Arbeit«, sagte Isaac. »Wirklich gute Arbeit. Sie haben Tiger John an Mangen verfüttert, einfach so. Was haben Sie dem Blödmann versprochen? Daß er sich im Knast an seinen kostbaren Sparbüchern festhalten kann? Sie werden ihm auf Riker's die Augen ausreißen, wissen Sie das nicht? Dort sitzen Jungs, die finden Police Commissioner nicht sonderlich bezaubernd. Sam, hätten Sie für den kleinen Johnny keine bessere Kautionsverhandlung rausholen können? Oder haben Sie mit Dennis und dem Richter gemeinsame Sache gemacht, um ihn aus dem Weg zu bekommen? Sie verdammtes Arschloch, ich habe für Sie Wahlkampf gemacht. Ich habe in den *Schuls* Lügen verbreitet ... und am Ende kriegt Becky alles.«

»Ach, scheiße«, meinte Sam. »Ein Bürgermeister muß

auch leben ... Willst du, daß ich mit John vor der Richterbank tanze?«

»Nein«, sagte Isaac. »Dafür sind Sie viel zu vornehm. Aber wie sind Sie an Dermott Bride geraten?«

»Die Krähe mit den schwarzen Haaren? Er ist noch nicht mal Ire. Ich würde den Kerl nicht mal anrühren.«

»Aber sein Nuttengeld haben Sie genommen.«

»Nicht von ihm. Du weißt doch, welche Presse ich vor einem Jahr hatte. Meine eigene Partei war ganz wild darauf, mich in den Fluß zu schmeißen. Wir müssen den alten Kerl loswerden. Er riecht schlecht. Ich mußte für mich selbst sorgen. Ich hab doch keine Frau. Ich hatte keine Lust, mit einer städtischen Pension auf Knien herumkriechen zu müssen.«

»Also sind Sie zu Coote McNeill gegangen. Der große alte Tyrann des NYPD. Und er hat Dermotts Geld lockergemacht ... Kleingeld. Sie sind der Bürgermeister. Warum haben Sie nicht am städtischen Haushalt herumgespielt?«

»Mein Gott, Kerl. Ich bin doch kein Dieb.«

»Nein, Sie sind viel zu schlau, um mit eigenen Händen zuzupacken. Sie suchen sich einen Puffer, einen Mittelsmann, Tiger John. Er war Ihr Geldeintreiber, Ihr Kurier, Ihr kleiner *Freitag*. Dann tauchte Mangen auf, und Sie haben die Nerven verloren. McNeill mußte seine Operation einstellen. Er hat den König ins Exil geschickt. Und er hat Arthur Greer umgebracht.«

Eine tiefe Furche tauchte über einem Auge des Bürgermeisters auf. »Sprich in meiner Gegenwart nicht von Mord. Ich bin diesem Arthur Greer nie begegnet.«

»Natürlich nicht«, sagte Isaac. »Euer Ehren lassen sich nicht mit Niggerluden sehen. Sie sind der gute Ire. Aber warum hat Mangen nicht Coote McNeill verhaftet? Es wird nicht viel Spaß machen, Tiger John vor Gericht zu stellen.«

»McNeill ist verschwunden«, sagte der Bürgermeister.

Isaac betrachtete die Furche über Sammys Auge.

»Coote ist letzte Woche in Ruhestand getreten. Er hat sich ein Haus in der alten Heimat gekauft.«

»Die alte Heimat«, murmelte Isaac. »Alle landen sie in der alten Heimat. Das ergibt doch keinen Sinn. Dennis könnte auch in Irland zuschlagen, wenn er wollte ... Aber lieber schnappt er sich diesen Idioten. Er macht es sich einfach und tranchiert Tiger John.«

Isaac setzte ein spöttisches Grinsen auf, das sich ihm ins Kinn grub. »Sie sollten mich besser nicht unterschätzen. Ich bin nicht Ihr Arschlecker. Ich bin nicht hier, um die City Hall in den Schlaf zu wiegen. Sie haben mir diesen Job aufgezwungen. Sie haben der Presse vorgeschnattert, ich sei Ihr Mann ... Kann gut sein, daß es Ihnen noch leid tun wird.«

Isaac spazierte zur City Hall hinaus. Angestellte und Tippsen starrten ihm nach. Der neue Commish latschte nicht so daher wie Tiger John. Man konnte seinen Körper knirschen hören. Er schlurfte nicht aus dem Büro des Bürgermeisters davon, als hätte er keine Schuhe an. Isaac überquerte die Straße zur One Police Plaza. Die Cops hatten einen Platz ganz für sich allein, einen Knotenpunkt aus Beton, mit Terrassen und Brüstungen und einem riesigen Scheißhaus dazu, einem Mausoleum aus roten Ziegeln.

Sie umschwirrten Isaac, kaum daß er das Gebäude betreten hatte. »Commish, Commish.« Seit Monaten hatte ihn niemand zu Gesicht bekommen. Nun hatten sie endlich einen Commissioner. Nicht diesen Leisetreter von Tiger John, der in den Gängen in Gebrüll ausbrach und einen Borough Commander abstrafte, wenn der ihn falsch angeguckt hatte. (Aber was war schon die richtige Art gewesen, Tiger John anzugucken?) Der Sonderstaatsanwalt erwischte ihn mit heruntergelassenen Hosen. Man legte dem Leisetreter vor tausend Cops Handschellen an. Tiger John hatte die ganze Polizei mit Schande überzogen, das hatte er. Mangen baute ihm ein hübsches Heim auf Riker's Island. Dort würde er sitzen, und die Jungs in One Police Plaza würden ihm bestimmt keine Karte schreiben. Der Leisetreter konnte seine Memoiren schreiben und erklären, wie seine Finger in den Taschen einer Nutte gelandet waren. Aber wehe, Mangen wagte es, sich auf Isaac den Mutigen zu stürzen! Den neuen Commish kriegte keiner aus dem Präsidium. Im Leben nicht.

Er beanspruchte das Territorium eines Commissioners nicht für sich. Er ging ins Büro des First Dep im zwölften Stock. Die Haare standen ihm zu Berge. Irgend etwas stimmte hier ganz und gar nicht. Sein Büro war voller Fremder. Er ging von einem Zimmer ins nächste; Captains und Angestellte wandten den Blick ab und starrten die Wände an. Wer waren diese Jammergestalten? »Wo ist Havisham? Wo ist Brodsky? Wo ist Marvin Winch?« Die Captains hörten, wie Isaac tobte. Er packte sich einen von ihnen. »Wie heißt du?«

»Smiley. Captain Smiley.«

»Wer hat dich hier hingesetzt?«

Isaacs Blicke bohrten sich in den Captain. »Bist du taub, Mann? Wer hat dich hier hingesetzt?«

»Der Chief Inspector.«

»Du hast für Coote gearbeitet, du Flachwichser?«

Smiley mußte den Teufel in Isaacs Antlitz gesehen haben. Sein Unterkiefer klappte weg.

»Und was habt ihr getan, wenn ich hier angerufen habe?«

»Wir haben die Nachricht nach oben weitergegeben. Zum McNeill.«

Isaac ruderte mit beiden Armen. »Raus«, sagte er. »Ihr alle. Verpißt euch.«

Captains und Angestellte flohen vor ihm. Sie wußten nicht, wie sie den neuen Commish besänftigen sollten. Sie lungerten auf dem Gang herum, mit ihren Bleistiften, Holstern und Radiergummis. Coote hatte ein ganzes Team ins

Büro des First Dep eingeschleust. McNeill hatte Isaacs Männer gleich dutzendweise versetzt. Wahrscheinlich leckten sie in den fünf Boroughs den Staub von den Fingerabdruckkarten.

Eine Etage rauf, und schon war er im Büro des Chief Inspectors. Cootes Leute kauerten mit gesenkten Köpfen hinter ihren Schreibtischen. Isaac besah sich die Wände. Dann verfluchte er sich selbst. Er war ein Hornochse. McNeill hatte die ganze Bude mit Angelkrimskrams vollgehängt: dünne, wunderschöne Angelruten, mit denen man einen makellosen Wurfbogen ziehen konnte, Trophäen mit einer derart kleinen Beschriftung, daß man sich schier die Augen dabei verbrannte, sie zu lesen, Angelhaken, Landkarten von versteckten Forellenbächen, Fotos von erstaunlichen Lachsfängen, Fetzen eines uralten Glücksstiefels. Isaac hatte den verdammten Mist schon einmal gesehen. McNeill hatte all diesen Krempel schon in seinen alten Räumen in der Centre Street hängen gehabt. Isaac mußte sich diesen Scheiß an der Wand anschauen, damit ihm der Kopf durchgerüttelt wurde. *Coote* war der Fischer, von dem Annie gesprochen hatte. Coote, Coote der Fischer. Himmel, er hätte das Mädchen retten können, wenn er sich nur an all diese Haken, Lachse und Forellen erinnert hätte.

Isaac zeigte auf einen fetten Angestellten. »Nehmt den Müll von der Wand, und schickt das Zeug eurem alten Chef, mit besten Empfehlungen von Isaac Sidel. Nein ... sagt ihm: Alles Liebe vom Commissioner. Er wird's schon verstehen.«

Cops versammelten sich vor dem Büro des Chief Inspectors. Die Geschichten hatten wie ein Lauffeuer die Runde im Haus gemacht: Der Commish marschierte in ein Zimmer und überzog seine Captains mit Feuer und Schwefel. Nichts und niemand konnte dem scharfen Auge Isaacs entgehen. Ihm hockte ein Quälgeist auf den Augenbrauen. Ein Zukken, ein Blinzeln, und das Schicksal eines Mannes war besiegelt. Isaac schnappte sich auf dem Gang einen kleinen Sergeant, nahm ihn mit ins Büro des Commissioners und machte ihn zum Bürovorsteher. »Sergeant, ich will, daß Sie jedes Arschloch im Büro des First Dep, jede Jammergestalt, die für McNeill und Tiger John gearbeitet hat, nehmen und in die Wüste schicken. Sie sollen sich auf den Revieren in der South Bronx melden.«

So begann Isaac seine Herrschaft in der One Police Plaza.

29

Nach und nach flatterten sie im Präsidium ein, die blauäugigen Burschen, die aus den Provinzen gerettet worden waren. Ihr Chef war heimgekehrt. In der Uniform des Commissioners wirkte er bedrückt. Seine Augen waren ganz eingesunken, seit sie ihn vor Monaten das letzte Mal gesehen hatten, kurz bevor er im Erdboden versunken und verschwunden war, um die Luden von New York City zu vernichten. In gewisser Hinsicht verstanden sie seine Trübsal. Er vermißte seinen alten Schatz, Manfred Coen.

Sie unterhielten sich über den Wurm in seinen Gedärmen. »Er wird ihn auffressen. Bald wird nichts mehr von Isaac übrig sein.« Aber Isaac überlebte. Er unterrichtete auch wieder am College of Criminal Justice.

Die Wahlen standen unmittelbar bevor. Die Studenten in seinem Seminar trugen Buttons, die Becky Karp in weniger als einer Woche unter die Leute gebracht hatte: WÄHLT MRS. REBECCA. Das war ihr Schlachtruf für Männer und Frauen zugleich.

Die Buttons machten Isaac wütend. Er baute seinen Vortrag um sie herum auf. »Billiges Strandgut«, sagte er. »Politik. Mrs. Rebecca Karp.« Der Commissioner hatte sich einen Stakkatostil zugelegt. Er vermied vollständige Sätze und schleuderte Wörter und Partikel in die Klasse. Er stapfte vor der Klasse in einem Mantel herum, der ihm um den Leib schlotterte. Mit seinen pechschwarzen Augen hätte er eine Vogelscheuche sein können oder irgendein x-beliebiger zerlumpter Kerl.

»Knopfgesicht. Nuttenherzchen ... tolle Zeit für Wahlen.«

Er kicherte seine Füße an. Dann wurde er wieder verständlicher und murmelte der Klasse einen vollständigen Satz zu. »Die wissen schon, wie sie uns verarschen, diese Herren und Damen, die unser Leben bestimmen.«

Sein Auf und Ab vor der Tafel fing an, die Feuerwehr- und Polizeischüler zu hypnotisieren. Ganz egal, was der Commissioner sagte. Die Klasse wäre Isaac auch in die Hölle gefolgt. »Diese netten Leute haben uns eine richtige Schönheit ausgesucht. Jauchzet und frohlocket! Die Kandidatin des Volkes, gesund wie Apfelmost. Unsere liebe Frau von den Buttons, Mrs. Rebecca Karp. Wie wird man überhaupt in Zeiten wie diesen Bürgermeisterin? Man steigt einem alten Mann auf den Buckel, nicht anders. Man klettert ihm auf die Schultern und schaut zu, wie er untergeht. Anschließend läßt man eine Million Buttons herstellen. Man verteilt sie an die Gläubigen. Und verspricht ihnen das Blaue vom Himmel herunter. Ein eigenes weißes Viertel für die Iren, die Italiener, die Juden. Zahnkliniken für die Latinos und die Schwarzen. Für die Senioren ein Paradies in Far Rockaway. Jungs, Mädchen, das alles hat einen Scheißdreck zu bedeuten. Dem Planeten geht's schlecht. Die U-Bahnen kriegen einen Herzinfarkt. Man kann auf der Straße nicht unterscheiden, ob da Müll liegt oder Pennys. Aber nur los, pinnt euch Rebecca an die Klamotten. Wer weiß? Vielleicht ist das ja zu irgendwas gut.«

So stand er da und beleidigte die nächste Bürgermeisterin von New York. Wie viele Police Commissioners entlarven sich in einem Atemzug als Propheten und Idioten? Der Wurm durchbohrte ihn mit seinen vielen Schwänzen. In seinem Kurs mußte es einen Spion geben.

Isaac drückte sich in der Nähe der Tür herum. Den grünen Augen von Jennifer Pears konnte er sich nicht entziehen. Er suchte nach Anzeichen von Wachstum in ihrem Bauch. Isaac wollte Beweise für *sein* Kind. Er fand nichts als natürliche Wölbungen.

»Welcher Monat ist es?«

Jennifer starrte ihn an. »November.«

»Nein, nein«, sagte Isaac. »Ich meine, für das Kind.« Er konnte sich nicht mehr an die Schwangerschaft seiner eigenen Frau erinnern. Wie hatte Kathleen ausgesehen, als sie Marilyn the Wild austrug? Hatte sie im zweiten Monat schon einen riesigen Bauch gehabt? Zur Hölle mit dem Gedächtnis eines alternden Bullen! Er würde noch vor dem medizinischen Dienst erscheinen und beweisen müssen, daß er ein geistig gesunder Commish war. Er würde einen Knicks vor den Mistkerlen machen und die Finger seiner linken Hand abzählen.

»Es ist der dritte Monat«, sagte sie. »Du kannst eine kleine Erhebung sehen, wenn du den Rock ein wenig aufschlägst.«

Sie nahm Isaac beim Ellbogen und führte ihn aus dem John Jay College.

»Hast du entschieden, mich zu heiraten?«

»Halt den Mund«, sagte sie.

»Wir können nicht in mein Hotel. Die Luden würden uns die Kehlen durchschneiden. Die stehen nicht besonders auf Police Commissioner mit ihren Geliebten.«

Sie brachte ihn im Taxi nach Hause. Isaac spürte das anzügliche Grinsen des Türstehers. Er hatte die East Side noch nie gemocht.

»Wo ist Mel?«

»Der arbeitet, du Idiot.«

»Und der Kleine ... Alexander?«

»Ist in der Schule. Isaac, was ist los mit dir?«

Unter seinem Commissioner-Mantel steckte ein verlorenes und verängstigtes Kind. Er bibberte in seinen Socken. Jennifer mußte ihm die Schuhe aufbinden, während Isaac sie anknurrte. »Frau, ich schlaf erst mit dir, wenn der Ehemann weg ist ...«

Er kroch unter die Decke, ein verschreckter Hundejunge mit Haaren auf den Armen und einem wilden Pelz am ganzen Körper. Nichts konnte einen Commish besänftigen. Er hatte eine Bitterkeit im Herzen. Die Toten schienen Isaac zu verfolgen. Sie wollten nicht in Frieden ruhen. Er hatte Coen beerdigt, er hatte Annie Powell beerdigt. Beiden hatte er Rabbis besorgt. Was sollte er denn noch tun?

Er liebte Melvins nackte Frau. Er berührte ihren anschwellenden Bauch. Sein Fell legte sich an, als er sanft in Jennifer Pears eindrang.

Besonders lange konnte er nicht bleiben. Jennifers Digitaluhr blinkte zwei Uhr vierzig. Alexander kam aus dem Little Red Schoolhouse zurück. Jennifer begleitete ihn nackt zur Tür.

»Kann ich dich morgen sehen?« fragte Isaac.

»Morgen ist Wahltag.«

»Na und?«

»Mel wird hiersein.«

»Ich dachte, dein Mann wäre unterwegs auf Stimmenfang für Mrs. Rebecca.«

»Sei nicht so ein Blödmann, Isaac. Rebecca braucht Mels Stimmen nicht.«

Sie trat nackt in den Hausflur und gab Isaac einen Kuß auf die Falte über einem Auge. »Komm Donnerstag. Zum Mittagessen.«

Im Fahrstuhl knurrte er wütend. Türsteher konnten ihn nicht einschüchtern. Er ließ den livrierten Affen die Einsatzzentrale des Präsidiums anrufen und den Wagen des Commissioners anfordern. Ein säuerlicher Kerl namens Christianson, der schon Tiger John chauffiert hatte, kam in einem schwarzen Mercury angerollt. Isaac hätte den Fahrer wechseln können. Aber er war froh, daß der Kerl so maulfaul war, und mochte seine Verachtung für alle anderen Fahrzeuge auf der Straße. Christianson wischte um Feuerwehrlaster, drängte Busse aus ihrer Spur, forderte jeden Streifenwagen heraus, der es wagte, vor dem Commish dahinzuschleichen. Der Kerl hatte ein Telegramm für Isaac. Es steckte nicht in dem üblichen Umschlag.

»Wer hat das geöffnet?«

Christianson zuckte mit seinen Jungenschultern. »Keine Ahnung, Chef. Ich hab das so auf Ihrem Schreibtisch gefunden.«

»Du«, sagte Isaac. »Sieh mich gefälligst an. Ich bin nicht Tiger John. Wenn du noch einmal an meine Post gehst, wirst du lernen müssen, ohne Kniescheiben zu fahren.«

»Ja, Chef.«

Isaac schlug das Telegramm auf.

POLICE COMMISSIONER
N. Y. CITY OF N. Y.

SIDEL TREFFEN IN ST. STEPHEN'S MITTWOCH
10 UHR FRÜH DRINGEND

DER KÖNIG

»Christianson, was sagt dir das?«

»Klingt völlig verrückt.«

»Weißt du, wo St. Stephen's ist?«

»Könnte eine Kirche sein, irgendwo.«

John mußte seinem Chauffeur beigebracht haben, sich auf nichts festnageln zu lassen. Er würde den Burschen bald feuern müssen.

»Christianson, fahr mich zur Aer Lingus. Jetzt.«

Isaac flog am Wahltag nach Irland. Er war nicht sonderlich neugierig, was die Ergebnisse von Rebeccas kleiner Pilgerreise zum Ruhm betraf. Sie würde unmittelbar nach Schließung der Wahllokale zur designierten Bürgermeisterin werden, und die City hätte eine lahme Ente, den ehrenwerten Samuel Dunne. Sammy verdiente jede Strafe. Er hätte nicht von der City Hall aus die Nutten abgrabschen dürfen. Aber die Partei wollte den alten Mann nicht fallenlassen. Wer weiß? Vielleicht überließ ihm Mrs. Rebecca ja den Job als Türwächter im Gracie Mansion.

Isaac hatte genug eigene Probleme. Der Commish schokkelte aufgrund eines jämmerlichen Telegramms über den Ozean (in einem irischen Flugzeug). Er mißtraute den Wörtern. Der kleine Dermott hätte Isaac niemals derart offen angefleht zu kommen. Eine solche Show mochte er nicht. Er besaß zuviel Anstand, um ein Telegramm mit seinem Spitznamen zu unterzeichnen. *Der König*. Jemand mußte an seiner Statt die verdammte Nachricht geschrieben und unterzeichnet haben. Aber wie auch immer, Isaac konnte das Telegramm nicht ignorieren. *Wichtig* stand da. *St. Stephen's. Mittwoch 10 Uhr früh*.

Er traf Mittwoch vormittag gegen halb neun auf dem Dubliner Flughafen ein. Auf diesem Trip war er nicht Moses Herzog. Isaac hatte keine Verwendung für eine Tarnung. Er war nicht gekommen, um einen Mann zu töten. Er war nur der Commish. Er hatte kein Zimmer im *Shelbourne* reserviert. Er wollte mit der Nachmittagsmaschine zurück nach New York.

Ein Taxi brachte ihn in die Stadt. Isaac hatte sich nicht die Mühe gemacht, Dollar in irische Pfund zu wechseln. Der Fahrer nahm sein Geld ohne Zögern und setzte ihn am nordwestlichen Eingang zum St. Stephen's Green ab. Es hätte auch August sein können. Isaac fuhr dieselbe Kälte um die Ohren. Er schlenderte einmal um den Park. Männer und Frauen in ihren Novembersachen umschwirrten ihn. Es war ein Schultag. Weit und breit keine Jungs auf dem Gras. Die weißen und braunen Enten waren verschwunden. Isaac entdeckte nicht einen Vogel auf dem alten Teich. Er überquerte die steinerne Brücke. Im Gartenhäuschen saß ein Mann. Sein Kopf war aufrecht und steckte in einem aus acht Stükken zusammengesetzten Wollkäppi.

Isaac erkannte den König an seinen Ohren. Aristokratische Ohren. Ohne Spitzen, ohne baumelnde Ohrläppchen. Aber dieses dunkle, zigeunerhafte Gesicht wirkte merkwürdig steif. Ein lebender Mensch sitzt nicht mit einem derart geraden Kopf da. Dermott hatte die Augen offen. Er trug ein Crotona-Park-Grinsen. Sein Hals war mit Draht an der Wand des Häuschens befestigt. Man hatte ihm die Kehle aufgeschlitzt. Das Blut unter der Serviette, die ihm in seinen Hemdkragen gestopft worden war, war geronnen. Isaac mußte nicht lange raten. Seine eigenen Leibwächter mußten ihn umgebracht haben. Sie hatten gute Arbeit geleistet. Dermotts Handgelenke und Knöchel waren mit Drähten zusammengebunden, und man mußte ihm schon in den Kragen schauen, um das Blut zu sehen. »Ach, du armer Mistkerl, du hättest nicht herkommen dürfen. Dublin ist nichts für dich ...«

Wozu ihn losmachen? Vielleicht fiel ihm dann der Kopf ab. Das Blut sickerte langsam durch das Lätzchen in seinen Kragen. Isaac ließ den König, wie er war. Vielleicht entdeckte ein Parkwächter den toten Mann im Gartenhäuschen und verständigte die irische *Garda*. Die Bullen würden mit den

Achseln zucken. Sie würden die Leiche zwanzig Stunden lang in Dublin Castle aufbahren, das Ganze dann zu einer »peinlichen Angelegenheit« deklarieren, völlig unerklärlich, wie jeder Mord unter konkurrierenden Gangs, genau wie in Amerika.

Eine nette Geste, ihm das Wollkäppi aufzusetzen. Die pechschwarzen Haare des Königs wären wohl zu sehr aufgefallen. Wenn man keine Liebe zum Detail mitbrachte, war man einfach kein guter Killer. Isaac schlenderte zurück zum Nordwesttor. Die Leibwache des Königs war da, vier alte Männer mit identischen Käppis. Isaac nickte Tim Snell zu, dem alten Sergeant aus dem Büro des Chief Inspectors.

»Guten Morgen, Tim ... Gute Arbeit ... Einen Mann am Hals verdrahten.«

Timothy lächelte. »Wir dachten uns, es würde dir gefallen, Isaac.«

»Habt Ihr ihn mit seinem eigenen Messer umgebracht?«

»Ja, das haben wir.«

»Und das Telegramm ist von dir.«

»Natürlich«, meinte Tim. »Hab ich mit dem Füllfederhalter des Königs geschrieben. Hab den halben Tag dazu gebraucht. Um die richtigen Worte zu finden, verstehst du ... Zu Ehren deiner Beförderung. Herzlichen Glückwunsch, Isaac. Es ist nicht jedem alten Sack von einem Cop vergönnt, im Stephen's Green zu stehen und mit dem Commish zu plaudern.«

»Laß dich von dem Titel nicht verwirren, Tim. Ich bin immer noch derselbe Kerl, den du vor drei Monaten durch die Kais gefahren hast. Es ist ziemlich unfein, seinen Chef umzubringen.«

»Der? Er hat uns nichts bedeutet. Nur Dreck unterm Fingernagel, nicht mehr. Mr. Dermott Bride. Ein Spitzel, der sich die Federn putzt und aus der Bronx spaziert ... Wir arbeiten für den richtigen König.«

»Den Fischer ... Ihr schneidet Hälse durch für Coote McNeill.«

»Schsch«, machte Tim und lächelte auf die ihm eigene Art. »Es ist unhöflich, in einem öffentlichen Park Namen fallenzulassen. Warum begleitest du uns nicht, mein Lieber? Unser Wagen steht auf der anderen Straßenseite. Wir könnten unsere Unterhaltung mit Polstern unterm Hintern fortsetzen ... Und brüll gar nicht erst nach den Bullen. Die *Garda* sind anständige Kerle. Aber dumm. Die könnten dir nicht helfen.«

Es war reiner Instinkt, der Isaac dem Mutigen das Leben rettete. Er packte Timothy am Ellbogen und schleuderte ihn in die anderen alten Männer. Die Zähne klapperten ihnen in den Köpfen, die Käppis fielen zu Boden, und sie seufzten leise. Isaac jagte aus dem Park wie ein Karnickel in Ausgehhose und Schuhen. Die alten Männer hoben ihre Käppis auf und eilten dem Commish hinterher. Man konnte sie die Grafton Street entlangschnaufen hören. Isaac rannte mit ausgefahrenen Ellbogen. Die vier alten Killer, die kaum noch Luft bekamen, konnte er locker abhängen.

Er nahm die Seitengassen, wählte nicht den geraden Weg von der Grafton zur Dame Street. Er überquerte die Liffey zwischen Temple Bar und Wellington Quay. Der Fluß hatte seine schmutzige Farbe abgelegt. Er war nicht mehr froschgrün wie ein Pißbecken oder ein Spucknapf. Unter der Brükke wirkte er fast purpurn. Der November hatte allen Schlamm beseitigt.

Isaac hielt sich nicht an der südlichen Mauer auf. Er kroch die Mary's Lane entlang und fand am Constitution Hill eine Mietwagenagentur. An diesem Nachmittag würde er Irland nicht mehr verlassen können. Die Leiche in dem Gartenhäuschen hatte ihm einen Strich durch seine Pläne gemacht. Er wollte Coote McNeill einen Besuch abstatten.

Der Commish hatte seine Hausaufgaben gemacht, bevor

er sich in den Flieger gesetzt hatte, um sich mit Dermott in einem irischen Park zu treffen. Seine blauäugigen Jungs hatten die Akten des Chief Inspectors auseinandergenommen und eine Adresse ausgegraben. Der Fischer wohnte in der Nähe von Screeb im County Galway. Und Isaac wollte jetzt nach Screeb. Der Mann in der Agentur lieh ihm eine Landkarte. Isaac holperte den Constitution Hill hinunter in die Niederungen der Church Street. Er fuhr einen kleinen französischen Wagen. Der Commish war es gewohnt, herumkutschiert zu werden. Er hatte Schwierigkeiten mit der Lenksäule. Sie war nicht da, wo sie sein sollte. Sie war von der linken auf die rechte Seite gewandert. Die verdammten Franzosen und ihre kleinen Autos, die sie nach Irland schleppten. Hatten denn die Iren keine eigene Automarke? Phoenix Spark? Donnybrook? Cromwell Cadet? Grand Drummartin? Verdammt! Er fuhr auf der falschen Straßenseite. Die Iren waren Wahnsinnige. Sie erfanden ihre eigenen Verkehrsregeln, nur um einen zu verwirren und zu Tode zu bringen. Links ist rechts, mein Sohn, und rechts ist links. Der Commish mußte sich auf der King Street North erst einmal umorientieren. *Isaac, halt dich links, links, links.*

Er kroch wie ein Baby. Er überquerte aus Versehen die Liffey und landete in Dolphin's Barn. Er brauchte drei Stunden, um aus Dublin herauszukommen und die Straße nach Mullingar zu finden.

Isaac fuhr dreißig Meilen, dann wurde es allmählich dunkel. Er übernachtete in der Nähe von Kinnegad im Cottage der Witwe eines Eisenwarenhändlers mit ihren sieben Kindern. Das Kindergegreine drang durch die Wände. Für Isaac war das eine Erleichterung. Es lenkte ihn ab. Er wagte nicht zu schlafen. Vielleicht tauchten Cootes alte Männer am Fenster auf. Er hatte ein Bett, bekam ein Frühstück und brach schon frühmorgens wieder auf.

Der zweite Tag auf dem irischen Land entmutigte ihn

nicht. Sich beibringen zu müssen, wie man ein niederträchtiges Auto auf niederträchtigen Straßen manövrierte, hatte bei Isaac zu bemerkenswerten Veränderungen geführt. Hatte sich wie ein dicker Daumen durch die Wattierung seines Hirns gebohrt. Dermott gehörte nicht unter ein Wollkäppi. Der König mußte sterben, bevor Isaac sich wieder an ihn als kleinen Jungen erinnern konnte. First Deputy O'Roarke, Isaacs Chef, hatte ihn losgeschickt, um eine wilde Bande zu zähmen, die Devils von der Clay Avenue. Er war in die Bronx gefahren, damals noch ein junger Inspector, der hinter den Ohren schon kahl wurde. Er konnte einfach nicht begreifen, woher die Gang ihren Ruhm hatte. Die Devils waren ein Haufen zitternder kleiner Bengel. Das sollten die Burschen sein, die ein ganzes Stadtviertel erobert hatten? Ihr einziger Besitz war eine Hütte im Claremont Park. Wer führte die Angriffe in die letzten Winkel der Bronx? Arthur Greer, ihr Präsident, jedenfalls nicht. Der liebe Arthur blieb stets zu Hause. Isaac mußte einen Blick hinter ihr idiotisches Grinsen werfen. Aber da war noch ein anderer Bursche, der seine Aufmerksamkeit erregte. Der kleine Dermott McBride. Klein und dunkel. Sein Cop-Verstand sagte ihm, daß dies der Kopf hinter den Überfällen war. Er hatte einen traurigen Zug um die Augen, er erinnerte Isaac an seinen Engel Manfred Coen, den er sich direkt von der Police Academy geholt hatte. Isaac brauchte einen traurigen Jungen, um eine Bande von polnischen Dieben zu unterwandern, die im Garment District für Unruhe sorgten. Coen war ihm für diesen Sonderauftrag zugeteilt worden. Isaac gab ihn nie an die Academy zurück. Er hatte Blue Eyes gern in seiner Nähe.

Zwanzig Meilen außerhalb von Kinnegad fiel Isaac auf, daß er im Geiste schon Coen und den kleinen Dermott durcheinanderbrachte. Isaacs Batterien hatten sich irgendwo über Kreuz verpolt. Seine Trauer über Manfred, seine eigene verdammte Schuld, und nicht etwa dieser Wurm in seinem Gedärm, hatte sich in sein Gedächtnis gefressen. Er mußte damals wohl den Wunsch gehabt haben, daß Manfred in Dermott fahren und ein wenig von dessen Intelligenz stehlen sollte. Dann hätte Isaac einen Engel gehabt, der mehr war als nur schön und blöd. Das hätte eine Reorganisation der Gehirne bedeutet, eine Verminderung des Königs zugunsten von Manfred Coen. Aber Isaac war schließlich kein Unhold. Er konnte nicht dem einen Jungen schaden, um den anderen hochzujubeln, nur weil sie zufällig denselben traurigen Blick hatten ...

Er kam nach Screeb. Screeb war nicht mehr als eine Weggabelung. Er war gut acht Stunden unterwegs gewesen. Er hatte sich in Galway City verfahren, bis ihn ein Bäckerjunge aus dieser Straßenfalle herausführte. Er fuhr an der Küste entlang. Isaac hatte den Atlantik unter sich. Er mußte für Kühe und Schafe anhalten. Er stieg aus und ging zu Fuß weiter. Steine und Bäume waren keine vernünftigen Wegmarken. Man hätte ihm vor der Centre Street die Augen verbinden und ihn irgendwo in Manhattan absetzen können. Er hätte sich den Heimweg entlanggetastet. Das war seine Gabe. Er konnte die Konturen eines Viertels riechen. *Jungs, wir sind in den Heights. In der Gegend der Audubon Avenue, würd ich sagen. Westlich von Highbridge.*

Aber eine Landstraße verwirrte ihn bloß. Isaac ging zu Fuß, die Zähne fast am Boden. Weiß Gott, warum er wie ein Buckliger mit verbogenem Rücken ging. Wollte er Cootes Leuten ein kleineres Ziel bieten? Einmal schaute er kurz auf und sah das verrostete Dach eines Hauses. Er war in Screeb auf eine Burg gestoßen. *Castledermott.* Das hatte Annie Powell auch gesagt.

Zur Burg gehörte ein gelber See. Isaac hörte, wie es auf dem Wasser *plopp* machte. Ein Mann angelte am See, ein kleiner Mann mit Stiefeln bis zum Hintern. Er starrte in das gelbe

Wasser und brummte. »Na, kommt schon, ihr Hübschen.« Er war ein Fischer ohne Angel. Er arbeitete mit Netz und einem einfachen Holzprügel. Ab und zu schlug er aufs Wasser. Aber das Netz wollte sich nicht füllen. Das Ganze war vollkommen sinnlos. Der Mann hatte nicht einen lausigen Fisch gefangen.

Er stand in der Nähe des Ufers. Er war taub, taub für alles, was nicht vom Wasser kam. Isaac hätte ihm die Haare vom Kopf zupfen können.

»Guten Tag, McNeill.«

Eine Augenbraue hob sich kurz. Dann entspannte sich das Gesicht.

»Ach, Jungchen, hab schon auf dich gewartet …«

»Spreche ich zu laut? Ich will die Fische nicht verschrekken.«

»Das ist genau der Punkt«, sagte Coote und schwang seinen Knüppel. »Ich würde sie gern damit erschrecken.« Er biß sich auf die Unterlippe und machte ein wütendes Gesicht.

»Ermordest du heutzutage Lachse, Mr. Coote McNeill?«

Der Fischer beäugte Isaac voller Abscheu. »Keinen Lachs … ich bin hinter den Karpfen her. Die können einen ganzen See zerstören, sich im Schlamm festsetzen. Ungeziefer, das sind sie, dreckige Fische. Sie werden fett und können Fünfzig werden. Also brat ich ihnen eins über.«

»Du haust aufs Wasser, aber ich sehe nicht besonders viele Karpfen im Netz.«

»Das sind verflucht gerissene Mistviecher. Sie halten sich am Grund auf. Sie verdrecken den See und verscheuchen alle meine guten Fische.«

»Warum heuerst du nicht Tim Snell an, damit ihr gemeinsam aufs Wasser eindreschen könnt? Vielleicht landest du dann ein paar Treffer.«

»Söhnchen, ich brauche Tim nicht, um einen See zu säubern. Er hat anderes zu tun.«

»Ich weiß«, sagte Isaac. »Er muß Telegramme schreiben und den König verdrahten ...«

Der Fischer schlug weiter mit dem Knüppel aufs Wasser. An seinen Stiefeln färbte sich das Wasser braun; kein fünfzigjähriger Karpfen erhob sich aus dem Schlamm.

»Sollte Tim mich auch verdrahten?«

»Du bist dumm«, sagte der Fischer. »Jungchen, ich hätte dich schon vor Ewigkeiten umbringen lassen können.«

»Und was ist mit den Schrotflinten, die du mir in die Centre Street geschickt hast?«

»Die sollten dich nur ein bißchen erschrecken ... Du bist zu wertvoll, um dich zu verbuddeln. Himmel, die Chancen, die ich hatte, dich zu erledigen ... Der große Isaac, der mit Holzkohle im Gesicht am Times Square hockt. Mangen hat dir das Leben gerettet. Du bist Dennis' Baby ... und bilde dir ja nicht ein, du könntest mich allein im Wasser erwischen. Ich habe Jungs im Haus. Wenn ich pfeife, Jungchen, dann schaufeln sie dir ein Grab ... dann ruhst du bei den Karpfen.«

»Warum hast du mich nach Irland gerufen, Coote?«

»Um zu reden ... Mangen hat sich auf die Hinterbeine gestellt, also mußte ich verschwinden.«

»Du hattest nicht mal Zeit, deine Angeln einzupacken. Wie schade. Aber ich hab deinen Bürojungs gesagt, sie sollen sie von der Wand nehmen. Sind sie schon eingetroffen?«

»Noch nicht. Du bist mir was schuldig, Jungchen. Und komm mir ja nicht komisch.« Er klopfte sich mit dem Knüppel vor die Brust. »Dieser alte Mann hat dich zum Police Commissioner gemacht.«

»Na klar, Sammy und du, ihr habt Tiger John aufs Kreuz gelegt und mir sein Abzeichen an die Brust gesteckt. Eine gute Tarnung für euch alle. Ich komme, und du trägst deinen Hintern in eine Burg nach Screeb und befreist den See von Karpfen. Ein bezauberndes Leben. Du hast darauf spekuliert, daß ich genug Sympathien für den alten Bürgermeister hege, um ihm nicht zu schaden. Ich könnte Sammy sowieso nicht anklagen, selbst wenn ich wollte. Er hat seinen Frieden mit Dennis geschlossen. Er wird schon nicht verhungern, auch wenn das Geld nicht mehr fließt. Rebecca wird für ihn sorgen. Bleibst nur noch du. Was willst du von mir? Du hast doch deinen gelben See ...«

»Ich will mein Bild nicht in den Zeitungen sehen. Ich lebe hier ganz zurückgezogen. Ich will einen Angelclub aufmachen. Ich werde ein Hotel eröffnen. Meine Lachsrechte an reiche Angler verkaufen ... Isaac, der Nuttenscheiß ist tot. Wozu noch Dreck aufwühlen? Mangen hat Tiger John. Er ist damit zufrieden.«

»Oh, ich würde dich nie stören, Chief. Du bist in Sicherheit. Du hast alle niedergemetzelt, die dir hätten schaden können. Du warst so was wie der Papst in New York City. Der Bürgermeister hat dir die Hände geküßt. Und du hast jeden meiner Männer aus dem Büro entfernt und sie aufs Land geschickt. Sie mußten mit der Fähre zur Arbeit. Du warst gerissen. Du hast ein, zwei Jungs bis zum Ende behalten, damit Isaac nur nichts mitkriegt.«

»Jungchen, ist doch nicht meine Schuld, wenn du nicht ins Präsidium kommst. Ich hätte mit John überhaupt nichts machen können, wenn du dagewesen wärst. Aber wir konnten fest auf dich zählen. Wenn du nicht mit den Guzmanns geschlafen hast, dann hast du in irgendeinem anderen Dreckloch gesteckt. Du konntest nie ruhig auf deinem Hintern sitzen. Und beschuldige mich ja nicht, die Leute niederzumetzeln. Du hast das auch getan, als du mußtest ... genau wie wir alle. Du hast deinen eigenen Jungen umgebracht, Blue Eyes, weil deine Tochter verrückt nach ihm war und du das nicht ertragen konntest.«

»Die Guzmanns haben Coen umgebracht«, murmelte Isaac ins Wasser.

»Tatsächlich. Böse Seelen ... Sie haben in der Bronx Schokoladenriegel hergestellt ... Und du mußtest ihnen den Krieg erklären, Papa Guzmann und seinen fünf Idioten von Söhnen.«

»Papa hat mir einen Wurm verpaßt.«

»Den hast du verdient«, sagte McNeill. »Spiel mir ja nicht Isaac den Reinen vor.«

Isaac schaute zu, wie der Prügel wieder aufs Wasser schlug. Das Netz senkte sich und kam leer wieder hoch.

»Zwischen uns gibt es keinen großen Unterschied«, sagte der Fischer. »Ich habe für mich was abgezweigt, und du hast die Polizei für deine eigenen bescheuerten Zwecke mißbraucht. Du hast gemordet, Sonnyboy, verstümmelt und Augen ausgequetscht.«

»Ich habe keinen Mann mit Draht an eine Bank gebunden, nur um anzugeben.«

»Ich mußte ihn loswerden, und eine Methode ist so gut wie jede andere. Er wurde langsam zur Last. Er verliebt sich in eine kleine Verkäuferin, und wir müssen alle darunter leiden. Was für ein König soll das sein? Ich hab ihn aus der Gosse aufgelesen. Die Polizei hat ihn durchs College gebracht.«

»Ich hab ihn aufs Columbia College gebracht ... nicht du oder die Polizei.«

»Piß dir doch ins Hirn«, sagte der Fischer. »Trotz all deiner Cleverneß warst du immer ein wenig zu lahm. Dermott gehörte mir und Ned O'Roarke.«

Isaac stand zwei Zentimeter außerhalb des Wassers, und seine Zehen sammelten Schlamm. Er hatte seinen Job von O'Roarke geerbt, dem alten First Deputy Commissioner. Er war Neds Zögling gewesen, ein vom Glauben abgefallener Jude unter all den Iren. Hatte O'Roarke Dermott hinter einem Knie versteckt, ohne Isaac davon zu erzählen?

Coote grinste die eingefallene Gestalt von Isaac an. »Ned

hat einen Yalie aus ihm gemacht. Es wurde ein wenig eng mit Dermott in der Stadt. Also päppelten wir den Burschen in New Haven auf. Was für ein kleiner Gentleman. Wir haben ihn stehlen lassen. Er konnte seine eigenen Bücher führen. Wir haben ihn mit Arthur Greer die Niggernutten laufen lassen.«

»Und als O'Roarke starb, hast du deine Finger in den Topf gesteckt ... und ein hübsches Sümmchen rausgezogen.«

»Wolltest du vielleicht, daß ich den Rest meines Lebens Kaugummi kaue? Der König war mein Geschöpf. Sag mir einen Grund, warum ich nicht von ihm profitieren sollte? Er und der Nigger mußten doch Millionäre gewesen sein. Jungs von dreißig Jahren, die Hunderttausende in der Tasche haben. Und dann nimmt er sich die kleine Verkäuferin Annie erst zur Mätresse und dann zur Frau. Ich verfrachte ihn nach Dublin, weil Mangen sich auf uns einschießt, und er vernachlässigt das Geschäft wegen dieser Annie Powell. Das muß man sich mal vorstellen, kriegt wegen einer dummen Schlampe, die nichts weiter als eine Nutte ist, das Jucken, wo er jede Frau der Welt haben konnte. Bei seiner Ausbildung, bei dem vielen Geld und seinen Zigeuneraugen.«

»*Annie*«, sagte Isaac, »was hast du mit Annie Powell gemacht?«

»Mein Gott, das Mädchen hat mein Gesicht gesehen ... Ich konnte die Nutte doch nicht auf der Straße rumlaufen lassen, wo überall Mangens Schmeißfliegen rumrannten. Ich hab einen Burschen mit Taxi bezahlt, ihr aufs Dach zu steigen ...«

Isaacs Zehen ragten ins Wasser. Coote war kein Blödmann. Er konnte die Wut spüren, die über Isaac kam. Die Stirn des Commish schwoll an wie eine vergammelte Melone mit Beulen. »Mutter Gottes«, sagte der Fischer. »Du hast dich doch wohl nicht in diese Nutte verknallt, oder?«

Er hob seinen Knüppel. Das sollte Isaac eine Warnung

sein. *Bleib aus dem Wasser*. Aber Isaac stürmte auf ihn los. Der Knüppel landete auf Isaacs Nacken. Er spürte ein Knirschen im Schulterblatt. Sein Kopf ruckte nach unten. Aber er konnte den verdammten Schlag abschütteln. Der Knüppel sauste an Isaacs Ohr vorbei. Der alte Mann war zu eifrig gewesen. Er hatte seine Chance vertan, dem Commish den Schädel einzuschlagen. Isaac schlug den Knüppel beiseite. Er packte den alten Mann an den Haaren und drückte seinen Kopf in den gelben See. Er hielt ihn dort gnadenlos fest, drückte ihm seinen Ellbogen zwischen die Schulterblätter. Luftblasen stiegen um Isaacs Faust auf. Cootes Arme zuckten unter Wasser. Dann wurde der alte Mann still, Isaac überließ Cootes Leiche den Lachsen und den Karpfen. Drüben im Haus rührte sich nichts, soweit er erkennen konnte. Über den Kaminen hing nur eine einzige lausige Rauchfahne.

Isaac trat aus dem Wasser. Seine Schultern buckelten sich hoch. Cootes alte Männer hätten ihm die Nase aus dem Gesicht reißen können. Aber niemand rannte hinter Isaac her. Er trampelte los, bis er bei seinem kleinen französischen Auto angekommen war. Dann murmelte er ein Dankgebet an die Iren. *Gott segne all diese kleinen Autos mit dem Lenkrad auf der rechten Seite*. Dann verließ er Screeb.

30

Er ging durch die Zollschranke auf dem Kennedy Airport. Wo waren die Jungs mit den Handschellen und dem Haftbefehl? Niemand rührte den Commish an. Es war ein gutes Jahr für Mord. Sie ließen einen heutzutage alte Männer im Wasser ersäufen.

Der Commish rief seinen Chauffeur an. »Christianson, ich bin's. Schmeiß die Sirene an. Ich erwarte dich in achtzehn Minuten vor Aer Lingus.«

Christianson enttäuschte seinen Chef nicht. Bevor er noch kalte Hände hatte, saß Isaac schon in seinem Büro in der One Police Plaza. An seiner Telefonanlage leuchtete ein Knopf auf. Es war die Hotline des Bürgermeisters. Isaac hätte den Knopf auch Tag und Nacht vor sich hinglimmen lassen können. Er hämmerte auf die Anlage und knurrte in den Hörer. »Sidel hier.«

»Jungchen, wie geht's dir?«

»Super«, sagte er.

»Hast du schon das Neueste gehört? McNeill ist von uns gegangen. Der arme Kerl ist in seinem eigenen Fischteich ertrunken.«

»Ertrunken? Jammerschade.«

»Die *Sons of Dingle* legen zusammen, um den Leichnam nach Hause fliegen zu lassen. Er wollte hier beerdigt werden. Wir werden einen Trauergottesdienst abhalten, Isaac. In St. Pat's.« Isaac war bald selbst schon waschechter Ire. Er kannte sämtliche Rituale der irischen Politiker und Cops von Manhattan. Für ihre Toten beteten sie nur in der St. Patrick's Cathedral.

»Hat er denn keinen Anspruch auf ein anständiges offizielles Begräbnis?«

Nur Isaac konnte zu Ehren eines toten Cops eine Mahnwache bestellen. Der PC zupfte sich am Kinn. Es tat ihm nicht leid, McNeills Gesicht unter Wasser gedrückt zu haben. *Ich würde ihn sofort noch mal umbringen.* Aber sollte er Coote die Ehrenwache verweigern? Diebe mußten genauso zur letzten Ruhe gebettet werden wie alle anderen auch.

Isaac verabschiedete sich vom Bürgermeister und rief Jennifer Pears an. Er entschuldigte sich, den Lunch bei ihr verpaßt zu haben. »Ich war außer Landes. Ich schwöre ... ich mußte kurz weg.«

»Weg?«

»Ja, nach Mutter Irland.«

»Isaac, deine Familie kommt aus Irland?«

»Nein, aber genausogut könnten sie ... ich bin durch und durch irisch.«

Jennifer lachte. »Komm zum Lunch ... sofort.«

Isaac brüllte nach Christianson, aber so schnell konnte er nicht aus dem Präsidium verschwinden. Marshall Berkowitz, sein alter Mentor, stand in der Vorhalle. Der PC konnte Marsh nicht einfach stehenlassen. Ein Wachmann brachte ihn zu Isaac. Marsh starrte die Möblierung eines Commissioner-Büros an: Flaggen, Trophäen, Fotos, Vorhänge, der riesige Schreibtisch aus knorriger Eiche, der schon Teddy Roosevelt gehört hatte, als dieser Commissioner of Police gewesen war.

»Marsh, Sie müssen das Dekor entschuldigen. Das war Tiger John. Ich hatte noch keine Zeit, mich hier einzurichten.« Isaac sah die kaputten Schuhe des Dekans. »Ist es wegen der Frau? Marsh, ist sie schon wieder verschwunden?«

Der Dekan nickte. Er hatte Spuckebläschen auf den Lippen.

»Warum haben Sie Mangen nichts davon gesagt? Seine Schmeißfliegen haben sie aus meinem Wohnzimmer geholt ... Erinnern Sie sich nicht mehr?«

»Mangen meint, er könne mir nicht mehr helfen, jetzt, wo Sie der Commish sind.«

Isaac legt seine Wohnungsschlüssel auf Teddy Roosevelts Schreibtisch. »Fahren Sie in die Rivington Street, Marsh. Wahrscheinlich ist sie dort. Ich kann Ihnen ein paar Jungs mitgeben und einen Streifenwagen. Wenn es darum geht, Leute zu entführen, bin ich ebenso gut wie Dennis.«

Es gefiel ihm nicht, Sylvia reinlegen zu müssen, aber er

mußte sie Marsh ausliefern. *Dieser verdammte Dekan ist unser aller Vater.* Er hatte Isaac unterrichtet, Mangen und den kleinen Dermott, Schrecken aller Kühe, die unschuldig eine Straße entlangtrotten. Marsh war ein anderer Mensch, wenn er die Nase in einem Buch stecken hatte. Er konnte einem mit ein paar Wörtern über Mr. Joyce die Luft rauben. *Hab ich Ihnen jemals von Joyces Augenklappe erzählt? Glauben Sie den Biographen kein Wort. Unter dem Stück Stoff befand sich ein vollkommen gesundes Auge. Er trug die Klappe, um die Bettler von Paris zu beeindrucken. So konnte er ihnen ein paar Sous abluchsen. Joyce war der trockenste Schwamm der Welt.*

Für Jennifer wurde es spät. Sie mußten sich schnell durch die Sauce Hollandaise knabbern. Jennys Junge würde in einer halben Stunde aus der Schule kommen. Das war ein komisches Geschäft. Rein ins Bett, raus aus dem Bett, wie ein Eichhörnchen auf die Bäume. Haben Eichhörnchen auch Geliebte? Was bedeutete es, wenn man im Bauch seiner Geliebten ein Kind spürte? Und warum blieb der Wurm so still? Er hatte sich nicht mehr gerührt, seit Isaac wieder in New York City gelandet war. Hatte sich der Mistkerl irgendeine irische Krankheit geholt, von der ihm Kopf und Schwänze einschrumpelten? Das kleine schnurrende Ungeheuer hatte Jennifer Pears angebetet. Und jetzt wollte das Mistvieh nicht mal schnurren.

Isaac konnte sich auch ohne Beteiligung eines Wurms nach Jennifer verzehren. Sie küßte die Wunden an seiner Schulter, aber der Commissioner kam einfach nicht. Er blieb in Jenny hart, bis es an der Tür klingelte. »Alex«, sagte sie. Sie zog ihren Schlüpfer und einen blauen Bademantel über, um ihren kleinen Jungen hereinzulassen. Isaac zog sich an und ging ins Wohnzimmer. Alexander linste ihn unter dem breiten Schirm eines Regenhutes hervor an.

»Erinnerst du dich noch an mich?« fragte Isaac. »Ich bin Dick Tracy.«

Jennifer lachte und machte den Regenhut auf. »Er lügt. Nenn ihn Isaac. Er ist der Police Commissioner.«

Alexander zupfte sich an der Nase. »Hast du eine Kanone?«

»Heute nicht«, antwortete Isaac. »Commissioner müssen keine Waffe tragen.«

Das machte ihn in den Augen des Jungen uninteressant. Alexander verschwand in sein Zimmer und spielte, und seine Mutter stand mit Isaac dem Reinen im Wohnzimmer. Der Bademantel rutschte bis zu ihrem Bauch herunter. Isaac lutschte mit einer irren Konzentration an einer Brustwarze. Seine Hose lag plötzlich auf dem Boden. Er verlor alle Hemmungen wegen des kleinen Jungen nebenan. Er klammerte sich an Jennifer und kam.

»Wo hast du dir denn die Schulter verletzt?«

»Das ist ein Geschenk aus Irland«, sagte Isaac. »Ich mußte einen Mann umbringen. Er war ein Dieb und ein Hurensohn.«

»Gehst du öfter auf solche Geschäftsreisen? Na, wird schon in Ordnung sein, nehme ich an. Wir können ja schließlich nicht *zwei* Commissioner im Knast sitzen haben. Die Stadt würde zusammenbrechen. Und wen bringst du als nächsten um?«

»Weiß noch nicht.« Er küßte sie auf den Mund, und es war wie beim ersten Mal, als sie sich am Fahrstuhl geküßt hatten und seine Zunge in ihrem Hals verschwand. Ein Mädchen konnte kaum Luft kriegen.

»Und was wird aus unserem Kind?«

»Nichts. Ich werde es kriegen, und es bleibt bei mir und Mel.«

»Kann ich nicht ein winzig kleines bißchen Vater sein, egal, ob es ein Junge oder ein Mädchen wird?«

»Nein.«

Isaac verließ sie mit einem mürrischen Gesicht, das sich durch Wände hätte fressen können. Jenny packte ihn an der gesunden Schulter. »Die Wochenenden sind tabu«, sagte sie. »Aber du kannst montags kommen … und am Tag danach.«

Isaac kroch in den Fahrstuhl, montags hatte sich ihm ins Hirn gebrannt. Jennifer schloß die Tür. Sie raffte ihren Bademantel zusammen und zog ihn fest um sich, bis sie sich ihrem Jungen zeigen konnte. Sie schlenderte an Spiegeln vorbei und bemerkte die kleinen Schwellungen unter ihren Augen. Eine Dame von dreiunddreißig Jahren. Sie hatte einen Mann, der nach fünfzigjährigen Bürgermeisterinnen gierte. Würde er zu ihr ins Gracie Mansion ziehen, wenn Rebecca erst mal Sam rausgeschmissen und ihre Teppiche ausgerollt hatte? Sie könnten ihre Politik auf einem Perser machen. Jenny ging ins Spielzimmer zu Alex. Er war fast fünf, ihr kleiner Mann. Er hatte eine Spielzeugeisenbahn, die sich durchs Zimmer schlängelte, als handele es sich dabei um unerforschtes Land. Schienen schlängelten ineinander. Tunnel wuchsen aus dem Boden. Alex präsidierte über jede Weiche. Er konnte Brücken einstürzen und Lokomotiven explodieren lassen, daß sie ihre Eingeweide ausstießen, konnte einen Dienstwaggon mit seinen Flaggen und Signalen quälen. Man brauchte keine Mutter, wenn man eine Eisenbahn hatte.

Sie beugte sich über ihn, und Isaacs Samen floß aus ihr. Sie wuschelte ihm die Haare. »Möchtest du einen Keks, kleiner Mann?« Alex war viel zu beschäftigt mit all seinen verschiedenen Gleisen, um an Essen zu denken.

Isaac stand, umgeben von seiner eigenen Polizei, auf den Stufen zu St. Patrick's. Fünfzig Captains waren in Uniform erschienen, um dem großen McNeill das letzte Geleit zu geben. Die Shamrock Society trug schwarze Taschentücher und Armbinden. Die Iren enttäuschten ihre Toten nie. Isaac konnte ein mörderisches Kauen hinter sich hören, ein Mampfen aus vielen Kehlen. Die *Sons of Dingle* standen in ihren Wollkäppis da. Sie waren mit Timothy Snell und der *Retired Sergeants Association* erschienen. Old Tim mahlte so laut wie alle anderen Dingle Bay Boys. Seine Augen waren blutunterlaufen. »Timmy«, sagte Isaac, »bist du mit der Leiche hergeflogen? Traurig, daß er sich selbst ersäuft hat.«

»Mörder«, zischte Timmy leise. »Der beste Chef, den wir je hatten. Er wollte dir nie was ... Isaac, du solltest besser nicht allzu lange im Freien bleiben. Sonst stolperst du womöglich noch und fällst auf die Schnauze. Du hättest Spaß daran, die Treppe von St. Patrick's runterzufallen.«

»Schnauze, du Wichser. Wir sind hier nicht in einer Burg in Screeb. Hier habe ich das Sagen. Die Iren hocken unter mir. Weißt du, Tim, ich hab da einen Traum. Er handelt vom kleinen Dermott. Er hängt immer noch im Park, genau so, wie du ihn zurückgelassen hast. Er sagt: ›Isaac, tu mir einen Gefallen. Wenn du Tim Snell erwischst, dann binde ihn an der Delancey Street an.‹ Verschwinde schnell in deiner Trauergesellschaft, bevor ich das *Dingle Bay* zumache und deine verdammte Sauna klaue. Du wirst keinen Platz mehr zum Pissen haben. Husch, hab ich gesagt.«

Der alte Tim zuckte mit den Achseln und ging zu seinen trauernden Kameraden. Er marschierte die Stufen hinauf und betrat die Kathedrale zusammen mit den *Shamrocks*, den *Sons of Dingle* und der *Retired Sergeants Association*. Schon zuvor hatte Isaacs Ehrenwache den Sarg aus dem Leichenwagen gehoben und sich auf den Schultern damit abgemüht, bis sie ihn in die Kirche bugsiert hatten. Isaac ging nicht hinein. Er hatte seine Ehrenwache hergegeben, aber er wollte nicht der Totenmesse für Coote beiwohnen. Er blieb auf den Stufen stehen, die Hände in den Taschen vergraben.

Er pfiff sich eins. Die Melodie zerbröselte ihm. Isaac konnte nicht pfeifen. Seine Wangen wölbten sich, und sein Mund verzog sich mürrisch. Er hatte einen Anfall. Irgend etwas bohrte sich in seinen Unterleib. Sein Gedärm stülpte sich um. Der Commish hatte einen Korkenzieher im Bauch. Himmel, der Wurm hatte nur darauf gelauert. Das Ungeheuer suchte sich wirklich die passendsten Momente aus, um sich auf ihn zu stürzen. Was sollte das bedeuten? Hatte Isaac schwere Wehen? Der Wurm verpaßte ihm Zwillinge. Einen Zigeuner und einen blonden Juden. Baby Dermott und Baby Coen.

Uuuhh! Seine Knie gaben nach. Isaac mußte sich setzen. Trauergäste eilten die Stufen hinauf, um bei Coote McNeill zu sein. Cops kamen ein wenig zu spät. Sie salutierten dem Commissioner, hielten inne und gingen hinein. Schon komisch, Isaac mit den Knien im Gesicht da hocken zu sehen.

Es kam noch jemand. Tiger John, der an einen Schließer gekettet war. Isaac hatte die Gefängnisleitung gepiesackt, John für eine Stunde von Riker's Island zu lassen, damit er an der Beerdigung teilnehmen konnte.

»Guten Morgen, Isaac.«

Isaacs Mund blähte sich auf wie bei einem sterbenden Fisch.

»Der Mann braucht ein Glas Wasser«, sagte John zu seinem Schließer.

Der Schließer kümmerte sich nicht um Isaac. Er rüttelte an den Handschellen. John weigerte sich weiterzugehen. »Isaac, soll ich dir einen der Priester schicken? Irgendwo in St. Patrick's müssen sie ja ein Glas Wasser haben.«

Isaac preßte gegen seine Rippen wie einen Blasebalg und schnappte nach Luft. Er rülpste Tiger John ein paar Wörter entgegen. »Geh rein, Johnny ... wird schon wieder. Wie behandeln sie dich?«

»So lala«, sagte der Tiger. »Ich krieg Commissioner-Fraß.

Pisse und Blutpudding ... Aber ich darf meinen kleinen Brüdern die Grundkenntnisse in Bankgeschäften beibringen.«

Der Schließer riß mit einer Faust an den Handschellen, und John mußte weiter. Himmel, sie waren schon ein komisches Gespann, der Gefängniswärter und der alte Commish, die aneinandergekettet waren. Isaac wollte dem Schließer schon sagen, er solle mit dem armen John nicht so grob sein, aber der Wurm bohrte sich unter seine Rippen und entringelte quetschend seine Schwänze. Isaac riß sich den Kragen auf. Seine Luftröhre rasselte. Seine Finger liefen blau an. Der kleine Mistkerl wollte Isaac den Mutigen erdrosseln.

Isaac konnte nicht aufstehen. Er mußte die Kreatur in den Schlaf lullen. Er begann zu summen.

Es gab mal einen Commish,
Der verlor seinen Verstand
Auf den Stufen zu St. Patrick's.
Er killte einen Burschen zuviel.
Er ging nach Irland,
Um sich zu heilen,
Doch es war seine Gewohnheit,
Daß die Leute um ihn starben.
Isaac der Commish
Hinterläßt ein Gemetzel,
Wohin er auch kommt.

Dem Wurm mußte das Gesumme wohl gefallen haben. Er ließ los. Seine Schwänze zogen sich von Isaacs Rippen zurück. Der Commish war immer noch zu schwach, sich von seinem Hintern zu erheben. Er saß mit zerrissenem Kragen da, und der Fischer bekam seine Messe.

Zwei Gestalten verließen die Kirche. Mangen und seine Schmeißfliege, Captain Mort.

»Jungs«, murmelte Isaac. »Sind die fertig da drin? Warum habt ihr es bei den Toten nur so eilig?«

Mangen ging weiter die Stufen hinunter.

Isaac streckte ihm die Hände entgegen. »Verhafte mich, du Hundesohn.«

Mangen blieb stehen, drehte sich um und sah Isaac an. »Müssen Sie unbedingt vor einer irischen Kirche so ein Spektakel veranstalten?«

Isaac flehte Captain Mort an. »Sie sind doch mein Zeuge, Captain. Ich habe einen Mann umgebracht.«

Die Schmeißfliege sagte kein Wort. Mangen kam näher. Er setzte sich neben ihn auf die Stufen. Er trug sagenhafte rotbraune Socken. Er winkte Schapiro weg, und der Captain ging weiter die Stufen hinunter.

»Isaac, wen haben Sie umgebracht?«

»*Ihn*. Den Kerl im Sarg. Ich hab ihn sein gelbes Wasser saufen lassen. Also, verhaften Sie mich jetzt oder nicht?«

»Isaac, ich bin kein Zauberer. Ich kann Sie nicht für ein Verbrechen verhaften, das nie stattgefunden hat …«

Der Commish spürte einen Sturm der Wut durch seine Synapsen rasen. »Was zum Teufel meinen Sie damit?«

»McNeill ist ertrunken, möge der alte Mann in Frieden ruhen … Seine eigenen Jungs haben es gesehen. Er war im See und schlug nach Fischen. Und dann ist er ausgerutscht. Sie sind noch aus dem Haus gerannt, aber sie konnten ihn nicht wiederbeleben.«

Isaac rutschte mit dem Hintern eine Stufe tiefer. »Sind Sie jetzt glücklich? Der Tiger sitzt ein, McNeill ist tot, Sammy ist abserviert … und jetzt arbeite ich auch noch für Sie. Ich habe zwei Cops losgeschickt, um Sylvia Berkowitz aus meiner eigenen Wohnung zu entführen.«

»Die Frau hat sie nicht mehr alle. Sie schafft es nicht allein. Erst hat sie einen Anfall von Unabhängigkeit, und dann zerbricht sie.«

»Dennis, wenn Sie schon den Weisen spielen, der Männer und Frauen zusammenführt, was ist dann mit dem alten John? Werden Sie ihm auf Riker's eine Frau besorgen?«

Mangen stand auf. »John braucht keine Frau.«

Der Sonderstaatsanwalt ließ Isaac auf den Stufen sitzen. Er sprang mit Captain Mort über die Fifth Avenue. Isaac war noch nicht fertig. Er würde dort sitzen bleiben, bis die Messe vorüber war. Dann würde er mit seiner Ehrenwache und all seinen Captains, die um Coote McNeill trauerten, zurück ins Polizeipräsidium fahren.

31

Zellenblock 5 war ein Haus voller Lumpengesindel, wo die Insassen Jogginganzüge trugen, Hüte mit Federn, Kaschmirpullover mit Löchern unterm Arm, Seidenschals mit Mäusefraßspuren an den Rändern, einzelne Teile der Gefängniskleidung. Keine zwei Männer trugen die gleichen Hosen. Es hätte ein Trainingscamp für Clowns sein können. Nur daß diese Clowns nie lächelten.

Im vergangenen Monat hatte es zwei versuchte Selbstmorde gegeben. Der Block hatte sein eigenes Selbstmordkommando, Freiwillige, die von Zelle zu Zelle gingen und brütende Insassen besänftigten. Das Selbstmordkommando war die einzige Spur von Vernunft auf Riker's Island. Die Schließer dort waren verrückt. Sie stürmten mit Gasmasken und Gummiknüppeln durch Block 5 und brüllten: »Geronimo!« Und wehe, wenn man ihnen in die Quere kam. Mehr als ein Gefangener war schon getreten worden und landete in einer Nische, wo er stöhnen und vor sich hinbluten konnte, bis das Selbstmordkommando mit einem zusammengeschusterten Notfallkoffer antrabte.

Wenn Tiger John Rathgar »Geronimo!« hörte, drückte er sich in eine Ecke seiner Zelle und wartete, bis die Gasmasken nicht mehr durch den Block tänzelten. Er fing schon an, wie alle anderen zu reden, Rastafari, Latinos, Schwarze von der Bushwick Avenue. »Schwanzlutscher. Verschissene Schließer.« Aber John war der ehemalige PC, und das verlieh ihm eine gewisse Cleverneß vor allen anderen Gefangenen seines Blocks. Er wußte, wozu die Gasmasken und Gummiknüppel gut waren. Die Schließer wären bei lebendigem Leibe verspeist worden, wenn sie unbewaffnet gekommen wären. Sie hatten eine Todesangst vor Johns Block. Ihrer Meinung nach gab es unter den Insassen Kannibalen.

John bekam sämtliche Annehmlichkeiten, die einem Commish zustanden. Die Schließer verhöhnten ihn, aber die Rastas, die Latinos und Schwarzen nickten ihm nur stumm zu und ließen ihn in Ruhe. Sie brachen nicht in seine Zelle ein und beschimpften ihn auch nicht, für ihren Untergang verantwortlich zu sein. Nur die Weißen waren unhöflich. Sie streckten ihm die Zunge raus und kreischten wie wildgewordene Affen. »Tiger, Tiger, wir werden dir den Arsch verbrennen.«

Sie rührten den alten Mann nicht an. Aber die Drohung stand immer im Raum. John mußte im Speisesaal seine Möhren mit der halben Arschbacke auf der Bank essen und stets Ausschau nach feindlichen Löffeln und Gabeln halten. Man konnte nie wissen, wann und wo ein Angriff stattfand. John hielt sich aus dem Freizeitraum fern. Er brauchte keine Körbe zu flechten, mußte sich keinen Pingpongball anschauen. Meistens hockte er auf seiner Pritsche. Er zog eine Decke um sich, damit man nicht sah, was er da tat. Dann zog er seine Sparbücher aus der Tasche und machte das abgenutzte Gummiband ab. John war nicht gierig. Er interessierte sich nicht für die Summen in den Büchern. Am liebsten schaute er sich die verschiedenen Namen an. *Simon Dedalus. Gabriel Conroy. Leopold Bloom. Gertrude MacDowell. Anna Livia Plurabelle. Nosey Flynn …*

Ein Schließer klopfte an die Stangen von Johns Zelle. Der Nasenfilter seiner Gasmaske stand auf, und er konnte John anbrüllen. »Bist du taub?« John schob die Bücher unters Knie. Dann erhob er sich aus seiner Decke und wandte sich an die Schließer.

»Du hast Besuch, Mr. John.«

Tiger John zuckte mit den Achseln. Es war schon dunkel. Um diese Uhrzeit gab es auf Riker's keinen Besuch.

»Na los. Komm schon raus aus deiner beschissenen Ecke.«

John schob sich die Sparbücher in die Hosentasche und stieg von seiner Pritsche. Er folgte dem Schließer auf die Galerie und quer durch Block 5. Ein paar Gefangene blinzelten ihm zu und griffen freundlich nach seinem Hemd. »Freiheit, Mann … du bist bald wieder draußen.«

John wurde ganz aufgeregt. Der Puls pochte ihm im Nakken. Sein Mund war trocken. Das mußte wichtiger Besuch sein. Sie schlossen doch Riker's Island nicht für irgendeinen hundsgewöhnlichen Blödmann auf. Der Bürgermeister wollte zu ihm. Der Mann. Der ehrenwerte Sammy Dunne. Wer sonst? Ah, sie würden diesen Burschen schon zeigen, wozu ein Bürgermeister fähig war. Noch vor Mitternacht würde er mit Sam wieder in der Schwitzbude hocken.

Er trat ins Besucherzimmer und sah dort nichts als graue Wände. Man schob ihn in einen verschmierten Glaskasten. Er besah sich das Gespenst auf der anderen Seite des Plexiglases. Es war nur Isaac der Mutige.

John runzelte die Stirn. »Himmel, ich hatte gehofft, Sam kommt.«

»Vergiß es«, sagte Isaac. »Sammy konnte noch nicht mal

zur Kathedrale kommen. Er ist genauso Mangens Gefangener wie du ... nur daß Sam draußen schlafen darf. Hast du einen Anwalt, John?«

»Den besten. Er brüllt mich zweimal am Tag übers Telefon an.«

Isaac bemerkte Tiger Johns ausgebeulte Hosentasche. Sparbücher. Sie konnten für John überhaupt nichts mehr wert sein. Mangen hatte die Konten bestimmt eingefroren. Er würde sie als Beweise bei Johns Prozeß brauchen, wenn denn je einer stattfinden würde. Wer wußte schon, was sich der große Gott Dennis ausdachte? Er konnte in sechs Monaten die Anklage fallenlassen und John mit einem Stapel nutzloser Sparbücher aus dem Knast entlassen. Hatte er denn nicht die Polizei gedemütigt? Er war einfach ins Polizeipräsidium spaziert und hatte den PC verhaftet. Mangen zwang die Demokraten, auszumisten. Damit konnte er groß angeben, wenn er sich nächstes Jahr für die Republikaner zu den Gouverneurswahlen aufstellen ließ. Aber Dennis hatte noch andere Möglichkeiten, John in einen Geist zu verwandeln. Er konnte den Prozeß hinausschieben und Tiger John wie den Grafen von Monte Christo schmoren lassen, bis ihm die Koteletten an die Nasenspitze reichten und er der Unsichtbare von Riker's Island wurde. Wer wußte denn schon, wie viele arme, ausgedörrte Teufel über die Galerien dieses Zuchthauses schlurften?

»Kann ich dir was besorgen, John?«

Isaacs Lippen schienen durch das Plexiglas anzuschwellen. »Nein«, erwiderte John. Der Anblick war lächerlich. Albern. Der alte und der neue Commish mit einer Glaswand dazwischen. »Du hättest besser auf mich aufpassen müssen, Isaac. Du warst mein First Dep ... und jetzt verschwinde. Du bringst nur Unglück.«

John verließ den Glaswürfel. Die Schließer würden nicht vergessen, daß Isaac der Mutige ihn aus Block 5 hatte holen lassen, und dafür würden sie ihn quälen. Er würde nicht mehr in Ruhe in seinen Sparbüchern blättern können.

Er hörte ein komisches weiches Geräusch vom Dach über Block 5. Das konnte bestenfalls ein leichter Schauer sein. Die Hausbande wäre sonst schon ausgeflippt, würde fluchen, die Böden mit Laken aufwischen, die sie aus den Zellen klauten, würde das Loch beäugen, damit sie Mülleimer unter die größten Löcher stellen konnte. Weiße Flocken segelten vom Dach. Man konnte sie mit einem Finger fangen. Heilige Mutter Gottes, der erste Schnee des Jahres. John führte die weißen Flocken ans Gesicht. Novemberschnee war göttlicher Schnee. Die Schneeflocken hatten Heilkräfte. *Simon Dedalus. Leopold Bloom.* Was brauchte ein Mann denn mehr? John klopfte auf die kleinen Bücher in seiner Tasche. Dann zwinkerte er dem Schließer hinter sich zu und tänzelte zurück in seine Zelle.